U0518519

《蜀道研究文庫》編纂機構

一、《蜀道研究文庫》編纂委員會

顧　問：王子今　孫　華

主　任：陳　濤

副主任：羅建新　熊　梅　金生楊

委　員：蔡東洲　陳　洪　段　渝　馮歲平　伏俊璉　高大倫
　　　　高天佑　郭聲波　蔣曉春　藍　勇　李　健　李久昌
　　　　李永春　李勇先　梁中效　廖文波　劉清揚　劉志岩
　　　　馬　强　聶永剛　彭邦本　祁和暉　孫啓祥　譚繼和
　　　　萬　嬌　王　川　王　蓬　王仁湘　王小紅　王　毅
　　　　王元君　謝元魯　嚴正道　楊永川　趙　静

二、《蜀道遺産叢書》編纂委員會

顧　問：王子今　孫　華

主　任：陳　濤

副主任：羅建新　熊　梅　金生楊

委　員：伏俊璉　符永利　高大倫　高天佑　郭洪義　郭聲波
　　　　李　軍　梁中效　廖文波　劉顯成　馬　强　彭邦本
　　　　邱　奎　蘇海洋　王　川　王佑漢　王元君　胥　曉
　　　　嚴正道

蜀道遺产丛书

文化遗产

陈涛 ◉ 主编

SHUDAO RESEARCH INSTITUTE

司馬相如集校注與研究

李孝中 著

四川人民出版社

圖書在版編目（CIP）數據

司馬相如集校注與研究 / 李孝中著. — 成都：四
川人民出版社, 2024. 10. -- ISBN 978-7-220-13702-0

Ⅰ. I213.412

中國國家版本館CIP數據核字第2024H7L817號

SIMA XIANGRU JI JIAOZHU YU YANJIU

司馬相如集校注與研究

李孝中　著

出 版 人	黃立新
策劃統籌	鄒　近
責任編輯	鄒　近　勒静宜
特約編輯	曾小倩
責任校對	蔣東雪
封面設計	李其飛
版式設計	張迪茗
責任印製	周　奇

出版發行	四川人民出版社（成都三色路238號）
網　　址	http：//www.scpph.com
E-mail	scrmcbs@sina.com
新浪微博	@四川人民出版社
微信公衆號	四川人民出版社
發行部業務電話	（028）86361653　86361656
防盗版舉報電話	（028）86361653
製　　版	四川勝翔數碼印務設計有限公司
印　　刷	成都國圖廣告印務有限公司
成品尺寸	185mm×260mm
印　　張	15
字　　數	242千
版　　次	2024年10月第1版
印　　次	2024年10月第1次印刷
書　　號	ISBN 978-7-220-13702-0
定　　價	96.00圓

■ 版權所有·侵權必究

本書若出現印裝質量問題，請與我社發行部聯係調換

電話：（028）86361656

《蜀道遺産叢書》序一

王子今

交通史和文明史有密切的關係。回顧中國古代交通史，可以看到交通系統的完備程度和通行效率在一定意義上决定性地影響着國家的版圖規模、行政效能和防禦能力。交通系統是統一國家形成與存在的重要條件。社會生産的發展也以交通發達程度爲必要基礎。生産工具的發明、生産技術的革新以及生産組織管理方式的進步，通過交通條件可以實現傳播、擴大影響、收取效益，從而推動整個社會的全面進步。相反，在不同社會空間相互隔絶的情況下，有些發明往往"必須重新開始"。世界歷史進程中屢有相當發達的生産力和曾經燦爛的文明由于與其他地區交通阻斷以致衰落毁滅的事例。[1]從社會史、文化史的視角考察，可以發現交通網的布局、密度和效能，决定了文化圈的範圍和規

---

[1] 馬克思和恩格斯指出："某一個地方創造出來的生産力，特別是發明，在往後的發展中是否會失傳，取决于交往擴展的情況。當交往祇限于毗鄰地區的時候，每一種發明在每一個地方都必須重新開始；一些純粹偶然的事件，例如蠻族的入侵，甚至是通常的戰争，都足以使一個具有發達生産力和有高度需求的國家處于一切都必須從頭開始的境地。在歷史發展的最初階段，每天都在重新發明，而且每個地方都是單獨進行的。發達的生産力，即使在通商相當廣泛的情況下，也難免遭到徹底的毁滅。關于這一點，腓尼基人的例子就可以説明。由于腓尼基民族被排擠于商業之外，由于亞歷山大的征服以及繼之而來的衰落，腓尼基人的大部分發明長期失傳了。另外一個例子是中世紀的玻璃繪畫術的遭遇。祇有在交往具有世界性質，并以大工業爲基礎的時候，祇有在一切民族都卷入競争的時候，保存住已創造的生産力才有了保障。"（《德意志意識形態》，《馬克思恩格斯全集》第三卷，人民出版社1960年版，第61—62頁）

模，甚至交通的速度也明顯影響着社會生産和社會生活的節奏。

馬克思和恩格斯非常重視"生産"對于歷史進步的意義，而且曾經突出强調"交往"的作用。他們認爲："……而生産本身又是以個人之間的交往爲前提的。這種交往的形式又是由生産决定的。"他們明確指出："各民族之間的相互關係取决于每一個民族的生産力、分工和內部交往的發展程度。這個原理是公認的。然而不僅一個民族與其他民族的關係，而且一個民族本身的整個內部結構都取决于它的生産以及內部和外部的交往的發展程度。"① 在論説"生産力"和"交往"對于"全部文明的歷史"的意義時，他們甚至曾經采用"交往和生産力"的表述方式。② "交往"置于"生産力"之前。這裏所説的"交往"，其實與通常所謂"交通"近義。有交通理論研究者認爲："交通這個術語，從最廣義的解釋説來，是指人類互相間關係的全部而言。"③ 所謂"人類互相間關係的全部"，可以理解爲"交往"。我們引録的馬克思、恩格斯《德意志意識形態》一書中所説的"交往""交往史"，有的譯本就直接譯作"交通""交通史"，比如1947年出版的郭沫若譯《德意志意識形態》就是如此。④

在有關中國古代交通的歷史文化記憶中，"蜀道"因克服秦嶺巴山地理阻隔，對于經濟交流、文化聯絡、政令宣達、軍事進退等方面的重要作用，乃至綫路設計、工程規劃、修築施行、道路養護等方面組織水準所體現的領先性、代表性和典型性，具有特殊的意義。

對"蜀道"定義的準確理解，曾經存在不同的意見。有一種認識，以爲"蜀道"有廣義和狹義兩説。前者指所有交通蜀地的道路，後者指穿越秦嶺巴山聯係川陝的道路。甚至還可以看到"蜀道"即"蜀中的道路"或"蜀地"的

————————

① 馬克思、恩格斯：《德意志意識形態》，《馬克思恩格斯全集》第三卷，人民出版社1960年版，第24頁。

② 馬克思、恩格斯：《德意志意識形態》，《馬克思恩格斯全集》第三卷，人民出版社1960年版，第56—57頁。

③ 鮑爾格蒂（R.von der Borght）：《交通論》（*Das Verkehrswesen*），轉引自余松筠編著：《交通經濟學》，商務印書館1937年版，第6頁。

④ 馬克思、恩格斯合著，郭沫若譯：《德意志意識形態》（郭沫若譯文集之五），群益出版社1947年版，第63、105頁。

道路這樣的解説。①其實，長期以來在文化史上成爲社會共識的"蜀道"的定義，久已確定爲川陝道路。

雖然南北朝時期古樂府以"蜀道難"爲主題的某些作品，或言"巫山七百里，巴水三回曲"②，"建平督郵道，魚復永安宫"③，似均以巫峽川江水路言"蜀道"，但這是因爲南朝行政中心處于長江下游。南朝人所謂"蜀道"自然主要是指"巫山""巴水"通路。其他關于"蜀道"的誤識，有些也發生于南北分裂爲背景的歷史階段。其實，"蜀道"既不是"蜀中的道路"，也不是所有的"入蜀道"，而是在特定交通史階段形成的具有比較明確指嚮的交通綫路，即穿越秦嶺巴山的川陝道路。在秦以後形成的高度集權的統一王朝管理天下的政治格局中，國家行政中樞聯係蜀地的交通道路即所謂"蜀道"，定義是大體明確的。

歷史文獻較早言及"蜀道"的明確例證，有《史記》卷八《高祖本紀》的記載。項羽分封十八諸侯，"立沛公爲漢王"時，爲敷衍楚懷王，"與諸將約，先入定關中者王之"④，説"巴、蜀"也是"關中地"。這一策略，其内心真實的出發點其實是"巴、蜀道險"："項王、范增疑沛公之有天下，業已講解，又惡負約，恐諸侯叛之，乃陰謀曰：'巴、蜀道險，秦之遷人皆居蜀。'乃曰：'巴、蜀亦關中地也。'故立沛公爲漢王，王巴、蜀、漢中，都南鄭。"⑤又如《後漢書》卷三六《張霸傳》記載張霸遺囑關于葬事的安排："今蜀道阻遠，不宜歸塋，可止此葬，足藏髮齒而已。務遵速朽，副我本心。"張霸"蜀郡成都人也"，時在洛陽生活。⑥由所謂"巴、蜀道險"與"蜀道阻遠"可知，在政治文化重心位于黄河流域的統一時代，"蜀道"詞語

① 有的辭書有這樣的解釋："【蜀道】蜀中的道路。亦泛指蜀地。"（漢語大詞典編輯委員會、漢語大詞典編纂處編纂：《漢語大詞典》第8卷，漢語大詞典出版社1991年版，第1036頁）

② 《藝文類聚》卷四二引南朝梁簡文帝《蜀道難曲》。

③ 《樂府詩集》卷四〇梁簡文帝《蜀道難二首》其一。

④ 《史記》卷八《高祖本紀》："趙數請救，懷王乃以宋義爲上將軍，項羽爲次將，范增爲末將，北救趙。令沛公西略地入關。與諸將約，先入定關中者王之。""漢王數項羽曰：'始與項羽俱受命懷王，曰先入定關中者王之，項羽負約，王我于蜀漢……'"（中華書局1982年版，第356、376頁）

⑤ 《史記》卷七《項羽本紀》，中華書局1982年版，第316頁。

⑥ 《後漢書》卷三六《張霸傳》，中華書局2000年版，第1241—1242頁。

的指嚮原本是明朗的。

深化蜀道研究，有必要開闊學術視界，探索和説明蜀道在世界文明史中的意義。

與其他世界古代文明體系的主要河流大多爲南北流嚮不同，中國的母親河黃河與長江爲東西流嚮（樊志民説）。而黃河流域文化區與長江流域文化區之間，在西段存在着秦嶺這一地理界隔，形成了明顯的交通阻障。自遠古以來先民開拓的秦嶺道路成爲上古時代交通建設的偉大成就。

秦占有巴蜀，成爲後來“唯秦雄天下”①，“秦地半天下”②，最終實現“秦并天下”③，“滅諸侯，成帝業，爲天下一統”④的重要條件。秦統一天下改變了世界東方的政治文化格局。這一體現了顯著世界史意義的歷史進程，是以蜀道開通爲基本條件的。

蜀道成就了秦漢“大關中”形勢的出現。當時的“大關中”即司馬遷所劃分四個基本經濟區之一的所謂“山西”地方⑤，成爲當時東方世界的政治、經濟、文化重心。⑥這一情形直到王莽“分州正域”⑦，規劃“東都”⑧，方才改變。

李學勤《東周與秦代文明》劃分東周時期的中國爲七個文化圈。⑨蜀道實現了其中“秦文化圈”與“巴蜀滇文化圈”的直接的交通聯係，使得黃河中游的中原地區與長江上游的西南地區融匯爲一個文化區。蜀道的進一步延伸即

① 《史記》卷八三《魯仲連鄒陽列傳》，中華書局1982年版，第2459頁。
② 《史記》卷七〇《張儀列傳》，中華書局1982年版，第2289頁。
③ 《史記》卷二八《封禪書》，第1366頁；卷三七《衛康叔世家》，第1605頁；卷八六《刺客列傳》，第2536頁。
④ 《史記》卷八七《李斯列傳》，中華書局1982年版，第2540頁。
⑤ 《史記》卷一二九《貨殖列傳》，中華書局1982年版，第3253頁。
⑥ 王子今、劉華祝：《説張家山漢簡〈二年律令·津關令〉所見五關》，《中國歷史文物》2003年第1期；王子今：《秦漢區域地理學的“大關中”概念》，《人文雜志》2003年第1期。
⑦ 《漢書》卷九九中《王莽傳中》，中華書局1962年版，第4128頁。
⑧ 《漢書》卷九九中《王莽傳中》：“其以洛陽爲新室東都，常安爲新室西都。”（中華書局1962年版，第4128頁）王子今：《西漢末年洛陽的地位和王莽的東都規劃》，《河洛史志》1995年第4期。
⑨ 李學勤：《東周與秦代文明》，上海人民出版社2007年版，第10—11頁。

"西南夷"道路以及"西夷西"道路的開通[1]，打開了有學者稱作西南絲綢之路的國際通道。[2]而敦煌入蜀道路也可以看作西北絲綢之路的支綫。[3]蜀道研究因而也是絲綢之路史研究不宜忽視的學術主題。

爲推進蜀道研究的學術進步，蜀道研究院組織了《蜀道遺産叢書》，內容包括文化遺産類和自然遺産類兩部分，涉及歷史學、文學、考古學、藝術學、文獻學、生物學等學科方嚮，確實實現了多學科的結合。這些論著體現出值得肯定的學術水準。該叢書對蜀道研究的學術進步實現了有力的推促。學術質量和工作效率，都值得學界誠心敬重。

讀者面前的《蜀道遺産叢書》第一輯，其編訂與出版，無疑是應當得到高度贊賞的新的學術貢獻。對于今後蜀道的考察和研究而言，學術基點提升到了新的高度。學術視野的開闊，學術方式的更新，學術認識的拓進，均可以因此得到新的啓示。

捧讀這些優秀的學術成果，對于今後蜀道研究的學術進步，可以有更爲樂觀的預期。

王子今

2024年6月10日，甲辰端午

于山東滕州旅次

---

① 王子今：《漢武帝"西夷西"道路與向家壩漢文化遺存》，《四川文物》2014年第5期。

② 王子今：《海西幻人來路考》，《秦漢史論叢》第8輯，雲南大學出版社2001年版。

③ 王子今：《説敦煌馬圈灣簡文"驅驢士""之蜀"》，《簡帛》第12輯，上海古籍出版社2016年版；《河西"之蜀"草原通道：絲路別支考》，《絲綢之路研究集刊》第1輯，商務印書館2017年版。

《蜀道遺産叢書》序二

陳 濤

一

蜀道是中國古代從關中平原穿越秦嶺、巴山到達四川盆地的道路交通體系，其沿綫擁有喀斯特、丹霞等特殊地貌和壯觀的自然景觀，分布着具有全球意義的生物多樣性保護區域，留存着諸多重要歷史文化遺址遺迹，已成功入選"世界自然與文化遺産預備名録"。

千年古蜀道，半部華夏史。蜀道溝通四川盆地與中原地區，連接長江文明和黄河文明，連通南北絲綢之路，奠定中國古代盛世的堅實基礎，促進中華多族群、多區域、多元一體文明格局的形成，見證古代中國與世界其他文化的交往交流交融，彰顯中華民族"因地制宜"智慧與"開拓進取"精神。作爲一條貫通中國南北的大動脉，蜀道在歷史上的政治、經濟、文化、社會、生態等方面的作用是巨大的，其不僅對中國歷史演變有重大影響，在世界文明史中也有着十分重要的意義。

蜀道是一條國家統一之路，對于溝通中原與西南地區、維護國家統一發揮着巨大作用。周武王伐紂，實得巴蜀之師；秦據巴蜀，終并六國；楚漢相争，劉邦任蕭何留守巴蜀，東定三秦；三國鼎立，諸葛亮以漢中爲基地，創造以攻爲守的軍事奇迹；隋末李淵起兵晋陽、奪取關中後，取巴蜀，收荆襄，奠定唐開國的後方基地；北宋先取四川，後定江南。蜀道在不同歷史時期對于維護國家統一都發揮着不可替代的作用。

蜀道是一條富庶發展之路，對歷史上巴蜀與外界的貿易交流影響深遠。四川盆地與關中平原在中國歷史上是兩個開發最早、最爲繁榮的經濟區，都贏得了"天府之國"的美名，這兩大經濟區，通過蜀道很好地聯係起來，在立國安邦中起到了巨大作用。所以，陳子昂曾説："蜀爲西南一都會，國之寶府，又人富粟多，浮江而下，可濟中。"杜甫在安史之亂後也説："河南、河北、貢賦未入。江淮轉輸，异于曩時。唯獨劍南，自用兵以來，税斂則殷，部領不絶，瓊林諸庫，仰給最多，是蜀之土地膏腴，物産繁富，足以供王命也。"中國最早的紙幣——交子，便是宋代蜀道經濟帶茶馬、茶鹽貿易的結晶。在漫長的歷史時期，蜀道促進了巴蜀與關中經濟的互通與發展。

蜀道是一條文明交融之路，在通衢南北的歷史長河中，促進了多種文化的交流融合，留下諸多珍貴的歷史文化遺産。憑借蜀道，巴蜀文化穿岷山越秦嶺，迤邐北上，徜徉于三秦大地，并折而東向，與中原文化密切交流，成爲中國重要的地域文化。"棧道千里，無所不通"，蜀道打通了南北兩條絲綢之路，讓蜀地成爲古代中外文化、經濟交流的核心地帶之一。蜀道的存在，使黄河和長江兩大文明得以交匯，從而加速了巴蜀與漢中、關中乃至全國各地經濟文化的聯係，促進了商品經濟發展和城市繁榮，并形成漢唐時期沿蜀道繁華的城市經濟帶。除此之外，蜀道上衆多的歷史遺存與文化景觀，構成了規模大、時間長、内涵豐富且獨具特色的蜀道文化遺産，不僅是中國古代交通史的重要見證，更是觸摸古代歷史文化的必要脉搏。例如蜀道上的關隘，南起成都，北至漢中，有綿竹關、白馬關、涪關、瓦口關、劍門關、白水關、葭萌關、天雄關、飛仙關、朝天關、陽平關、七盤關等，不少棧道、關隘上都有悲壯的歷史故事和重要的遺迹，如劉邦、韓信明修棧道、暗度陳倉；兩漢之際公孫述進攻關隴；三國時諸葛亮兩次于斜谷設疑兵而主力出祁山、陳倉，姜維在劍門關擁兵死守而迫使進攻之敵改道入川；南宋軍民在大散關英勇抵抗金兵的多次猛攻；蒙古拖雷部攻克武休關而陷漢中；等等，都顯示出蜀道關隘遺址是蜀道歷史文化的重要見證，成爲寶貴的古代交通與軍事文化遺産。

蜀道是一條緑色生態之路，沿綫擁有優美壯觀的自然景觀，是我國重要的生物多樣性保護地與瀕危物種栖息地。蜀道沿綫分布有秦嶺太白山國家森林公園、米倉山國家森林公園、天璧山國家森林公園、劍門關國家森林公園，還有近萬株古柏組成的翠雲長廊，森林內有各種奇特的自然景觀及珍稀的野生動植物資源。蜀道上地表奇秀的峰叢、石林、峽谷景觀，獨特的喀斯特地貌，以及保存完整、品種衆多、面積最大的水青岡群落，都極具美學價值和保護價值。傳承幾百年的"古柏離任交接制度"，時至今日仍傳承發揚，閃耀着生態環境保護的歷史光芒。蜀道的發展史、保護史，都完全凸顯了古蜀道是尊崇環保、發展生態的突出範例。

蜀道作爲出入四川尤其是西蜀與中原之間的黄金通道，千百年來，絡繹不絶的各色人等來來往往，川流不息。尤其是傳播佛、道信仰的高僧、高道們，他們或從中原入蜀，或從蜀道出川，一路上留下了大量的石窟造像、石刻雕塑、建築壁畫等珍貴的藝術品，從而使得蜀道沿線地區又成爲宗教遺産的密集區。

歷經數千年歷史風雲積澱的蜀道上，還遺存着豐富的古城、古鎮、古村、古寨等，它們具有多彩的形態、古樸的民風、獨特的建築風格和深厚的文化底蘊，是映射中華民族文化之光的聚落，可謂古蜀道上一顆顆閃亮的明珠。這些古代聚落很好地實現了歷史繼承與時代遞變的和諧發展，成爲當今蜀道沿線重要的人文景觀，頗具文化和旅游價值。

蜀道盤旋于秦嶺、巴山間，高山峽谷，道阻且長。人們鑿山築棧，架橋渡水，采用不同工程技術，克服重重障礙，連通巴蜀與中原，天塹變通途。從春秋戰國的"巴蜀苴秦地緣"，到"五丁開道"，再到唐代詩人李白的《蜀道難》，這條中國古代從關中平原穿越秦嶺、翻越巴山，到達四川盆地的交通大動脉，以險峻聞名遐邇。千年前，面對古蜀道逼仄崎嶇，部分路段甚至被稱爲鳥道，蜿蜒盤旋于峭壁之上的環境，先民們爲了貫通南北大地，以勤勞智慧和頑强意志，一點一滴尋求方法解決問題，一磚一石地成就了蜀道千年傳承的輝煌。在生產力不發達的古代，不斷探索和開拓未知領域，爲了目標下定決心、不怕犧牲、排除萬難去爭取勝利，正是中華民族精神的具體體現和寶貴財富。

蜀道是人類歷史上順應自然、改造自然并與自然和諧共生的典範。縱觀中華文明史，秦嶺是中國幾大基本地域文化區相互聯係的最大的天然屏障，作爲穿越秦嶺的早期道路，蜀道是民族文化顯現超凡創造精神和偉大智慧與勇力的歷史紀念。在蜀道上誕生了世界上最早的人工隧道——石門，遺留下了蜿蜒的古棧道，遺留下了數量衆多的關隘、驛鋪和寨堡……遇山開山，修路鋪道；遇水架設棧道，立柱修橋。這些蜀道上的歷史文化遺迹無不處處體現着千百年來巴蜀民衆不屈不撓、因地制宜、開拓進取的精神。

豐沛厚重、綺麗多姿的蜀道文化遺産與自然遺産，見證着中華文明突出的連續性、創新性、統一性、包容性、和平性，見證着中國百萬年的人類史、一萬年的文化史、五千多年的文明史，也見證着中華文明對世界文明進步所做出的重要貢獻。

二

從商周之際算起，蜀道已有近三千年歷史，相關研究多有開展，但真正學術意義上的蜀道研究是在中華人民共和國成立後才發展興盛的。學界從考古調查、文獻整理、歷史文化、文學藝術、環境生態等層面展開蜀道研究，取得不少成績，西華師範大學專家學者在此領域的成果尤其值得關注。

20世紀80年代，西華師範大學成立巴蜀文化研究所、區域經濟研究所，關注蜀道遺産資源，推出了《巴蜀文化大典》《巴蜀佛教碑文集成》《巴蜀道教碑文集成》《司馬相如集校注》《揚雄集校注》等系列成果，確立了研究方嚮。

2007年，西華師範大學組建西部區域文化中心，建設省社科基地，推出《巴蜀文學史》《巴蜀方志藝文篇目索引》《蜀鑑校注》等成果，蜀道研究全面展開，呈現出多學科、多領域齊頭并進的趨勢。

2017年，西華師範大學設立蜀道研究中心，承擔蜀道申遺重大項目，推出蜀道研究領域中的首套大型文獻叢書《蜀道行紀類編》，確立了其在蜀道研究領域中的領先地位。其後，相關研究人員先後承接國家社科基金重點項目、國家自然科學基金項目等國家級科研項目36項，横嚮科研項目49項，獲得省科技進步獎、社會科學優秀成果獎等省級以上獎勵21項，取得了較好的社會效益與經濟效益。

2023年7月25日，習近平總書記考察廣元翠雲廊古蜀道期間，西華師範大學蔡東洲教授全程擔綱講解工作。其後，西華師範大學相關專家學者在中央電視臺等30多家媒體上傳播蜀道文化，其蜀道研究享譽海内外。2023年12月12

日，蜀道研究院正式揭牌，西華師範大學的蜀道研究開啓了新篇章。

　　爲深入學習習近平總書記來川視察重要指示精神，貫徹落實黨中央和省委、省政府關於蜀道保護利用部署要求，推動蜀道考古調查、文獻整理、生態保護等跨領域多學科研究，打造中國蜀道研究高地，蜀道研究院計劃分期分批推出《蜀道遺產叢書》，集中呈現蜀道研究優秀成果，提供蜀道保護傳承、創新利用、宣傳普及、文旅融合、傳播交流等工作的學術支持。

　　《蜀道遺產叢書》分爲文化遺產和自然遺產兩類。第一輯中，文化遺產類有《唐五代入蜀文人與蜀道詩研究》《唐宋蜀道文學研究》《蜀道南段調查報告（2017—2018）》《蜀道南段古代壁畫遺珍》《米倉道巴州平梁城調查報告》《司馬相如集校注與研究》6種；自然遺產類有《四川米倉山國家級自然保護區臺灣水青岡的生存現狀》《大熊猫研究》《四川唐家河國家級自然保護區生物多樣性研究》《瀕危植物水青樹的保護生物學》4種。作者既有年屆鮐背的李孝中先生，“國家哲學社會科學成果文庫”入選者蔡東洲教授，大熊猫生態生物學研究奠基人和“中國大熊猫研究的第一把交椅”的胡錦矗先生，又有蜀道文學藝術研究領域的主力軍嚴正道教授、伍聯群教授、劉顯成教授，蜀道生態研究領域的知名學者張澤鈞教授、胥曉教授、甘小洪教授，以及蜀道考古領域的新秀羅洪彬博士等，充分體現出西華師範大學專家學者在蜀道研究領域薪火相繼、代有傳承、開拓進取的學術風範。

　　尺有所短，寸有所長，研究者的學術理念、研究方法有別，學養亦有差異，這些成果中也會存在引起討論之處，懇請專家學者不吝賜教，齊心協力助推蜀道研究工作縱深發展，創建綫性遺產保護研究傳承典範，爲奮力譜寫中國式現代化四川新篇蜀道華章、建設中華民族現代文明做出貢獻。

陳　濤

2024年6月18日

作者簡介

李孝中　男，1930年生，雲南省彌渡縣人。1948年參加革命工作，1953年畢業于雲南省大理市中等師範學校，隨後進入四川師範學院中文系學習。1957年畢業分配至南充師範專科學校中文系（今西華師範大學文學院），從事古典文學教學研究工作。1991年離休。李孝中教授曾受業于夏承燾、屈守元等先生，在司馬相如研究、巴蜀文獻整理研究等領域多有收穫。著有《〈載馳〉詮釋辨》（《南充師範學院學報（哲學社會科學版）》1984年第3期）、《傳統觀念與求實精神——王灼〈碧雞漫志〉試論》（《四川師範學院學報（哲學社會科學版）》1987年第3期，與侯柯芳合作），《王灼生平爵里考辨》（《西南師範大學學報（哲學社會科學版）》1992年第4期，與侯柯芳合作），《司馬相如三題》（《司馬相如研究會會刊》第2期）等學術論文；有《司馬相如集校注》（巴蜀書社2000年版）、《王灼集》（巴蜀書社2005年版，與侯柯芳合作）、《司馬相如作品注譯》（四川人民出版社2007年版，與侯柯芳合作）等。研究成果獲四川省社會科學界優秀成果獎等。

目录
CONTENTS

| 校 注 |

·附　録·

｜研　究｜

校 注

校注説明

司馬相如著作，《史記·司馬相如列傳》著録八篇，存目三篇，《漢書》本傳同。《漢書·藝文志》署目合計三十篇，《西京雜記》著録一篇。魏晋南北朝諸史均不見載，然同時期之《古文苑》著録一篇，《文選》著録七篇，《玉篇》存目一篇，《玉臺新咏》著録一篇，《文章緣起》存目一篇。迄今所見隋唐之前載籍著録作者著作大致如此[①]。

《隋書·經籍志》首見作者專集，著録《司馬長卿集》一卷，舊、新《唐書》亦明載《司馬相如集》二卷。之後，《宋史》《元史》等書具不之見，蓋自唐以後，作爲專集之相如著作即已散亡。嚴可均云："長卿集，魏晋時早有散亡，隋唐之二卷當是六朝重輯。"（見《鐵橋漫稿》）魏晋前即有長卿集，未知何據；"隋唐之二卷"六朝所輯，却有可能[②]。

明代，輯書業繁興，自梅鼎祚輯《西漢文紀》收録司馬相如文四篇之後，張燮編《七十二家集》及張溥編《漢魏六朝百三名家集》均分別輯録《司馬文園集》二卷和一卷，汪士賢集刻《漢魏諸名家集》亦收《司馬長卿集》一卷。清代，嚴可均輯《全漢文》，他"匯聚群書所載，重加編次，輯《司馬長卿集》二卷"[③]；末季，有吴汝綸評選《漢魏六朝百三家集選》《司馬文園集選》一卷，丁福保輯《漢魏六朝名家集初刻》《司馬長卿集》二卷[③]；等等。諸家所輯，時代不同，名目各異，然所收作品大體一致。惟張燮及張溥輯《司馬文園集》多録《自叙傳》一篇。考此《自叙傳》，文字與《史記·司馬相如列傳》（删除尾部）全同。後者於傳末附言，明其所以爲长卿自叙之由，今以附於本書之末，姑備一説，而不再收《自叙傳》云。

上述諸種輯本均未言及作品存佚情况，亦未言明輯自何書，然自文字觀之，其系統約爲二：一爲《史記》系統，如《司馬文園集》；一爲《漢書》系統，如《司馬長卿集》（包括《文選》）。換言之，諸本多數篇目非録自《史記》，即録自《漢書》，第輯録時代之先後不同，抄録之精粗各異，是以文字略有歧異耳。

此次整理，鑒於舊輯本文字多所舛訛，篇什各異，故徑自舊籍中輯録，無舊籍可依者，方從輯本，然後加以校注。輯自《史記》者八篇：《子虛賦》，《上林賦》（《子虛》《上林》，《史記》原爲一篇，《文選》始分爲二，今從之），《喻巴蜀檄》《難蜀父老》《諫獵疏》《哀二世賦》《大人賦》《封禪書》。輯自《西京雜記》者一篇：《答盛覽問作賦》。輯自《文選》者一篇：《長門賦》。輯自《古文苑》者一篇：《美人賦》。輯自《玉臺新咏》者一篇：《琴歌（二首）》。輯自《漢魏六朝百三名家集》本《司馬文園集》者一篇：《報卓文君書》。所輯凡十三篇（另《凡將篇》殘句若干條），合而成集，加以校注，名之曰《司馬相如集校注》。集末附録《史記》司馬相如本傳、軼事、歷代題咏、集評、有關《自叙傳》論爭二則，以及由侯柯芳同志撰寫之《司馬相如爵里質疑》和《司馬相如其人其文》二文，供讀者參閱。

班固稱司馬相如僅賦作即二十九篇。而《史記》《漢書》所收篇目相同，含文僅八篇。二書司馬相如本傳末均云："相如它所著，若《遺平陵侯書》《與五公子相難》《草木書篇》，不采，采其尤著公卿者云。"存目三篇。《漢書·藝文志》"小學十家"項下又列司馬相如作"《凡將》一篇"存目。梁顧野王《玉篇下·石部》存目《梓桐山賦》一篇，梁任昉《文章緣起》存目《荊軻贊》一篇，《文選·魏都賦》劉逵注稱司馬相如著《梨賦》存目一篇，唐虞世南《北堂書鈔》卷一六四謂相如撰《魚葅賦》存目一篇，吳兢《樂府古題要解》謂相如作《釣竿》詩存目一篇。宋虞汝明謂司馬相如作《玉如意賦》存目一篇。元徐駿《詩文軌範》謂司馬相如作《老將篇》，疑爲《凡將篇》之訛。前述所輯賦、文、歌篇目，并此存目而無文之十篇即使全部屬實，猶遠未足賦作之數，足見其作品喪佚者夥矣。

輯録校勘所據，録自《史記》之八篇，用上海涵芬樓影印南宋黃善夫刻本《史記》作底本，以上海涵芬樓借常熟瞿氏鐵琴銅劍樓藏北宋景祐刊本《漢書》（亦四部叢刊本）及中華書局影印胡克家刻《文選》爲主要參校本：是皆迄今所見最早、較好之版本。然亦不囿於是，并用《藝文類聚》、《初學記》、《史記》三家注本、五臣注《文選》、明刊《司馬文園集》及《司馬長卿集》、中華書局點校本《史記》及《漢書》參校。其餘各篇，以其所輯本與其後刊本校勘之。底本與參校本文字凡有出入，均出校記；爲能見到時代文字嬗變之軌迹，雖屬古今字、異體字，亦出校記。底本文字明顯欠妥者，則擇用他本文字，并出校記，間亦辨明擇取之由，蓋欲保留原貌，且明去取故也。

　　斷句及長篇之分段，前八篇多參考中華書局點校本《史記》和《漢書》。標號采用通行體例。句中人名、地名、物名并列者，如堯舜、巴蜀、衡蘭之類，正文中一般不予點斷，待注釋時析而別之。校注序號標於句末，校記、注文合編序號，并列於正文之後。同句有校有注者，順詞序作校注；既注且校者，一般先注後校；校後方見義者，亦不拘此以害達意。注釋以釋詞義爲主，須明出處始盡詞義者則尋出之；一般不作疏串，間有確需疏串者則疏串之。前人注疏可用者酌用之，以期省約文字焉。難字音注直音，置於該難字之下。

　　本書重在整理。司馬相如之著作，文多所謂"虚辭濫説"，注釋頗生煩費。由於校注者水平有限，處理欠妥及注疏失誤，所在必夥，渴望方家之教正。

　　　　　　　　　　　　　　　　　　　　　　　校注者
　　　　　　　　　　　　　　　　　　　　一九八七年六月
　　　　　　　　　　　　　　　　　　　一九九九年十月修訂

注:

　　①清人姚振宗在其《漢書藝文志拾補》中，赫然補列"漢司馬相如集二卷"，似爲班氏補遺，惜乎乏據。其書"例言"有云："《漢志》所録多非其全，《隋志》載六國以來西漢人詩文集凡二十九家，該合一人所作爲一集。故司馬相如集載有自序，劉向集載有誡子書，此論非與《漢志》

所録實不相同；既爲别本，自不容略，今并補輯所未備，類從於《詩賦略》中。"此乃以後人輯本爲前人"補遗"，實不可信。純文學之專集、"别本"，魏晋之前根本不見，從文學觀念之發展看亦不可能出現。并且，所謂"自序"之説，毫無説服力。

②專集首見於《隋志》，然而輯録成集并不一定在隋，而在稍前之齊梁時代，可能性較大。一，司馬相如其人其事於當時受到空前絶後的重視。當局甚至於梁天監六年置其故鄉爲相如縣，以示彰顯和景仰。二、在"才秀之士，焕乎俱集"（《南史·文學傳序》）之梁朝，諸如《文選》《文章緣起》《文心雕龍》《玉臺新咏》等名輯名著先後問世。那麼，爲司馬相如輯録作品，應不爲奇矣。

③舊、新《唐書》二卷本，未知其如何分卷。今所見張燮輯二卷本之分卷，以《子虚賦》《上林賦》《大人賦》《長門賦》《美人賦》《哀二世賦》六賦爲一卷；《琴歌二首》《諫獵書》《報卓文君書》《論巴蜀檄》《難蜀父老文》《封禪文》《自序傳》爲一卷。嚴可均輯《全漢文》二卷本，則將《子虚賦》（未分出《上林賦》）、《哀二世賦》、《大人賦》爲一卷，其餘各篇爲一卷。丁氏初刻二卷本分卷與嚴氏同。

子虚赋〔一〕

　　楚使子虚使於齊，齊王悉發境內之士，備車騎之衆〔二〕，與使者出田〔三〕。田罷，子虚過詫烏有先生〔四〕，而無是公在焉〔五〕。坐定，烏有先生問曰：“今日田，樂乎？”子虚曰：“樂。”“獲多乎？”曰：“少。”“然則何樂？”曰〔六〕：“僕樂王之欲夸僕以車騎之衆，而僕對以雲夢之事也〔七〕。”曰：“可得聞乎？”

　　子虚曰：“可。王駕車千乘，選徒萬騎，田於海濱，列卒滿澤，罘罔彌山〔八〕，揜兔轔鹿〔九〕，射麋脚麟〔一〇〕，騖於鹽浦〔一一〕，割鮮染輪〔一二〕。射中獲多，矜而自功。顧謂僕曰：‘楚亦有平原廣澤游獵之地饒樂若此者乎？楚王之獵孰與寡人〔一三〕？’僕下車對曰：‘臣，楚國之鄙人也，幸得宿衛十有餘年〔一四〕，時從出游，游於後園，覽於有無〔一五〕，然猶未能徧睹也，又惡足以言其外澤者乎〔一六〕？’齊王曰：‘雖然，略以子之所聞見而言之。’〔一七〕

　　“僕對曰：‘唯唯。臣聞楚有七澤，嘗見其一，未睹其餘也。臣之所見，蓋特其小小者耳，名曰雲夢。雲夢者，方九百里，其中有山焉。其山則盤紆茀鬱〔一八〕，隆崇嵂崒〔一九〕；岑巖參差〔二〇〕，日月蔽虧；交錯糾紛，上干青雲；罷池陂陁〔二一〕，下屬江河。其土則丹青赭堊〔二二〕，雌黃白坿〔二三〕，錫碧金银，衆色炫燿，照爛龍鱗〔二四〕。其石則赤玉玫瑰〔二五〕，琳瑉琨珸〔二六〕，瑊玏玄厲〔二七〕，瑌石武夫〔二八〕。其東則有蕙圃衡蘭〔二九〕，芷若射干〔三〇〕，穹窮昌蒲〔三一〕，江蘺麋蕪〔三二〕，諸蔗猼且〔三三〕。其南則有平原廣澤，登降陁靡〔三四〕，案衍壇曼〔三五〕，緣以大江，限以巫山〔三六〕。其高燥則生葳蒯苞荔〔三七〕，薛莎青薠〔三八〕。其卑濕則生藏莨蒹葭〔三九〕，東薔雕胡〔四〇〕，蓮藕菰蘆〔四一〕，菴䕡軒芋〔四二〕。衆物居之，不可勝圖〔四三〕。其西則有湧泉清

池，激水推移；外發芙蓉菱華〔四四〕，内隱鉅石白沙〔四五〕。其中則有神龜蛟
鼉〔四六〕，瑇瑁鱉黿〔四七〕。其北則有陰林巨樹〔四八〕：梗柟豫章〔四九〕，桂椒木
蘭，檗離朱楊〔五〇〕，樝梨楟栗〔五一〕，橘柚芬芳。其上則有赤猨蠷蝚〔五二〕，
鵷鶵孔鸞〔五三〕，騰遠射干〔五四〕。其下則有白虎玄豹，蟃蜒貙豻〔五五〕。兕象野
犀〔五六〕，窮奇獌狿〔五七〕。

　　"'於是乃使專諸之倫〔五八〕，手格此獸。楚王乃駕馴駁之駟〔五九〕，乘
雕玉之輿，靡魚須之橈旃〔六〇〕，曳明月之珠旗〔六一〕，建干將之雄戟〔六二〕，
左烏嗥之雕弓〔六三〕，右夏服之勁箭〔六四〕，陽子驂乘〔六五〕，孅阿爲御〔六六〕；
案節未舒〔六七〕，即陵狡獸〔六八〕，蹴蛩蛩〔六九〕，轔距虛〔七〇〕；軼野馬而轊騊
駼〔七一〕，乘遺風而射游騏〔七二〕。儵眒淒浰〔七三〕，靁動熛至〔七四〕，星流霆擊，
弓不虛發，中必決眥〔七五〕，洞胸達腋〔七六〕，絶乎心繫〔七七〕，獲若雨獸〔七八〕，
揜草蔽地。於是楚王乃弭節裴回〔七九〕，翱翔容與〔八〇〕，覽乎陰林，觀壯士之
暴怒，與猛獸之恐懼，徼㲉受詘〔八一〕，殫睹衆物之變態〔八二〕。

　　"'於是鄭女曼姬〔八三〕，被阿錫〔八四〕，揄紵縞〔八五〕，雜纖羅，垂霧
縠〔八六〕，襞積褰縐〔八七〕，紆徐委曲〔八八〕，鬱橈谿谷〔八九〕；紛紛裶裶〔九〇〕，
揚袘卹削〔九一〕，蜚襳垂髾〔九二〕；扶輿猗靡〔九三〕，噏呷萃蔡〔九四〕。下摩蘭
蕙〔九五〕，上拂羽蓋〔九六〕，錯翡翠之威蕤〔九七〕；繆繞玉綏〔九八〕，縹乎忽
忽〔九九〕，若神仙之仿佛〔一〇〇〕。

　　"'於是乃相與獠於蕙圃〔一〇一〕，媻姍勃窣〔一〇二〕，上金隄〔一〇三〕，揜
翡翠〔一〇四〕，射鵕鸃〔一〇五〕，微矰出〔一〇六〕，纖繳施〔一〇七〕，弋白鵠〔一〇八〕，
連駕鵝〔一〇九〕，雙鶬下〔一一〇〕，玄鶴加〔一一一〕。怠而後發〔一一二〕，游於清
池，浮文鷁〔一一三〕，揚桂枻〔一一四〕，張翠帷，建羽蓋，罔瑇瑁〔一一五〕，釣紫
貝〔一一六〕，摐金鼓〔一一七〕，吹鳴籟〔一一八〕，榜人歌〔一一九〕，聲流喝〔一二〇〕，水
蟲駭〔一二一〕，波鴻沸〔一二二〕，涌泉起，奔揚會〔一二三〕，礧石相擊〔一二四〕，硠硠
磕磕〔一二五〕，若雷霆之聲，聞乎數百里之外〔一二六〕。

　　"'將息獠者，擊靈鼓〔一二七〕，起烽燧〔一二八〕，車案行〔一二九〕，旗
就隊〔一三〇〕，纚乎淫淫〔一三一〕，班乎裔裔〔一三二〕。於是楚王乃登陽雲之
臺〔一三三〕，泊乎無爲〔一三四〕，澹乎自持〔一三五〕，勺藥之和具〔一三六〕，而后御
之〔一三七〕。不若大王終日馳騁，而不下輿〔一三八〕，胅割輪淬〔一三九〕，自以爲

娱。臣竊觀之，齊殆不如。’於是王默然無以應僕也〔一四〇〕。”

烏有先生曰：“是何言之過也！足下不遠千里，來況齊國〔一四一〕，王悉發境内之士〔一四二〕，而備車騎之衆與出田〔一四三〕，乃欲戮力致獲，以娱左右也〔一四四〕，何名爲夸哉！問楚地之有無者，願聞大國之風烈〔一四五〕，先生之餘論也〔一四六〕。今足下不稱楚王之德厚，而盛推雲夢以爲高〔一四七〕，奢言淫樂而顯侈靡，竊爲足下不取也。必若所言，固非楚國之美也。有而言之，是章君之惡〔一四八〕；無而言之，是害足下之信〔一四九〕。章君惡而傷私義〔一五〇〕，二者無一可，而先生行之，必且輕於齊而累於楚矣〔一五一〕。且齊東有巨海〔一五二〕，南有琅邪〔一五三〕，觀乎成山〔一五四〕，射乎之罘〔一五五〕，浮勃澥〔一五六〕，游孟諸〔一五七〕，邪與肅慎爲鄰〔一五八〕，右與湯谷爲界〔一五九〕。秋田乎青丘〔一六〇〕，傍偟乎海外，吞若雲夢者八九，其於胸中曾不蔕芥〔一六一〕。若乃俶儻瑰偉〔一六二〕，異方殊類，珍怪鳥獸，萬端鱗萃〔一六三〕，充仞其中者〔一六四〕，不可勝記，禹不能名，契不能計〔一六五〕。然在諸侯之位，不敢言游戲之樂，苑囿之大；先生又見客〔一六六〕，是以王辭不復〔一六七〕，何爲無以應哉〔一六八〕！”

校注

〔一〕本篇載《史記》卷一一七，《漢書》卷五七上，《文選》卷七，《藝文類聚》卷六六。

〔二〕“齊王悉發境内之士，備車騎之衆”二句，《漢書》《文選》作“齊王悉發車騎”一句。

〔三〕田：獵也。《易·繫辭》下：“作結繩以爲罔罟，以田爲漁。”注：“以罟取獸曰田。”通“畋”，《文選》即作“畋”。

〔四〕過：訪。詫：告，誇。《漢書》作“姹”，《文選》作“妊”。

〔五〕無是公，《漢書》《文選》均作“亡是公”，下同；并句首無“而”字。在，《漢書》《文選》作“存”。

〔六〕曰，《漢書》《文選》作“對曰”。

〔七〕雲夢：楚國澤名。《周禮·夏官·職方氏》：“正南曰荆州，其山鎮曰衡山，其澤藪曰雲瞢。（同夢）”鄭玄注：“衡山在湘南，雲夢在華容。”

〔八〕罘（佛）：通“罦”，網。《説文》：“罦，兔罟也，从网，否聲。”罔：同“網”。

〔九〕揜：同“掩”，捕也。兔，《漢書》作“菟”。轔（林）：車輪。轔鹿：車輪輾壓鹿也。

〔一〇〕脚：謂抓住一脚。《史記索隱》引韋昭云：“脚，謂持（其）一脚也。”《漢書》作“格”。顏師古云：“格字或作‘脚’，言持引其脚也。”中華書局點校本《漢書》亦作“格”。

〔一一〕騖：奔馳。鹽浦：謂産鹽之濱海地區。

〔一二〕割鮮：謂割取生肉。染輪：《文選》李善注引李奇曰：“染，擩也，切生肉擩車輪鹽而食之也。”是染輪即擩鹽。擩，顏師古注爲“搵”，可作“蘸取”解。上句謂車過鹽浦，故云。又，高步瀛《文選李注義疏》曰：“《廣雅·釋詁》：‘染，污也。’此謂生肉血流污於車輪，盛言中獲之多。”則染輪爲血染車輪也。此亦可通，以備一説。

〔一三〕何，《漢書》《文選》作“孰”。寡人，《文選》作“寡人乎”。

〔一四〕宿衛：在宮中擔任警衛，值宿。

〔一五〕《文選》李善注曰：“覽於有無，謂或有所見，或復無也。”

〔一六〕惡，《文選》作“焉”。又，《漢書》《文選》無“者”字。

〔一七〕《漢書》無“而”字。

〔一八〕盤紆：盤旋紆曲。弗鬱：山幽深貌。

〔一九〕隆崇：高起。崒（律）崪（卒）：險峻貌。《文選》作“崒崪”。《漢書》無“隆崇崒崪”句。

〔二〇〕岑巖：山險峻貌。《漢書》《文選》作“岑崟”。

〔二一〕罷（皮）池：山傾斜貌。陂（坡）陁（鮀）：陂同“陁”；陁同“陀”，《文選》即作“陀”。《集韵》：“陁陀，不平也。”

〔二二〕丹：朱砂。青：青䨼，石青之屬，可作顏料。赭：紅土。垩（過）：白土。

〔二三〕雌黄：又名石黄，即三硫化砷，與雄黄同類，可製顏料。白坿：白石英石。一説即石灰石。

〔二四〕衆色炫燿，照爛龍鱗：《漢書》顔師古注云："言采色相耀，若龍鱗間雜也。"

〔二五〕赤玉：一名赤瑾。玫瑰：美玉名。一曰火齊珠，似雲母，色紫而有光澤，薄如蟬翼。

〔二六〕琳：美玉。瑉（民）：似玉美石。《漢書》作"珉"，《文選》作"瑉"。琨珸：石之次玉者。一謂即鐵礦石。《漢書》作"昆吾"。

〔二七〕瑊（兼）玏（勒）：似玉美石。玄厲：黑石，可作磨刀石。

〔二八〕瑌（軟）石：似玉美石，白者如冰，半有赤色。《漢書》作"礝石"，《文選》作"瑌石"。武夫：玉石，赤地白文，《文選》作"碔砆"。

〔二九〕衡、蘭：皆香草名。衡，通"蘅"，杜蘅；蘭，澤蘭。

〔三〇〕芷若：芷，亦作"茝"，白芷。若，杜若。射（夜）干：草名，根可入藥。《荀子·勸學》："西方有木焉，名曰射干，莖長四寸，生於高山之上，而臨百仞之淵。"注："《本草》藥名有射干，一名烏扇。陶弘景云：花白莖長，如射人之執竿。"一説射干多生山崖之間，其莖雖細，亦類木，故荀子稱之爲木。《漢書》《文選》無此二字。

〔三一〕穹窮：香草名，生山谷間，根可入藥。《文選》作"芎藭"。昌蒲：草本植物，生水邊，葉形如箭，根入藥。《文選》作"菖蒲"。

〔三二〕江蘺、麋蕪：香草名。實爲一物，苗曰江蘺；根曰芎藭；葉曰麋蕪，又名蘄芷。江蘺，《文選》作"茳蘺"。麋蕪，《漢書》《文選》作"蘪蕪"。

〔三三〕諸蔗：即甘庶。諸，同"藷"，《説文》："藷，藷蔗也。"《漢書》《文選》作"諸柘"。猼（博）且（居）：草名，即蘘荷。一説爲巴蕉。《漢書》注引文穎曰："巴且草一名巴蕉。"李善注《文選》同。《漢書》作"巴且"，《文選》作"巴苴"。

〔三四〕登降：上下，即從上到下，指縱長。陁（以）靡：顔師古注爲"旁袤"，指横長。《漢書》作"阤靡"。

〔三五〕案衍、壇曼：《史記索隱》引司馬彪曰："案衍：窊下；壇曼：平博也。"窊同"窊"。窊下即窪下，低窪。博，廣大。

〔三六〕巫山：今重慶市屬巫山縣有巫山，山勢險峻，巫峽即在其中。相傳巫山神女故事，宋玉《高唐賦》記之，有云："妾在巫山之陽，高丘之阻，旦為行雲，暮為行雨；朝朝暮暮，陽臺之下。"

〔三七〕葴（貞）：草名，馬藍。薪：草名，生水中，花可食。《漢書》作"析"，《文選》作"菥"。苞：即蘆，似茅，可編織履、席。荔：草名，亦名馬荔、馬藺。

〔三八〕薜：賴蒿。《漢書》作"薜"（山麻）。莎：莎草，其根稱香附子，入藥。青薠：似莎而大。

〔三九〕卑濕，《漢書》、《文選》作"埤濕"。蔵：《史記集解》引《漢書音義》曰："似蘵（似蓳而小）而葉大"。茳：茳尾草。蒹葭：蘆葦。

〔四〇〕東薔：《史記集解》引徐廣曰："似蓬草，實如葵子。"《漢書》作"東薔"。雕胡：《史記索隱》曰："雕胡，謂菰米。"《廣雅·釋草》："菰，蔣也，其米謂之雕胡。"菰即茭白。

〔四一〕蓮（沽）蘆：茭白、葫蘆。《漢書》《文選》作"觚盧"。

〔四二〕菴（安）藺（閭）：蒿也。《漢書》作"奄閭"，《文選》作"菴閭"。軒芋：蕕草，莖似蕙而臭。《漢書》《文選》作"軒于"。

〔四三〕圖：計，描述。

〔四四〕外：指水面。發：生發。芙蓉，《漢書》作"夫容"；蔆，作"蔆"。

〔四五〕內：指水中。

〔四六〕蛟：龍類動物。據《山海經》注："似蛇，而四腳小，頭細，頸有白瘿，大者十數圍，卵如一二石甕，能吞人。"鼉（鼉）：鼉龍，俗名猪婆龍。似蜥蜴而大，鱷魚之屬，身有甲，皮可蒙鼓。

〔四七〕瑇（代）瑁（冒）：龜類動物，其甲有花紋，可作裝飾品。《漢書》作"毒冒"。鱉（別）：同"鱉"，形似龜，背甲無紋，邊緣柔軟，俗曰團魚。黿（元）：龜屬，似鱉而大，頭有疙瘩，俗稱癩頭黿。

〔四八〕陰林：山北之林。一説樹衆而大，多陰，故稱陰林。巨樹，《文選》作“其樹”。

〔四九〕楩（駢）：黄楩木，一種喬木。柟：楠之異體，亦作“枬”，即楠木。豫章：即樟木。一説豫，枕木；章，樟木。

〔五〇〕蘗（薄）：即黄蘗，其根皮入藥。《漢書》作“檗”。離：通“樆”，木名，山梨。朱楊：赤莖柳。

〔五一〕樝（渣）：似梨而甘。一説似梨而酢澀。梸，《漢書》《文選》作“梨”。梬（影）：梬棗，似柿而小。栗：木名，實可食，亦入藥。有謂樝梨即鐵梨，黄赤而圓；梬栗即梬棗，又名丁香柿。

〔五二〕其上：林木之上。猨，同“猿”。蠷（決）蝚（撓）：通“玃猱”，猴類動物。或謂獮猴。“赤猨蠷蝚”句，《漢書》《文選》無之。

〔五三〕鵷鶵：鳥屬，形似鳳。《漢書》作“宛鶵”。孔鸞：孔雀，鸞鳥。

〔五四〕騰遠：善攀援騰躍之猿類。《漢書補注》引梁章鉅則謂爲“騰猿”之誤。射干：動物名，即野干。一説似狐而小。一説爲胡地野犬。

〔五五〕蟃蜒：獸名，形似狸。貙（出）豻（闇）：似狸而大。

〔五六〕兕（泗）、犀：獸名。兕似牛，犀似猪。

〔五七〕窮奇：惡獸名。據《山海經》謂其壯如牛，蝟毛，音如獋狗，食人。獌獑：同“蟃蜒”。此句與上句，《漢書》《文選》無之。

〔五八〕専諸：春秋時吴國勇士，曾爲公子光（吴王闔閭）刺殺吴王僚。《漢書》作“剸諸”。

〔五九〕駮：通“駁”，猛獸名。《山海經·西山經》：“中曲之山有獸焉，其狀如馬，而白身黑尾，一角，虎牙爪，音如鼓音，其名曰駮，食虎豹。”又《爾雅·釋獸》：“駮，如馬，倨牙，食虎豹。”《漢書》《文選》即作“駮”。駟：四馬合駕一車。又《禮記·三年問·釋文》：“駟，音四，馬也。

〔六〇〕靡（米）：通“麾（灰）”，揮動，指揮。魚須：即魚鬚，海魚之鬚，指旗上似魚鬚之飾物。橈：曲木。橈旃：曲柄旗。

〔六一〕曳：麾。明月之珠旗：明月珠所飾之旗。

〔六二〕建：立，舉。干將：春秋時吳人，善鑄劍。雄戟：《史記索隱》引《方言》曰："戟中小子刺者，所謂雄戟也。"

〔六三〕烏嘷：木名，一名柘桑，質堅勁，爲製弓良材。嘷，同號，《漢書》《文選》即作"烏號"。《淮南子·原道》："射者扜烏號之弓，彎棋衛之箭。"注："烏號，桑柘，其材堅勁，烏峙其上，及其將飛，枝必橈下，勁能復巢；烏隨之，烏不敢飛，號呼其上。伐其枝以爲弓，因曰烏號之弓也。"

〔六四〕夏服：《漢書》注引伏儼曰："服，盛箭器也，夏后氏（羿）之良弓名煩弱，其矢亦良，即煩弱箭服也，故曰夏服。"一說，服爲"般"之訛，夏服即"夏般"，楚地名。以上二句，枚乘《七發》："右夏服之勁箭，左烏號之彫弓。"

〔六五〕陽子：即孫陽，字伯樂，春秋時秦國人，以善相馬著名。驂乘：車右陪乘者。《漢書·文帝紀》："乃令宋昌驂乘。"顏師古注："驂乘之法，尊者居左，御者居中，又有一人處車之右，以備傾倒。是以戎事則稱車右，其餘則曰驂乘。"

〔六六〕纖阿：人名，古之善御者。《漢書》《文選》作"孅阿"。

〔六七〕案節：控制車馬，使之緩行。未舒：未盡意馳騁。

〔六八〕陵：通"凌"，侵凌，踐踏。狡獸：狡捷之獸。

〔六九〕轔，《漢書》《文選》作"蹵"。邛邛：青色獸，狀如馬。《漢書》《文選》作"蛩蛩"。

〔七〇〕蹵（促），《漢書》《文選》作"轔"。距虛：獸名，似騾而小。《史記集解》引郭璞曰："距虛即蛩蛩，變文互言耳。"

〔七一〕軼：超過。野馬：似馬而小。而，《漢書》無之。轊（衛）：同"轄"，車軸頭。謂軸頭衝而殺之也。騊（陶）駼（途）：北狄良馬。《山海經·海外北經》："北海內有獸，其狀如馬，名曰騊駼。"一說野馬。（見《爾雅·釋獸》）

〔七二〕遺風：千里馬名。游騏：游動之騏馬。騏：青驪色馬。《漢書》無"而"字。

〔七三〕儵眑（腎）、淒浰：皆快疾之貌。儵，通“倏”。《漢書》
作“倏眑倩浰”，《文選》作“倏眑倩浰”。

〔七四〕靁，同雷。熛：疾風。《漢書》作“猋”。

〔七五〕決：裂。眥：目眶。

〔七六〕洞：穿透。腋，《漢書》《文選》作“掖”。

〔七七〕絕：斷。心繫：連接心臟之脉道經絡。

〔七八〕雨獸：如天之雨獸，言其多。

〔七九〕弭節：即案節，控制車馬緩行。裴回：即徘徊。《漢書》作
“俳佪”。

〔八〇〕翱翔容與：從容自得貌。

〔八一〕徼（邀）𧽾（集）受詘：攔獲疲極力盡之野獸。徼：通
“邀”，攔截。𧽾：疲極。《漢書》作“亂”。詘：屈，盡也，竭也。

〔八二〕殫：盡。衆物：指衆獸。變態：被攔截而驚恐逃遁之態。句
謂盡觀衆獸驚變之態。

〔八三〕鄭女：美女。相傳鄭國多美女。春秋時鄭國在今河南新鄭
帶。曼姬：亦美女。曼：色理光澤細膩。

〔八四〕被：同“披”。阿：細繒。錫：通“緆”，細布，《文選》
即作“緆”。

〔八五〕揄：拖曳。紵：麻布。縞：素絹。

〔八六〕霧縠（胡）：輕薄如霧之細紗。縠：輕紗。

〔八七〕襞（必）積、褰（簽）縐：均指衣裙上褶子。顏師古曰：“襞
積，即今之裙襉。”《史記索隱》引蘇林曰：“褰縐，縮蹙之也。”

〔八八〕紆徐委曲：衣裙綫條婉曲多姿貌。此句《漢書》無。

〔八九〕鬱橈谿谷：謂衣裙褶襉深曲，有如谿谷。鬱橈：深曲貌。

〔九〇〕裾（分）裾、襜（非）襜：皆衣長貌。百三家集本作“紛紛
霏霏”。

〔九一〕揚：提，舉。袘（意）：衣袖。《漢書》作“袣”。卹削：
衣裙裁製整齊貌。《漢書》《文選》作“戌削”。

〔九二〕蜚：通“飛”。襳（先）：婦女上衣之裝飾長帶。髾

（燒）：燕尾形帶飾。

〔九三〕轝，《史記》原作“與”，無解，今從《漢書》《文選》。狷靡：隨風飄動貌。

〔九四〕噏（喜）呷萃蔡：衣服飄動磨擦聲。噏，《漢書》《文選》作“翕”。

〔九五〕摩：拂、擦。下摩：謂垂髾也。《文選》作“靡”。

〔九六〕上拂羽蓋：謂蜚襳也。

〔九七〕錯：雜。翡翠：本鳥名，代指其羽毛所做之頭飾。威蕤：頭飾光盛貌。《漢書》作“葳蕤”。

〔九八〕繆繞：纏結，繚繞。繆，同“繚”。綏：當作“緌”，指纓飾。繆繞玉綏，亦謂鄭女曼姬之容服也。

〔九九〕縹乎：飄渺。與“忽忽”并謂隱約迷忽之貌。宋玉《高唐賦》“悠悠忽忽”，《文選》注云：“悠悠，遠貌。忽忽，迷貌。”縹乎忽忽，《漢書》《文選》作“眇眇忽忽”。

〔一〇〇〕《漢書》無“仙”字；仿佛作“髣髴”。

〔一〇一〕獠：獵。乃相與，《漢書》作“乃羣相與”。

〔一〇二〕媻珊：蹒跚，行走艱難貌。《史記索隱》：“媻珊，匍匐上下也。”珊，《漢書》《文選》作“姍”。勃窣（素）：跛行貌。

〔一〇三〕金隄：堤名。隄，同“堤”。《文選》作“上乎金隄”。

〔一〇四〕翡翠：鳥赤羽曰翡，青羽曰翠。

〔一〇五〕鵕（俊）鸃（夷）：赤雉，俗稱錦雞。《漢書》作“鵔鸃”，《文選》作“駿鸃”。

〔一〇六〕矰（曾）：短矢。

〔一〇七〕繳：繫于矰尾之絲繩，以使流矢運行平穩。施：放，射。繳，《漢書》《文選》作“蠟”

〔一〇八〕弋：以帶繳之矢射鳥。白鵠：水鳥之一種，與俗稱之天鵝同類。

〔一〇九〕連：《史記正義》云：“駕鵝連，謂兼獲也。”又，《淮南子·覽冥訓》：“蒲且子連鳥於百仞之上”，連鳥即黏鳥。駕鵝：野鷫。駕，中華書局點校本《史記》作“駕”。

〔一一〇〕鶬：鶬鴰，似雁而黑。下：中矢下落。

〔一一一〕加：制也。《戰國策·楚策四》：“黃鵠……不知夫射者……治其繒繳，將加己乎百仞之上。”

〔一一二〕怠：疲倦。《漢書》無“發”。

〔一一三〕浮：水上泛舟。鷁：水鳥。文鷁：采繪於舟首之鷁鳥，代指舟。《漢書》注引張揖曰：“淮南曰：龍舟鷁首，天子之乘也。”

〔一一四〕揚：舉。《史記》《漢書》均作“楊”，今從《文選》。枻（易）：船槳。桂枻，桂木所製枻，言其貴重。按：《漢書》作“旌枻”，注引張揖謂“析羽爲旌，建於船上。”然王念孫《讀書雜志》云：“桂枻，謂以桂爲檝，猶《楚辭》言‘桂櫂兮蘭枻’也。浮文鷁，楊桂枻，張翠帷，建羽蓋，皆相對爲文。”

〔一一五〕罔：網。瑇瑁，《漢書》作“毒冒”。

〔一一六〕紫貝：水産介類动物，紫質黑紋。釣，《文選》作“鈎”。

〔一一七〕摐：撞。顏師古：“金鼓，謂鉦也。”《漢書補注》：“鉦，鐃也，其形似鼓，故名金鼓。”

〔一一八〕籟：簫。

〔一一九〕榜人：船夫。《文選》曹子建《朔風》詩：“誰忘汎舟，愧無榜人。”

〔一二〇〕流喝：《文選》注引郭璞曰：“言悲嘶也。”王先謙云：“喝讀若‘靄’，所謂‘靄迊之聲’，即櫂歌也。‘靄迊’與‘欸乃’同，參諸郭説，若今尾聲美（襯）字，激楚含哀矣。”流，指歌聲流利悦耳；喝，指歌聲抑揚而多悲涼之音。

〔一二一〕水蟲：指水中魚鱉之類。

〔一二二〕鴻：大。波鴻沸：波濤大作。

〔一二三〕奔揚：濤也。（日本瀧川資言《史記會注考證》引中井積德語）會：匯合。又，《書·禹貢》：“會於渭汭。”《傳》云：“逆流曰會。”

〔一二四〕礧（累）石：衆石。

〔一二五〕硠（郎）硠礚（科）礚：水石相擊聲。《漢書》硠硠作“琅琅”。

〔一二六〕《漢書》無“之”字。

〔一二七〕靈鼓：六面鼓。《周禮·地官·鼓人》：“以靈鼓鼓社祭”。注：“靈鼓，六面鼓也。”

〔一二八〕燧燧：《漢書補注》引郭松濤曰：“周禮冥氏：‘攻猛獸，以靈鼓驅之。《左·文十年傳》：宋華御事逆楚子，‘遂道以田孟諸’，‘命夙駕載燧’。燧所以舉火，田亦用之。此獵罷飫歸之事，猶如田也，言車騎鼓行之整肅。”《漢書》作“燹燹”，《文選》作“烽燧”。

〔一二九〕案：同“按”，按照，依照。行：行列。按行，按其所應處之行列就位。

〔一三〇〕就隊：歸隊。即就其隊中之位。

〔一三一〕纚（使）：連屬貌，即若織絲之連屬也。淫淫：漸進貌。

〔一三二〕班乎：依次行進貌。《漢書》《文選》作“般乎”。裔裔：流行貌。

〔一三三〕陽雲之臺：即陽臺，見前注〔三六〕。《文選》作“雲陽之臺”。

〔一三四〕泊：即澹泊，安靜自適之貌。《文選》作“怕”。無爲：心地泰然無事也。

〔一三五〕澹：與上句“泊”，互文見義。《文選》作“憺”。自持：自我保持寧靜心境。

〔一三六〕勺藥之和：顏師古曰：“勺藥，藥草名，其根主和五藏，又辟毒氣，故合之於蘭桂五味，以助諸食，因呼五味之和爲勺藥耳。”又，《漢書補注》引王引之曰：“勺藥之言適歷也。適歷，均調也。《説文》：‘蘸，和也，從甘麻，調也。’《周禮地官遂師》注：‘歷者，適歷。’疏曰：‘分布希疏得所，名爲適歷也。’然則均調謂之適歷，聲轉則爲勺藥。揚雄《蜀都賦》：‘乃使有伊之徒，調夫五味，甘甜之和，勺藥之羹。’《論衡·譴告篇》：‘釀酒於甕，烹肉於鼎，皆欲其氣味調得也，時或鹹苦酸淡不應口者，由人勺藥失其和也。'嵇康《聲無哀樂論》：'太羹不和，不極勺藥之味。'張協《七命》：'味重九沸，和兼勺藥。'皆其證矣。"具：備。勺藥之和具：美味佳肴已準備好也。

〔一三七〕御：進。

〔一三八〕而，《漢書》《文選》作"曾"。

〔一三九〕胹：同"臠"。臠割：將鮮肉切成塊狀。淬：通"焠"，燒灼。輪淬：在車上燒灼鮮肉。胹割輪淬：就車上切取鮮肉燒烤而食之，與上句"終日馳騁，而不下輿"相應。一說，淬、染，引申爲搵，此處解爲"撩取"。輪淬：撩取輪間鹽，和於臠割之鮮肉食之，與上文"割鮮染輪"照應。淬，《漢書》《文選》即作"焠"。

〔一四〇〕王，《文選》作"齊王"。《漢書》《文選》無"默然"二字。

〔一四一〕況：通"貺"，光顧，惠賜。《文選》即作"貺"。齊國：四庫本《司馬文園集》作"吾國"。

〔一四二〕發，《漢書》無。

〔一四三〕而，《漢書》《文選》無。與出田，《漢書》《文選》作"與使者出田"。

〔一四四〕也，《文選》無之。

〔一四五〕風烈：美俗善政。

〔一四六〕餘論：善論。

〔一四七〕高：高論。《漢書》作"驕"。

〔一四八〕惡，《漢書》作"惡也"。又《文選》無"有而"二句。

〔一四九〕信，《漢書》《文選》作"信也"。

〔一五〇〕《漢書》《文選》無"而"字。

〔一五一〕累：拖累，受害。

〔一五二〕有，《漢書》《文選》作"陼"。

〔一五三〕琅邪：山名，在今山東諸城縣東南濱海，其上有琅邪臺，秦始皇曾登之。邪，"琊"本字。

〔一五四〕成山：在今山東榮成縣東。

〔一五五〕之罘（伏）：山名，在今山東烟臺市北，秦始皇、漢武帝曾登之。

〔一五六〕勃澥（蟹）：《史記索隱》曰：“按《齊都賦》云：‘海傍曰勃，斷水曰澥。’”意爲濱海港灣之地。一説即“渤海”。《文選》作“渤澥”。

〔一五七〕孟諸：古大澤名，一名望諸，在今河南省商丘市東北，已淤。

〔一五八〕邪：同“斜”。肅慎：古國名，其地在今黑龍江流域及其以東至濱海地區。

〔一五九〕湯谷：即暘谷。《文選》注引司馬彪曰：“湯谷，日所出也，以爲東界也”。

〔一六〇〕青丘：古國名，相傳在大海之東三百里，約當今之遼寧、朝鮮一帶。

〔一六一〕其於，《文選》作“於其”。胸，《漢書》作“匈”。蔕芥：《史記》索隱引張揖曰：“刺鯁也。”以喻微細梗塞之物也。蔕，即蒂，果蒂。芥，草芥。

〔一六二〕俶儻、瑰偉：卓異，不平凡。《漢書》《文選》作“俶儻瑰瑋”。

〔一六三〕鱗萃：如鱗之集也。萃，集。《漢書》《文選》作“鱗崒”。

〔一六四〕仞：滿。《文選》作“牣”。

〔一六五〕契：傳説爲商之祖先，堯時爲司徒。《漢書》《文選》作“卨”。禹、契二句，顏師古曰：“言其所有衆多，雖禹、契之賢聖，不能名而數之也。”

〔一六六〕見客：以賓客禮待之也。

〔一六七〕不復，《史記》原作“而不能復”，今從《漢書》《文選》。

〔一六八〕無以應，《史記》原作“無用應”，今從《漢書》《文選》。

上林賦〔一〕

亡是公听然而笑曰〔二〕："楚則失矣，齊亦未爲得也〔三〕。夫使諸侯納貢者，非爲財幣〔四〕，所以述職也〔五〕；封疆畫界者〔六〕，非爲守禦，所以禁淫也〔七〕。今齊列爲東藩〔八〕，而外私肅慎〔九〕，捐國踰限〔一〇〕，越海而田〔一一〕，其於義故未可也〔一二〕。且二君之論，不務明君臣之義而正諸侯之禮〔一三〕，徒事争游獵之樂〔一四〕，苑囿之大，欲以奢侈相勝，荒淫相越，此不可以揚名發譽，而適足以貶君自損也〔一五〕。

"且夫齊楚之事又焉足道邪〔一六〕！君未睹夫巨麗也〔一七〕，獨不聞天子之上林乎〔一八〕？左蒼梧〔一九〕，右西極〔二〇〕，丹水更其南〔二一〕，紫淵徑其北〔二二〕；終始霸滻〔二三〕，出入涇渭〔二四〕；酆鄗潦潏〔二五〕，紆餘委蛇〔二六〕，經營乎其內〔二七〕。蕩蕩兮八川分流〔二八〕，相背而異態，東西南北，馳騖往來，出乎椒丘之闕〔二九〕，行乎洲淤之浦〔三〇〕，徑乎桂林之中〔三一〕，過乎泱莽之野〔三二〕；汨乎渾流〔三三〕，順阿而下〔三四〕，赴隘陜之口〔三五〕。觸穹石〔三六〕，激堆埼〔三七〕，沸乎暴怒〔三八〕，汹涌滂湃〔三九〕，滭浡滵汩〔四〇〕，湢測泌瀄〔四一〕，横流逆折〔四二〕，轉騰潎洌〔四三〕，澎濞沆瀣〔四四〕，穹隆雲橈〔四五〕，蜿灗膠盭〔四六〕，踰波趨浥〔四七〕，蒞蒞下瀨〔四八〕，批巖衝壅〔四九〕，犇揚滯沛〔五〇〕，臨坻注壑〔五一〕，瀺灂霣墜〔五二〕，湛湛隱隱〔五三〕，砰磅訇礚〔五四〕，潏潏淈淈〔五五〕，湁潗鼎沸〔五六〕，馳波跳沫〔五七〕，汩濦漂疾〔五八〕，悠遠長懷〔五九〕，寂漻無聲〔六〇〕，肆乎永歸〔六一〕。然后灝溔潢漾〔六二〕，安翔徐佪〔六三〕，翯乎滈滈〔六四〕，東注大湖〔六五〕，衍溢陂池〔六六〕。於是乎蛟龍赤螭〔六七〕，䱪鰽䲛離〔六八〕，鰅鰫鰬魠〔六九〕，禺禺魼鰨〔七〇〕，揵鰭擢尾〔七一〕，振鱗奮翼，潛處于深巖〔七二〕。魚鱉讙聲〔七三〕，萬物衆夥。明月珠子〔七四〕，玏瓅江靡〔七五〕，蜀石黃硬〔七六〕，水玉磊砢〔七七〕，磷磷爛爛〔七八〕，采色澔旰〔七九〕，叢積乎其中〔八〇〕。鴻鵠鷫鴇〔八一〕，鴐鵝鸀鳿〔八二〕，鵁鶄鵁目〔八三〕，煩鶩鷛䲭〔八四〕，鰬鸕鴜鸍〔八五〕，群浮乎其上。汎淫泛濫〔八六〕，隨風澹淡〔八七〕，與波搖蕩，掩薄草渚〔八八〕，唼喋菁藻〔八九〕，咀嚼菱藕。

"於是乎崇山矓嵸〔九〇〕，崔巍嵳峩〔九一〕，深林巨木，嶄巖參嵳〔九二〕，九嵏巀嶭〔九三〕，南山峩峩〔九四〕，巖陁甌窶〔九五〕，摧崣崛崎〔九六〕，振谿通谷〔九七〕，蹇產溝瀆〔九八〕，谽呀豁閜〔九九〕，阜陵別島〔一〇〇〕，崴磈嵔瘣〔一〇一〕，丘虛崛礨〔一〇二〕，隱轔鬱㠑〔一〇三〕，登降施靡〔一〇四〕，陂池貏豸〔一〇五〕。沇溶淫鬻〔一〇六〕，散渙夷陸〔一〇七〕，亭皋千里〔一〇八〕，靡不被築〔一〇九〕。掩以綠蕙〔一一〇〕，被以江離〔一一一〕，糅以蘪蕪〔一一二〕，雜以流夷〔一一三〕。尃結縷〔一一四〕，欑戾莎〔一一五〕，揭車衡蘭〔一一六〕，槀本射干〔一一七〕，茈薑蘘荷〔一一八〕，葴持若蓀〔一一九〕，鮮枝黃礫〔一二〇〕，蔣芧青薠〔一二一〕，布濩閎澤〔一二二〕，延曼太原〔一二三〕，麗靡廣衍〔一二四〕，應風披靡，吐芳揚烈〔一二五〕，郁郁斐斐〔一二六〕，衆香發越，肸蠁布寫〔一二七〕，晻薆茇勃〔一二八〕。

"於是乎周覽泛觀〔一二九〕，瞋盼軋沕〔一三〇〕，芒芒恍忽〔一三一〕，視之無端，察之無涯〔一三二〕。日出東沼〔一三三〕，入於西陂〔一三四〕。其南則隆冬生長〔一三五〕，踊水躍波〔一三六〕；獸則㺎旄貘犛〔一三七〕，沈牛麈麋〔一三八〕，赤首圜題〔一三九〕，窮奇象犀〔一四〇〕。其北則盛夏寒凍裂地，涉冰揭河〔一四一〕；獸則麒麟角端〔一四二〕，騊駼橐駝〔一四三〕，蛩蛩驒騱〔一四四〕，駃騠驢驘〔一四五〕。

"於是乎離宮別館，彌山跨谷，高廊四注〔一四六〕，重坐曲閣〔一四七〕，華榱璧璫〔一四八〕，輦道纚屬〔一四九〕，步櫩周流〔一五〇〕，長途中宿。夷嵏築堂〔一五一〕，纍臺增成〔一五二〕，巖突洞房〔一五三〕。俛杳眇而無見〔一五四〕，仰攀橑而捫天〔一五五〕，奔星更於閨闥〔一五六〕，宛虹拖於楯軒〔一五七〕。青龍蚴蟉於東箱〔一五八〕，象輿婉蟬於西清〔一五九〕，靈圉燕於閒觀〔一六〇〕，偓佺之倫暴於南榮〔一六一〕，醴泉涌於清室〔一六二〕，通川過乎中庭〔一六三〕。槃石裖崖〔一六四〕，嵚巖倚傾〔一六五〕，嵯峩磼碟〔一六六〕，刻削崝嶸〔一六七〕；玫瑰碧琳〔一六八〕，珊瑚叢生，琘玉旁唐〔一六九〕，玢豳文鱗〔一七〇〕，赤瑕駁犖〔一七一〕，雜臿其間〔一七二〕；垂綏琬琰〔一七三〕，和氏出焉〔一七四〕。

"於是乎盧橘夏孰〔一七五〕，黄甘橙楱〔一七六〕，枇杷橪柿〔一七七〕，樗榱厚朴〔一七八〕，楟柰楊梅〔一七九〕，櫻桃蒲陶〔一八〇〕，隱夫鬱棣〔一八一〕，榙樿荔枝〔一八二〕，羅乎後宮，列乎北園。貤丘陵〔一八三〕，下平原，揚翠葉〔一八四〕，扤紫莖〔一八五〕，發红華，秀朱榮〔一八三〕，煌煌扈扈〔一八七〕，照曜鉅野〔一八八〕。沙棠櫟櫧〔一八九〕，華楓枰櫨〔一九〇〕，留落胥餘〔一九一〕，仁頻并閭〔一九二〕，欃檀木蘭〔一九三〕，豫章女貞〔一九四〕，長千仞，大連抱，夸條直暢〔一九五〕，實葉葰茂〔一九六〕，攢立叢倚〔一九七〕，連卷累佹〔一九八〕，崔錯登骫〔一九九〕，阬衡閜砢〔二〇〇〕，垂條扶於〔二〇一〕，落英幡纚〔二〇二〕，紛容蕭蔘〔二〇三〕，旖旎從風〔二〇四〕，瀏莅芔吸〔二〇五〕，蓋象金石之聲〔二〇六〕，管籥之音〔二〇七〕。柴池茈虒〔二〇八〕，旋環後宮〔二〇九〕，雜遝累輯〔二一〇〕，被山緣谷〔二一一〕，循阪下隰〔二一二〕，視之無端，究之無窮。

"於是玄猨素雌〔二一三〕，蜼玃飛鸓〔二一四〕，蛭蜩蠼蝚〔二一五〕，螹胡縠蛫〔二一六〕，棲息乎其間；長嘯哀鳴，翩幡互經〔二一七〕，夭矯枝格〔二一八〕，偃蹇杪顛〔二一九〕。於是乎隃絶梁〔二二〇〕，騰殊榛〔二二一〕，捷垂條〔二二二〕，踔稀間〔二二三〕，牢落陸離〔二二四〕，爛曼遠遷〔二二五〕。

"若此輩者數百千處〔二二六〕，嬉游往來〔二二七〕，宮宿館舍〔二二八〕，庖厨不徙，後宮不移，百官備具。

"於是乎背秋涉冬〔二二九〕，天子校獵〔二三〇〕。乘鏤象〔二三一〕，六玉虬〔二三二〕，拖蜺旌〔二三三〕，靡雲旗〔二三四〕，前皮軒〔二三五〕，後道游〔二三六〕；孫叔奉轡〔二三七〕，衛公驂乘〔二三八〕，扈從横行〔二三九〕，出乎四校之中〔二四〇〕。鼓嚴簿〔二四一〕，縱獠者〔二四二〕，江河爲阹〔二四三〕，泰山爲櫓〔二四四〕，車騎靁起〔二四五〕，殷天動地〔二四六〕，先後陸離〔二四七〕，離散別追〔二四八〕，淫淫裔裔〔二四九〕，緣陵流澤〔二五〇〕，雲布雨施〔二五一〕。生貔豹〔二五二〕，搏豺狼〔二五三〕，手熊羆〔二五四〕，足野羊〔二五五〕；蒙鶡蘇〔二五六〕，袴白虎〔二五七〕，被豳文〔二五八〕，跨野馬。陵三嵕之危〔二五九〕，下磧歷之坻〔二六〇〕，俓陵赴險〔二六一〕，越壑厲水〔二六二〕。推蜚廉〔二六三〕，弄解豸〔二六四〕，格瑕蛤〔二六五〕，鋋猛氏〔二六六〕，羂騕褭〔二六七〕，射封豕〔二六八〕。箭不苟害〔二六九〕，解脰陷腦〔二七〇〕；弓不虚發，應聲而倒。

"於是乎乘輿弭節裴回〔二七一〕，翱翔往來，睨部曲之進退〔二七二〕，覽將帥之變態〔二七三〕。然後浸潭促節〔二七四〕，儵夐遠去〔二七五〕，流離輕禽〔二七六〕，蹵履狡獸〔二七七〕，轊白鹿〔二七八〕，捷狡兔〔二七九〕；軼赤電〔二八〇〕，遺光耀；追怪物〔二八一〕，出宇宙，彎繁弱〔二八二〕，滿白羽〔二八三〕，射游梟〔二八四〕，櫟蜚虡〔二八五〕。擇肉後發〔二八六〕，先中命處〔二八七〕，弦矢分〔二八八〕，藝殪僕〔二八九〕。然後揚節而上浮〔二九〇〕，陵驚風，歷駭飆〔二九一〕，乘虛無〔二九二〕，與神俱，轔玄鶴〔二九三〕，亂昆雞〔二九四〕，遒孔鸞，促鵔鸃〔二九五〕，拂鷖鳥〔二九六〕，捎鳳皇〔二九七〕，捷鴛鶵〔二九八〕，掩焦明〔二九九〕。

道盡塗殫〔三〇〇〕，回車而還，招搖乎襄羊〔三〇一〕，降集乎北紘〔三〇二〕，率乎直指〔三〇三〕，闇乎反鄉〔三〇四〕，蹷石闕〔三〇五〕，歷封巒，過鳷鵲〔三〇六〕，望露寒，下棠梨〔三〇七〕，息宜春〔三〇八〕，西馳宣曲〔三〇九〕，濯鷁牛首〔三一〇〕，登龍臺〔三一一〕，掩細柳〔三一二〕。觀士大夫之勤略，鈞獠者之所得獲〔三一三〕；徒車之所轔轢〔三一四〕，乘騎之所蹂若〔三一五〕，人民之所蹈躔〔三一六〕，與其窮極倦卻〔三一七〕，驚憚讋伏〔三一八〕，不被創刃而死者，佗佗籍籍〔三一九〕，填阬滿谷〔三二〇〕，掩平彌澤〔三二一〕。

"於是乎游戲懈怠〔三二二〕，置酒乎昊天之臺〔三二三〕，張樂乎膠葛之宇〔三二四〕，撞千石之鐘〔三二五〕，立萬石之鉅〔三二六〕，建翠華之旗，樹靈鼉之鼓〔三二七〕。奏陶唐氏之舞〔三二八〕，聽葛天氏之歌〔三二九〕，千人唱〔三三〇〕，萬人和，山陵爲之震動，川谷爲之蕩波。巴俞宋蔡〔三三一〕，淮南于遮〔三三二〕，文成顛歌〔三三三〕，族舉遞奏〔三三四〕，金鼓迭起，鏗鎗鏜螫〔三三五〕，洞心駭耳〔三三六〕。荆吳鄭衛之聲〔三三七〕，韶濩武象之樂〔三三八〕，陰淫案衍之音〔三三九〕，鄢郢繽紛〔三四〇〕，激楚結風〔三四一〕，俳優侏儒〔三四二〕，狄鞮之倡〔三四三〕，所以娛耳目而樂心意者〔三四四〕，麗靡爛漫於前〔三四五〕，靡曼美色於後〔三四六〕。若夫青琴宓妃之徒〔三四七〕，絶殊離俗，妖冶嫺都〔三四八〕，靓莊刻飭〔三四九〕，便嬛婥約〔三五〇〕，柔橈嬛嬛〔三五一〕，嫵媚姌嫋〔三五二〕；抴獨繭之褕袘〔三五三〕，眇閻易以戌削〔三五四〕，媥姺徶㣧〔三五五〕，與世殊服〔三五六〕；芬香漚鬱〔三五七〕，酷烈淑郁〔三五八〕；皓齒粲爛，宜笑的皪〔三五九〕；長眉連娟〔三六〇〕，微睇緜藐〔三六一〕，色授魂與〔三六二〕，心愉於側〔三六三〕。

"於是酒中樂酣〔三六四〕，天子芒然而思〔三六五〕，似若有亡，曰：'嗟乎，此泰奢侈〔三六六〕！朕以覽聽餘間，無事棄日〔三六七〕，順天道以殺伐〔三六八〕，時休息於此〔三六九〕，恐後世靡麗〔三七〇〕，遂往而不反〔三七一〕，非所以爲繼嗣創業垂統也〔三七二〕。'於是乃解酒罷獵〔三七三〕，而命有司曰：'地可以墾辟〔三七四〕，悉爲農郊，以瞻萌隸〔三七五〕，隤墙填塹〔三七六〕，使山澤之民得至焉〔三七七〕。實陂池而勿禁〔三七八〕，虛宮觀而勿仞〔三七九〕。發倉廩以振貧窮〔三八〇〕，補不足，恤鰥寡，存孤獨。出德號〔三八一〕，省刑罰，改制度，易服色〔三八二〕，更正朔〔三八三〕，以天下爲始〔三八四〕。'於是歷吉日以齋戒〔三八五〕，襲朝衣〔三八六〕，乘法駕〔三八七〕，建華旗，鳴玉鸞，游乎六藝之囿〔三八八〕，騖乎仁義之塗〔三八九〕，覽觀《春秋》之林〔三九〇〕，射貍首〔三九一〕，兼騶虞〔三九二〕，弋玄鶴〔三九三〕，建干戚〔三九四〕，載雲䍐〔三九五〕，揜群雅〔三九六〕，悲《伐檀》〔三九七〕，樂《樂胥》〔三九八〕，修容乎《禮》園〔三九九〕，翱翔乎《書》圃〔四〇〇〕，述《易》道〔四〇一〕，放怪獸，登明堂〔四〇二〕，坐清廟〔四〇三〕，恣群臣奏得失〔四〇四〕。四海之内，靡不受獲。於斯之時，天下大説，嚮風而聽〔四〇五〕，隨流而化〔四〇六〕，喟然興道而遷義〔四〇七〕，刑錯而不用〔四〇八〕，德隆乎三皇〔四〇九〕，功羨於五帝〔四一〇〕。若此，故獵乃可喜也。若夫終日暴露馳騁〔四一一〕，勞神苦形，罷車馬之用〔四一二〕，抏士卒之精〔四一三〕，費府庫之財，而無德厚之恩，務在獨樂，不顧衆庶，忘國家之政，而貪雉兔之獲〔四一四〕，則仁者不由也〔四一五〕。從此觀之，齊楚之事，豈不哀哉！地方不過千里，而囿居九百〔四一六〕，是草木不得墾辟，而民無所食也〔四一七〕。夫以諸侯之細，而樂萬乘之所侈〔四一八〕，僕恐百姓之被其尤也〔四一九〕。"

於是二子愀然改容〔四二〇〕，超若自失〔四二一〕，逡巡避席〔四二二〕，曰："鄙人固陋，不知忌諱，乃今日見教，謹聞命矣。"〔四二三〕

校注

〔一〕載《史記》卷一一七，《漢書》卷五七，《文選》卷八，《藝文類聚》卷六六。

〔二〕听（引）然：笑貌。（上接《子虛賦》）

〔三〕《漢書》《文選》"齊"上有"而"字。

〔四〕財幣：百三家集本作“財帛”。

〔五〕述職：《孟子·梁惠王》下：“諸侯朝天子曰述職。述職者，述所職也。”

〔六〕疆，《漢書》作“彊”。

〔七〕禁淫：禁止諸侯多占其封地以外之土地。

〔八〕藩，《漢書》作“蕃”。

〔九〕私肅慎：與肅慎私相交往。肅慎：見《子虛賦》注〔一五八〕。

〔一〇〕捐：棄。限：界限，國境綫。踰，《漢書》《文選》作“隃”。

〔一一〕越海而田：指《子虛賦》中“秋田乎青丘”事。

〔一二〕故，《漢書》《文選》作“固”。

〔一三〕而，《漢書》《文選》無。

〔一四〕争，《漢書》《文選》作“争於”。獵，《漢書》《文選》作“戲”。

〔一五〕貶，《漢書》《文選》作“粤”。

〔一六〕焉足道邪，《漢書》《文選》作“烏足道乎”。

〔一七〕巨：大。麗：美。

〔一八〕上林：古苑名，秦時辟，漢武帝時擴建。在長安西，南訖終南山，北濱渭水，周圍三百里，内有離宫七十座。

〔一九〕蒼梧：郡名，漢置，在今廣西。“此指上林中所爲，以象蒼梧。”（高步瀛《文選李善注義疏》引吴汝綸説）

〔二〇〕西極：李善注引文穎曰：“《爾雅》曰：至於邠國爲西極，在長安西，故言右也。”按：邠即“豳”，古國名，在今陝西旬邑一帶。

〔二一〕丹水：水名，源於陝西商縣西北，東流入河南境。更：歷。

〔二二〕紫淵：李善注引文穎曰：“西河穀羅縣有紫澤，在縣西北，於長安爲右北也。”按：穀羅，漢置，即今山西離石縣。

〔二三〕霸：水名，源出陝西藍田縣。《文選》作“灞”。滻：水名，源出藍田谷中，西北經長安，與霸水混合入渭。《漢書》作“産”。

〔二四〕涇、渭：兩水名，其源俱出於甘肅，東流至陝西高陵縣合流。本句與上句，《文選》注引張揖曰："灞滻二水，終始盡於苑中，不復出也。涇渭二水，從苑外来，又出苑去也。"

〔二五〕酆：水名，源出陝西寧陝縣東北之秦嶺，西北流經長安，注入渭水。鄗：水名，源於陝西長安縣南，北流入渭（後因下游淤塞，北流入滈水）。《漢書》《文選》作"鎬"。潦：水名，源於陝西鄠（户）縣南，北流入渭。潏：一名沇水，源於秦嶺，東北流入渭。

〔二六〕紆餘委蛇（移）：水流曲折宛轉貌。

〔二七〕經營：周旋，盤旋。乎，《漢書》無。

〔二八〕八川：即上述霸、滻、涇、渭、酆、鄗、潦、潏。兮，《漢書》《文選》作"乎"。

〔二九〕椒丘：丘名。闕：宮門兩邊高大建築，此指對峙之兩山丘，猶如雙闕，水自其中流出。

〔三〇〕洲，《漢書》作"州"。浦：水邊。

〔三一〕桂林：桂樹之林。徑，《文選》作"經"。

〔三二〕泱莽：廣大貌。莽，《文選》作"漭"。野，《漢書》《文選》作"壄"。

〔三三〕汩（秘）乎：水流逕疾貌。渾流：水勢豐盈。《漢書》《文選》作"混流"。

〔三四〕阿：大陵、大土山。《詩·菁菁者莪》："菁菁者莪，在彼中阿。"疏云："大陵曰阿"。

〔三五〕隘陜：即狹隘。陜，即"狹"。《漢書》《文選》作"陿"。

〔三六〕穹石：大石。穹，大也。（見《爾雅·釋詁》）

〔三七〕堆埼：《史記集解》引郭璞曰："堆，沙堆；埼，曲岸頭。"王先謙疏曰："蓋沙壅而成曲岸，水遇之則激起，正與穹石對文。"

〔三八〕沸乎：沸然，水漲貌。

〔三九〕滂濞：即"澎湃"；波濤相擊。《漢書》《文選》即作"彭湃"。

〔四〇〕潕浡：水盛貌。《漢書》《文選》作"潕弗"。滵汨（古）：水流疾貌。《漢書》作"宓汨"，《文選》作"宓汩"。

〔四一〕湢測：《史記索隱》曰："湢測，相迫也。"湢，通"逼"，迫也。《漢書》作"僵測"，《文選》作"偪側"。沁瀄：《文選》注曰："相揳也。"揳，擊也。

〔四二〕逆折：回旋。

〔四三〕潎洌：《史記索隱》引蘇林曰："輕疾也。"一說水相衝激狀。一說水衝擊聲。

〔四四〕澎濞：《文選》注引司馬彪曰："水聲也"。《漢書》《文選》作"滂濞"。又，高步瀛《文選李注義疏》曰："水不平謂之澎濞，亦謂之沆溉，猶聲不平謂之澎濞，亦謂之慷慨。《淮南·俶真訓》：'譬若周雲之蘢蓯，遼巢彭濞而爲雨。'是彭濞爲不平矣。郭璞曰：'鼓怒鬱鯁之貌'，正與不平義合。"

〔四五〕穹隆：水流隆起貌。雲橈：水流回屈如雲。橈，屈曲。《漢書》作"橈"。

〔四六〕蜿（晼）蟺（墠）：蜿蟺，狀水勢綿遠。《漢書》《文選》作"宛潬"。膠戾：《史記索隱》引司馬彪曰："膠戾，邪曲也。"義即曲折。《漢書》《文選》作"膠盭"。盭，古"戾"字。

〔四七〕踰波：謂後波躍過前波也。踰，躍。趨浥：《說文》："浥，溼也。"又，"溼，幽溼也。"幽溼則卑下，卑下爲水之所歸，故曰趨浥。

〔四八〕茳（力）茳：水聲。《漢書》《文選》作"淢淢"。瀨：湍。水流沙石上而成急湍之勢。

〔四九〕批：擊。壅：堵塞物。《漢書》《文選》作"擁"。

〔五〇〕犇揚：奔騰高揚。犇，同"奔"。滯沛：《史記索隱》引郭璞曰："滯沛，水灑散貌。"王先謙案曰："《說文》'滯'下云'凝'也，與'沛'義不相屬。此蓋言水觸巖衝壅，滯而仍沛也。"

〔五一〕坁：水中隆起物。

〔五二〕瀺（讒）灂（酌）：小水聲。霣：通"隕"，墜。《漢書》作"隊"。

〔五三〕湛湛：水深貌。《漢書》《文選》作"沈沈"。隱隱：水盛貌。

〔五四〕砯磅、訇礚：皆水流鼓怒之聲。

〔五五〕滴滴、潝潝：皆水涌出貌。

〔五六〕潗㳬：水沸起貌。

〔五七〕馳波跳沫：水波急馳，白沫躍起。

〔五八〕汩（古）潎：水流急轉貌。一説水流聲。《史記》原作“汩潎”，《漢書》《文選》同，今從中華書局點校本《史記》。

〔五九〕懷：《爾雅·釋言》：“懷，來也。”

〔六〇〕潦：通“寥”。

〔六一〕肆：安。肆乎永歸：安然長往。肆，一説“放”也，奔放。

〔六二〕灝溔（嬈）、潢漾：皆水無涯際貌。

〔六三〕徐佪：緩緩流淌。《漢書》作“徐佪”，《文選》作“徐回”。

〔六四〕囂（和）：白而有光。滈（浩）滈：水泛光貌。

〔六五〕大湖：指關中某大澤。一説指昆明池。《文選》作“太湖”。

〔六六〕衍溢：水滿而外流。陂池：小湖，池塘。

〔六七〕乎，《漢書》無。螭：若龍而黄。一説無角龍。

〔六八〕鮔（絚）鱣（蜓）：魚名，形似鱔。一説即鱘魚。鮔，亦作“鮔”。《漢書》作“鮑鱣”。蜥離：魚名。或謂蟲名，未詳其狀。《漢書》《文選》作“漸離”。

〔六九〕鰅（鰫）：魚名，其皮有文。鱅（鷛）：似鰱而黑。《漢書》作“鰫”，《文選》作“鰫”。鰬（前）：似鯉而大。魠（拓）：魚名，一名黄頰，口大，故謂哆口魚。

〔七〇〕禺禺：魚名。《史記集解》引徐廣曰：“禺禺，魚牛也。”《文選》李善注引郭璞曰：“禺禺魚，皮有毛，黄地黑文。鱸（取）：比目魚。《漢書》《文選》作“鮇”。魶（納）：即鯢魚，俗名娃娃魚。《漢書》《文選》作“鰨”。

〔七一〕捷（潛）：揚。鰭：魚類水中運動器官。擢：搖。《漢書》《文選》作“掉”。

〔七二〕于，《漢書》《文選》作“乎”。

〔七三〕讙：譁。

〔七四〕明月：珠子名。屈原《涉江》："被明月兮珮寶璐"。"章句"曰："言己背被明月之珠，要佩美玉，德寶兼備，行度清白也"。

〔七五〕玓（地）瓅（利）：珠光照耀貌。《説文》："玓瓅，明珠光也"。《漢書》《文選》作"的皪"。江靡：江邊。靡，同"湄"。《文選》李善注引應劭曰："明月珠子，生於江中，其光耀乃照於江邊也。

〔七六〕蜀石：石次於玉者。黄硯（阮）：黄色硯石。硯石，石似玉者。《漢書》作"黄硯"。《文選》作"黄碝"。

〔七七〕水玉：水晶石。磊砢（裸）：玉石累積貌。

〔七八〕磷磷爛爛：玉石色澤斑爛貌。

〔七九〕澔（浩）旰（杆）：盛貌。《漢書》《文選》作"澔汗"。

〔八〇〕叢，《文選》作"藂"。

〔八一〕鴻：大雁。鷫（速）：鷫鷞，水鳥，長脛，綠色，似雁。鵠：天鵝。鴇：似雁而虎文。《藝文類聚》作"鳭"。

〔八二〕鴐（佳）鵝：野鵝。鴐，亦作"駕"。鸀（竹）鳿（玉）：似鵝而大，長脛赤目，紫紺色。《漢書》《文選》作"屬玉"。

〔八三〕鵁（交）鶄（青）：似鳧而脚高，有毛冠。《漢書》《文選》作"交精"。鸆（還，又讀"旋"）目：水鳥，大於鷺而短尾，目旁毛長而呈回旋狀。《漢書》《文選》作"旋目"。

〔八四〕煩鶩：鴨屬，似鴨而小。鷛鸐：似鳧，灰色而鷄脚。《漢書》《文選》作"庸渠"。

〔八五〕鵊（真）鴹：蒼黑色水鳥。《漢書》《文選》作"箴疵"。鵁、鸕：鵁，鳥名。《説文》作"鮫"。《山海經·北山經》："（蔓連山）有鳥焉，羣居而朋飛，其毛如雌雉，名曰鵁。"鸕，鳥名，即鸕鷀，善捕食魚類。《説文》作"鱸"。或謂鵁鸕即鸕鷀。《漢書》《文選》作"鵁盧"。

〔八六〕況（馮）淫泛濫：水鳥隨波浮游貌。況，《藝文類聚》作"沈"。泛，《漢書》作"氾"。

〔八七〕澹淡：漂浮貌。

〔八八〕掩：覆也。《漢書》《文選》作"奄"。薄：集。草渚，

《漢書》作“水陼”，《文選》作“水渚”。

〔八九〕唼（厦）喋（扎）：鳥聚食貌。

〔九〇〕巃嵸：高聳貌。《漢書》《文選》作“蠱蠱”。

〔九一〕崔巍、崒嶭：皆高峻貌。《漢書》《文選》作“巃嵸崔巍”。崒嶭，胡紹煐《文選箋證》曰：“崒嶭，與下‘南山嶭嶭’韵複，亦後人所加。”

〔九二〕嶄巖：山險峻貌。嶄，通“巉”，《藝文類聚》即作“巉巖”。參嵯：山不齊貌。《漢書》作“參差”。

〔九三〕九嵕（宗）：山名，在今陝西省禮泉縣東北。《漢書》《文選》作“九峻”。巀（傑）嶭（扼）：山高峻貌。巀，通“嶻”，《漢書》《文選》即作“嶻”。

〔九四〕南山：指終南山，在陝西長安縣南。

〔九五〕巖：險峻。陁（遲）：巖際；一説傾斜貌。《史記》原作“陀”，今從《漢書》《文選》。百三家集本作“阤”。甗（厭）：甗，古代陶製蒸器。錡：三足釜。王先謙曰：“《方言》：‘鍑，江、淮、陳、楚之間謂錡。’注：‘錡，三足釜也。’山之嵌空玲瓏，有若錡然；與甗對文，甗、釜相類之物，故舉以爲喻。巖、陁、甗、錡，各爲一義，言或巖而峻，或陁而下，或如甗而巀嶭，或錡而嵌空也。”

〔九六〕摧（嘴）崣（尾）：即崔巍，山高貌。《漢書》作“崔崣”。崛崎：即崎嶇，山不平貌。

〔九七〕振谿通谷：即振通谿谷，指溪水。谿，《漢書》《文選》作“溪”。

〔九八〕蹇（儉）産：曲折貌。瀆：義同“溝”。

〔九九〕谽（憨）呀：大貌。《漢書》作“谾呀”。豁閜（蝦）：空闊貌。《文選》作“豁閉”。

〔一〇〇〕阜：同“阜”，丘也。陵：大阜。島，《漢書》《文選》作“隖”。《漢書》顔師古注：“言阜陵居在水中，各别爲隖也。”

〔一〇一〕崴磈（魁）：突兀不平貌。磈，通“嵬”，山高貌。嵔瘣（匯）：盤曲不平貌。《漢書》《文選》作“嵔瘣”。

〔一〇二〕丘虛、崛𡾋（磊）：《史記正義》曰："皆堆壘不平貌"。《漢書》《文選》作"丘虛堀礨"。

〔一〇三〕隱轔、鬱嵃（同𡾋）：皆山不平貌。嵃，《漢書》《文選》作"𡾋"。

〔一〇四〕登降：上登下降，指地勢高低。施靡：同"陁靡"，綿延斜長貌。

〔一〇五〕陂（皮）池："旁頹貌也，音皮"（《漢書》注引郭璞語）。嬖（筆）𧀼（志）：漸平貌。

〔一〇六〕沈溶淫鬻：王先謙曰："當爲游衍激淖貌。游衍釋沈溶，激淖釋淫鬻也。"《文選》五臣注呂向曰："沈溶淫鬻，山川繁鬱貌。"沈，《漢書》《文選》作"允"。

〔一〇七〕散渙：分散，指山變矮小也。夷陸：平地。王先謙曰："言將至平地，水則允溶而淫鬻，山則散渙而夷陸也。"

〔一〇八〕亭：王先謙曰："亭當訓爲平"。引《淮南·原道訓》曰；"'味者甘立，而五味亭矣。'注：亭，平也。"又引《秦始皇本紀》："'決河亭水。''正義'：亭，平也。"認爲"亭皋千里，猶言平皋千里"。皋（高）：岸也，水邊地也。亭皋，水邊平地。

〔一〇九〕築：謂築地使平（《文選》李善注引郭璞）。又作"蓻"（種植）解，更覺順理。句謂無不種植草木。

〔一一〇〕掩，《漢書》《文選》作"揜"。綠蕙：綠色蕙草。

〔一一一〕江離，《文選》作"江蘺"。

〔一一二〕糅：混雜。蘪蕪，《漢書》作"蘼蕪"。

〔一一三〕流夷：香草名。《漢書》《文選》作"留夷"，百三家集本作"蒥夷"。

〔一一四〕專（尃）：置，分布。《漢書》《文選》即作"布"。三家注本《史記》作"專"，誤。結縷：蔓生草名，其根絮如縷相結，故名。

〔一一五〕攢：聚。戾莎：草名，可染紫色。一說即綠莎。

〔一一六〕揭車：草名，味辛，高數尺，白花。衡：通"蘅"，即杜蘅、香草。

〔一一七〕稾（稿）本：一年生草，根可入藥。射干：草名，見《子虛賦》注〔三〇〕。

〔一一八〕茈薑：子薑，即嫩薑。蘘荷：植物名，葉尖長似薑，花淡黄色；根旁生筍，可食用，亦入藥。

〔一一九〕葴持：酸漿草。《漢書補注》引李慈銘謂：葴持即葴職；持、職，一聲之轉。《爾雅·釋草》：“葴，寒漿。”郭注：“酸漿草，江東呼爲苦葴。”又，“蘵，黄蒢。”郭注：“蘵草，葉似酸漿。”《經典釋文》：“蘵，一作職。”《説文》：“蒢，黄蒢職也。”《玉篇》作蘵，云：“蘵草，葉似酸漿。”《夏小正》：“三月采識。”蓋識通作“職”，蘵、蘵，皆後出字。《顔氏家訓·書證》篇云：“江南别有苦菜，葉似酸漿，此菜可以釋勞，即《爾雅》蘵黄蒢也。”是葴蘵實爲一物，葴持即葴職也。《史記》原作“葴橙”。葴橙屬草屬木，歷代注家頗有爭議。《漢書》顔師古注：“今流俗書，本‘持’字或作‘橙’，非也，後人妄改耳。”按，本句上下文均屬草類，故從《漢書》《文選》以草類作解。若：杜若，香草。蓀：即荃，香草名。

〔一二〇〕鮮枝：枝同“支”，《漢書》即作“鮮支”。鮮支即“燕支”，草類。《楚辭·九歎·惜賢》：“采樢支於中州兮”，王逸注：“樢支，香草也。”樢，讀若“燕”，《史記》三家注本引郭璞注“樢柿”云：“（樢）樢支也，音烟。”《漢書補注》引沈欽韓云：崔豹《古今注》謂燕支葉似薊花，如蒲公英。以之染粉，作面色，謂燕支粉。黄礫（力）：草名。礫，本字作“茣”，通“綟”，假借作“礫”。《説文》：“茣，草也，可染留黄。”《漢書補注》引李慈銘曰：“鮮支爲一草，黄礫爲一草。鮮支以染紅，黄礫以染黄。”

〔一二一〕蔣：菰，俗謂茭，其實爲菰米。芧（住）：三稜，或謂荆三稜，草名，葉似莎草，莖三稜如削，可以爲索。《文選》作“苧”。蒲：似莎而大，生江湖，鴈食。

〔一二二〕布濩：散布。《藝文類聚》作“布護”。閎：宏。句言草徧布於大澤。

〔一二三〕延曼：蔓延。《藝文類聚》作“延蔓”。太原：廣原。

《漢書》作"大原"。

〔一二四〕麗靡：相連不絕貌。《漢書》《文選》作"離靡"。衍：繁衍；布。

〔一二五〕揚：散發。烈：謂濃烈之氣。

〔一二六〕郁郁斐斐：香氣濃烈狀。《漢書》《文選》作"郁郁菲菲"。

〔一二七〕肸（息）蠁（鄉）：彌漫。肸，同"肸"，《漢書》《文選》即作"肸"。寫：通"瀉"，傾瀉。王先謙曰："謂香氣四達，而入人心。"

〔一二八〕晻（葉）曖（愛）苾勃：皆言香濃鬱散發之盛。《漢書》作"晻薆咇茀"，《文選》作"晻薆咇茀"。高步瀛《文選李注義疏》按："《説文》無'晻'字，'曖'亦當作'曖'。"

〔一二九〕泛，《漢書》作"氾"。高步瀛《文選李注義疏》曰："《説文》氾，濫也。泛，浮也。泛與氾迥别，此當作'氾'爲正。作'泛'者通借耳。"

〔一三〇〕瞋（臣）盼：睜大眼看。《説文》："瞋，張目也。"軋沕（勿）：密不分明貌。《漢書》《文選》作"繽紛軋芴"。

〔一三一〕芒芒恍忽：皆言眼迷亂而看不清也。《漢書》《文選》作"芒芒怳忽"。

〔一三二〕涯，《史記》原作"崖"，今從《漢書》《文選》。

〔一三三〕東沼：指苑之東池。

〔一三四〕於，《漢書》作"虖"，《文選》作"乎"。西陂：苑之西陂。

〔一三五〕生長：指生長草木。

〔一三六〕踊水躍波：言不冰凍也。《漢書》《文選》作"涌水躍波"。

〔一三七〕犞（庸）：犞牛，亦稱峰（或作封）牛，其領有肉堆。《漢書》作"庸"，《文選》作"㹞"。旄：旄牛，其壯如牛，四節生毛。獏：白豹。《漢書》《文選》作"貘"。犛（毛）：旄屬，似旄而小，黑色。《漢書》《文選》句首有“其”字。

〔一三八〕沈牛：水牛。沈通“沉”。張衡《西京賦》謂之“潛牛”。麈：獸名，似鹿而大，尾可避塵。麋：麋鹿，俗稱四不象。

〔一三九〕赤首、圜題：兩種獸名，以其形體及顏色得名。題，額。圜題，即圓額。

〔一四〇〕窮奇：怪獸，其狀如牛，蝟毛，音如嘷狗，食人者。

〔一四一〕揭河：舉衣渡河。揭，舉，提起。《詩·邶風·匏有苦葉》“深則厲，淺則揭。”

〔一四二〕角䚻（端）：獸名。《説文》：“角䚻，獸也，狀似豕，角善爲弓，出胡尸國。”《漢書》《文選》作“角端”；句首有“其”字。

〔一四三〕橐馳：即駱駝。《漢書》《文選》作“橐駝”。

〔一四四〕驒（顚）騱（席）：獸名，似馬而小。

〔一四五〕駃（決）騠（題）：即驢騾，公馬母驢所生之種間雜種畜類。驢：即毛驢。騾：即馬騾，公驢母馬所生之種間雜種畜類。《漢書》作“驒”，《文選》作“蠃”。

〔一四六〕四注：《漢書補注》：“注，屬也。四注，謂四周相屬而下垂也。”

〔一四七〕重坐：重室，謂兩層樓房。曲閣：閣之屈曲相連者。

〔一四八〕華榱：雕椽。璧璫：玉璧嵌飾之瓦當。璫：瓦當，即屋瓦溝前端。

〔一四九〕輦道：可乘輦而行之閣道。纚（使）屬：王先謙曰：“《説文》：‘纚，冠織也。’言閣道回環，如織絲之相連屬。”或謂群行之貌。

〔一五〇〕步櫩：走廊。櫩同“檐”。周流：周遊。

〔一五一〕夷：平。嵏：高山。夷嵏築堂：謂夷平高山，築堂其上。

〔一五二〕礨：重疊。《文選》作“累”。成：重，層。

〔一五三〕巖突（曤）：幽深貌。突，《漢書》作“突”，《文選》作“窔”。

〔一五四〕偄：《漢書》《文選》作“顇”。

〔一五五〕撛，《漢書》《文選》作“艸”，諸名家集本作“草”。榛：《爾雅》《説文》均無是字，當爲“樆”，《漢書》《文選》即作“樆”。橡也。

〔一五六〕奔星：流星。更：經。閨闥（達）：宮中小門。

〔一五七〕宛虹：屈曲之虹。拖：越過。《文選》作“扡”。楯（吮）：欄杆。軒：窗。

〔一五八〕青虯：神仙之駕馬。《漢書》《文選》作“青龍”。蚴（有）蟉（流）：屈曲而行貌。箱：通“廂”。

〔一五九〕象輿：大象所駕之車。：蜿蟬，蜿蜒，盤屈貌。《漢書》《文選》作“婉僤”。西清：謂西廂清净之處。

〔一六○〕靈圉：古仙人。《史記集解》引郭璞曰：“靈圉，淳圉，仙人名也。”《文選》作“靈圉”，百三名家集本作“靈圄”。閒觀，《漢書》《文選》作“閒館”。

〔一六一〕偓佺：古仙人，好食松實，形體生毛，長數寸，方目，能飛行逐走馬（見《神仙傳》）。暴：通“曝”，《漢書》注引郭璞曰：“偓卧日中也。”南榮：南檐。榮：屋翼，即屋之飛檐。《儀禮·士冠禮》：“夙興，設洗直於東榮。”注：“榮，屋翼也。”“之倫”二字，或疑爲衍文。

〔一六二〕醴泉：甘泉。《禮·禮運》：“故天降膏露，地出醴泉。”清室：清凉之室。曹植《七啓》：“温房則冬服絺綌，清室則中夏含霜。”

〔一六三〕通川：通流爲川。乎，《漢書》《文選》作“於”。

〔一六四〕槃：通“磐”。《漢書》即作“磐”，《文選》作“盤”。袗（診）：重叠累積。《漢書》注曰：“袗……謂重密而累積。”又，《史記索隱》引李奇曰：“袗，整也，整頓池外之厓。”《文選》作“振”。

〔一六五〕嶔巖：深險貌。倚傾：偏斜傾側。

〔一六六〕礁（雜）礢（夜）：石勢高危貌。《漢書》《文選》作

“嶘嶪”。

〔一六七〕刻削：石勢奇特，若雕刻然。

〔一六八〕琳：碧色玉石。

〔一六九〕瑉（民）玉：似玉美石。《漢書》作“珉玉”。旁唐：磅礴。

〔一七〇〕璸（斌）斒（班）：玉之文理。《漢書》作“玢豳”，《文選》作“玢豳”。文鱗：文理斑然鱗次貌。《漢書》作“文磷”。

〔一七一〕赤瑕：赤玉。駁犖：文彩交錯混雜。《一切經音義》曰：“黃白混雜謂之駁犖。”《文選》作“駁犖”。

〔一七二〕臿，同“插”。

〔一七三〕垂綏：美玉。《漢書》作“鼂彩”，《文選》作“晁采”。琬琰：亦美玉名。

〔一七四〕和氏：春秋時楚人和氏，其得於荊山之玉亦稱和氏。

〔一七五〕盧橘：金橘。嫩時青盧（黑）色，熟則金黃色，故有盧橘、金橘之名。夏孰：孰同“熟”。從字面視之爲“夏日成熟”，然自上下文結構觀之，似應爲果名。

〔一七六〕黃甘：即黃柑，橘類。橠（奏）：小橘。一説即柚子。

〔一七七〕橪（然）：酸棗樹，此指其果。

〔一七八〕樗（亭）棩（奈）：山梨，或謂棠梨。一説樗棩各爲一物，樗，山梨；棩，亦果類。《漢書》《文選》作“亭奈”。厚朴：木名，因其皮厚而得名。其實味美可食，其皮入藥。

〔一七九〕樗（影）棗：見《子虛賦》注〔五一〕。

〔一八〇〕蒲陶：葡萄。

〔一八一〕隱：王先謙云：“隱即‘檃’。《説文》：‘檃，栝也。’蓋檃木即栝木矣。”又，《廣雅》：“栝，柏也。”柏葉松身。夫：即“扶”，木名。（見《管子·地員》）又，高步瀛《文選李注義疏》謂“隱夫”爲一物，即夫栘，“夫栘爲常棣”。鬱：郁李，一名唐棣。《漢書》《文選》作“薁”。棣：常棣，似李而小，如櫻桃。

〔一八二〕㮣（塌）㯷（搭）：果名，似李。《漢書》《文選》作“荅遝”。荔枝，《漢書》《文選》作“離支”。

〔一八三〕眱（迆）：通"迤"，綿延。《漢書》作"眱"。

〔一八四〕揚，《史記》《漢書》均作"楊"，今從《文選》。

〔一八五〕杌（梧）：搖動。

〔一八六〕秀：禾吐花。《漢書》《文選》作"垂"。朱榮：紅花。榮，花。《爾雅·釋草》："木謂之榮，草謂之花。"

〔一八七〕煌煌扈扈：光采繁盛貌。一說，扈扈，美貌。

〔一八八〕照，《藝文類聚》作"燭"。鉅野：大野，廣野。

〔一八九〕沙棠：木名，形似棠，黃花赤實，其味似李，無核。櫟（力）：木名，俗謂柞櫟或麻櫟，其子名橡子。楮（珠）：似枅，冬不落葉。

〔一九〇〕華：同"樺"，樺木有白樺、黑樺諸種。楓，《史記》原作"汜"，今從《漢書》《文選》。全句均從木，故《史記集解》引徐廣曰："汜，一作'楓'。"枰：木名，即平仲木，或謂銀杏。《史記》原作"楙"。三家注本《索隱》引犍爲舍人曰："楓爲樹，厚葉弱莖，大風則鳴，故曰攝楙。"此"攝楙"，似象聲詞，釋"楓"。又曰："攝楙，平仲木也。"則"楙"當爲"楙"。然則，楙，已見《子虛賦》（《漢書》作櫐，《史記》作檗），乃黃檗，見前注。或疑《索隱》既釋楙爲平仲，則其所見本當爲"枰"，作"楙"，乃後竄改之也。故今從《漢書》《文選》。櫨：木名，即黃櫨木。

〔一九一〕留：同"劉"，即劉杙，木名，實如梨，味酸甜而核堅。（見《爾雅·釋木》）一說即石榴。落：欓也。葉如榆，皮堅韌，可爲絙索。（見《爾雅·釋木》）胥餘：椰子樹。《漢書》《文選》作"胥邪"，爲其別名。《史記索隱》引司馬彪曰："胥邪，樹高十尋，葉在其末。《異物志》：實大如瓠，繫在顛，若挂物。實外有皮，中有核如胡桃，核裏有膚，厚半寸，如猪膏。裏有汁斗餘，清如水，味美於蜜'。"

〔一九二〕仁頻：即檳榔樹。并閭：即栟櫚，亦稱椶櫚。

〔一九三〕欃（潺）檀：檀木之別種，無香氣。

〔一九四〕豫章：即樟木樹。一說，豫，枕木；章，樟木。女貞：冬青樹。顏師古曰："女貞樹，冬夏常青，未嘗凋零，若有貞操，故以名焉。"

〔一九五〕夸條：長條。又《漢書補注》引王文彬曰："夸，即

‘荂’等之省文。《説文》：‘雩’，草木華也，或從艸，從夸。《釋草》：‘華，荂也。’……今俗作‘花’字。此賦以‘荂條實葉’相對爲文，謂荂與條氣機直達，實與葉蕃殖大茂也。”

〔一九六〕葰（俊）：大。茂，《漢書》《文選》作“楙”。

〔一九七〕攢、叢：聚，樹木叢聚而生之貌。立、倚：指樹木生長之狀。

〔一九八〕連卷：即連蜷，枝條連接蜷曲。累佹（鬼）：支柱，枝條交叉依附貌。《漢書》《文選》作“欐佹”。

〔一九九〕崔錯：交錯，錯雜。癹（拔）骫（葦）：盤紆糾結貌。《漢書》作“癹骫”，《文選》作“癹骩”。

〔二〇〇〕阬衡：枝幹相抗争衡。阬，通“抗”。《漢書》《文選》作“坑衡”。閜（鰕）砢：相扶持貌。

〔二〇一〕扶於：扶疏，四布貌。《漢書》《文選》即作“扶疏”。

〔二〇二〕落英：落花。陶淵明《桃花源記》：“芳草鮮美，落英繽紛。”幡纚：飛揚，飄揚。

〔二〇三〕紛容：繁盛貌。《漢書》《文選》作“紛溶”。蕭蓡：同“蕭森”，草木高長貌。《漢書》作“蔛蓡”，《文選》作“箾蓡”。

〔二〇四〕旖旎：婀娜。《漢書》作“猗柅”，《文選》作“猗狔”。從風：随風。

〔二〇五〕瀏莅：林木鼓動之聲。芔（惠）吸：風吹草木聲。《文選》作“芔歙”。

〔二〇六〕金石：指鐘、磬一類樂器。

〔二〇七〕篴：竹製管樂器，三孔。

〔二〇八〕柴池：差池，參差也。《文選》作“傺池”。茈虒：音義并同“差池”，不齊也。

〔二〇九〕旋環：環繞也。《漢書》《文選》作“旋還”，其下并有“乎”字。

〔二一〇〕雜遝，《漢書》《文選》作“雜襲”。累輯：猶言累積。雜遝累輯，皆重積之義。

〔二一一〕被：蓋。緣：沿。

〔二一二〕循：順。阪：山坡。下隰：下而至於窪地。隰，低窪之地。

〔二一三〕玄猨：黑色雄猿。猨，同“猿”。素雌：白色雌猿。《漢書》《文選》“玄猨”上有“乎”字。

〔二一四〕蜼（位）：高鼻長尾猿。《爾雅·釋獸》：“蜼，卬鼻長尾。”玃（決）：大猴。飛鸓（累）：獸名，似鼯鼠，能飛。《漢書》作“飛蠝”，《文選》作“飛蠝”。

〔二一五〕蛭（至）：獸名，能飛，四翼。蜩（迢）：獸名。《神異經》曰：“西方深山有獸，毛色如猴，能緣高木，其名爲蜩。”蠷（決）蝚（橈）：《史記集解》引郭璞曰：“似獼猴而黃。”《漢書》作“蠷蝚”，《文選》作“蠷猱”。

〔二一六〕螹（潺）胡：獸名，黑身，白腰若帶，前肢有長白毛。《漢書》《文選》作“獑胡”。縠（户）：《史記索隱》引郭璞曰：“縠，似鼬而大，腰以後黃，一名黃腰，食獼猴。”又，《漢書補注》引錢大昭曰：“縠，當作縠”，《説文》：“縠，犬屬，腰以上黃，腰以下黑，食母猴。”蜼（鬼）：《山海經·中山經》曰：“即公之山有獸焉，其狀如龜，而白身赤首，其名曰蜼。”

〔二一七〕翩幡：翩翻。互經：《史記正義》引郭璞曰：“互經，互相經過也。”

〔二一八〕天矯：屈伸自如貌。《漢書》《文選》作“天蟜”。枝格：枝條。

〔二一九〕偃蹇：《文選》五臣注張銑曰：“偃蹇，蹲挂之狀。”杪顛：樹梢。顛，借作“槙”，《説文》：“槙，木頂。”二句均狀猿猴於樹枝間嬉戲之態也。

〔二二〇〕隃絕梁：顏師古注云：“謂超度無梁之水。”隃，通“踰”。絕梁：斷橋。《漢書》《文選》無“於是乎”三字。

〔二二一〕騰：躍。殊：異。榛：《廣雅·釋木》：“木叢生曰榛。”騰殊榛：躍上特異之木叢。

〔二二二〕捷：接。

〔二二三〕踔（戳）：騰躍。《漢書》《文選》作“掉”。踔稀間：謂騰躍於枝條稀空之間也。稀，《漢書》《文選》作“希”。

〔二二四〕牢落：寥落，稀疏。陸離：分散貌。

〔二二五〕爛曼：蹦騰奔走貌。曼，《漢書》《文選》作“漫”。

〔二二六〕《漢書》《文選》無“輩”字；“千百”作“百千”。

〔二二七〕嬉，《漢書》《文選》作“娛”。

〔二二八〕客，《漢書》《文選》作“舍”。

〔二二九〕背：去。涉：入。

〔二三〇〕校獵：圍獵。

〔二三一〕鏤象：代指以象牙雕鏤車輅之車駕。

〔二三二〕玉虬：以玉飾龍裝備之駕馬，傳說爲黄帝所乘。虬，無角龍，此代指馬。

〔二三三〕拖：曳。蜺旌：旌上繡蜺，故云。

〔二三四〕靡：通“麾”。雲旗：旗上繡雲，故名。

〔二三五〕皮軒：革車，以虎皮爲之。

〔二三六〕道游：道車，游車。《文選》注引文穎曰：“天子出，道車五乘，游車九乘。”道，通“導”。

〔二三七〕孫叔：孫陽，古之善御者。一說指公孫賀，武帝時太僕。奉轡：駕車。

〔二三八〕衛公：春秋時衛莊公，善禦敵。一說指武帝時大將軍衛青。驂乘：車右陪乘者。《漢書》《文選》作“參乘”。

〔二三九〕扈從：即護從，天子侍衛。横行：旁出。王先謙曰：“謂軍事分校就列，天子周回按部，不由中道行而旁出。”

〔二四〇〕四校：四部。校，部；軍之一校爲一部。《漢書·衛青傳》：“護軍都尉公孫敖三從大將軍擊匈奴，常護軍傳校獲王。”注：“校者，營壘之稱，故謂軍之一部爲一校。”

〔二四一〕鼓嚴簿：謂擊鼓於森嚴之鹵簿之中。簿：鹵簿，天子出行之儀仗隊。《漢書補注》：“案：蔡邕《獨斷》：天子出，車駕次第謂之鹵簿。《五經精義》：車駕行，羽儀雙導，謂之鹵簿，自秦漢始有其名。

蓋天子儀衛森嚴，故曰嚴簿。"簿，百三家集本作"簙"。

〔二四二〕獠，《漢書》《文選》作"獵"。

〔二四三〕江河，《文選》作"河江"。阹（趨）：圍堵禽獸之環陣。《説文》："阹，依山谷爲牛馬圈也。"《史記集解》引郭璞曰："因山谷遮禽獸爲阹。"《文選·長楊賦序》："以網爲周阹，縱獸其中。"注："阹，遮禽獸圍陣也。"

〔二四四〕櫓：望樓也（《史記集解》引郭璞語）。

〔二四五〕靁，同"雷"。靁起：言車馬之聲如靁而起。

〔二四六〕殷天：震天。《漢書》注引郭璞曰："殷，猶震也。"《史記》原作"隱"，今從《漢書》《文選》。

〔二四七〕陸離：分散貌。

〔二四八〕別追：各別追逐。

〔二四九〕淫淫裔裔：追逐行進之貌。

〔二五〇〕緣陵流澤：沿山崗流遍川澤。句以水流喻獵陣。

〔二五一〕雲布雨施：如雲布天，如雨降地。施：降。

〔二五二〕生：生擒活捉。貔（皮）：豹類猛獸。一説即白狐。

〔二五三〕搏：捕。

〔二五四〕手：以手擊殺。羆：熊類凶獸。

〔二五五〕足：以足蹴踢。野羊：山羊。野，《漢書》《文選》作"壄"。

〔二五六〕蒙：作"冒"解，戴也。鶡（盍）蘇：尾所餙之帽也。鶡：鳥名，似雉。蘇：《史記集解》引徐廣曰："蘇，尾也。"

〔二五七〕袴（庫）：褲。袴白虎：以白虎皮爲袴。《書》《文選》作"絝"。

〔二五八〕被：同"披"，著。豳文：豳通"斑"，《漢書》《文選》即作"斑文"；虎豹之皮也。《史記索隱》引文穎曰："《輿服志》云'虎賁騎被虎文單衣'，單衣即此斑文也。"

〔二五九〕陵：登。《文選》作"凌"。三嵏：《漢書·揚雄傳》："爾乃虎路三嵏以爲司馬，圍經百里而爲殿門。"顏師古注云："三嵏，三峰聚之山也。"嵏，同嵏。此猶言三層、三疊。《漢書》《文選》作

“三巇”。危：山之巔。

〔二六〇〕磧（迉）歷之坻（持）：《史記正義》云：“磧歷，淺水中沙石也。坻，水中高處。”連上句謂上至高山之巔，又下至壑谷沙石堆積高地。

〔二六一〕俓陵（俊）：直上高山。俓，通“徑。”《漢書》《文選》作“徑嶘”。

〔二六二〕屬水：涉水。

〔二六三〕推：椎。《文選》即作“椎”。椎，捶擊工具；捶擊之也。蜚廉：龍雀，鳥身龍頭。百三家集本作“飛廉”。

〔二六四〕解豸（致）：獸名，似鹿而一角。《漢書》作“解廌”，《文選》作“獬豸”。

〔二六五〕格：搏而殺之。瑕蛤：猛獸名。《漢書》《文選》作“蝦蛤”。

〔二六六〕鋋：鐵柄短矛。猛氏：獸名，狀如熊而小，毛淺有光澤。

〔二六七〕胃（倦）：張網羅捕禽獸。《漢書》《文選》作“羂”。騕（要）褭（嬈）：神馬名，日行萬里。（《史記集解》引郭璞語）《漢書》作“要褭”。

〔二六八〕封豕：大猪。

〔二六九〕不苟害：必中要害。

〔二七〇〕胆：頸項。

〔二七一〕《漢書》《文選》無“乎”字。裴回，《漢書》《文選》作“徘徊”。

〔二七二〕睨：視。部曲：本軍隊編制單位，此指士卒行伍。

〔二七三〕帥，《史記》原作“率”，今從《漢書》《文選》。

〔二七四〕浸潭：漸進貌。《漢書》《文選》作“侵淫”。促節：由徐而疾。

〔二七五〕儵：疾。夐：遠。

〔二七六〕流離：困苦之也。謂以輴網捕禽，使之困苦而無所逃遁。輕禽：輕疾之飛禽。

〔二七七〕蹵履：踐踏。

〔二七八〕轊（謂）：車軸頭。謂以轊撞殺之也。《漢書》作"轊"，《文選》作"轊"。

〔二七九〕捷：疾取。《漢書》顏注引郭璞曰："狡兔健跳，故捷取之也。"按，《淮南子·兵略訓》許慎注："捷，疾取也。"則"捷取"猶言"疾取"也。兔，《漢書》作"菟"。

〔二八〇〕軼：超過。

〔二八一〕怪物：指下文游梟、蜚遽等。

〔二八二〕彎：引，拉。《説文》："持弓關矢也。"繁弱：良弓名，傳説爲夏后氏所用。《左傳·定公四年》："封父之繁弱"。注"繁弱，大弓名。《漢書》《文選》作"蕃弱"。

〔二八三〕滿：引弓直至箭頭。白羽：白羽所飾箭。

〔二八四〕游梟：游走之怪獸。《史記集解》引郭璞曰："梟，梟羊也，似人長脣，反踵披髮食人。"一説即狒狒。

〔二八五〕櫟：搏擊。蜚虞（具）：神獸名。《漢書·郊祀志下》："建章、未央、長樂宮鐘虞銅人皆生毛。"顏注："虞，神獸名也。縣鐘之木刻飭爲之，因名曰虞也。"傳説鹿頭龍身。《漢書》《文選》作"蜚遽"。

〔二八六〕擇肉：王先謙曰："擇其肥者而射。"《漢書》《文選》句作"擇肉而後發"。

〔二八七〕先中命處：意即"先命中處"，謂先指明命中禽獸何處，後果中之。《漢書》《文選》作"先命而中處"。

〔二八八〕分：分離。

〔二八九〕藝：《漢書補注》引錢大昭説："藝當爲槷。"槷，通"梟"，射的，即箭靶子。此指被射中之禽獸。殪：《漢書》注引文穎曰："一發死曰殪。"即一箭射斃。仆：倒。

〔二九〇〕揚：舉。節：旗節；一説策，馬鞭。浮：騰游。

〔二九一〕二句陵、歷：經歷也。陵，《文選》作"凌"。飆，《漢書》作"焱"，《文選》作"焱"。

〔二九二〕乘：升。虛無：指天空。《漢書》作“虛亡”。

〔二九三〕轔：通“躪”，踐也。《漢書》作“蘭”，《文選》即作“躪”。

〔二九四〕亂：衝亂。《文選》注引郭璞曰：“言亂其行伍也。”昆雞：似鶴，黄白色。一説即鶤雞，鳳凰之别名。

〔二九五〕道、促：《文選》注引郭璞曰：“道、促皆追捕貌。”駿鸃，《文選》作“鵔鸃”。

〔二九六〕拂：擊。鷖鳥：羽毛呈五彩。一説鳳凰之别名。一説即歐鳥。《漢書》《文選》作“翳鳥”。王先謙《漢書補注》案：“《説文》：鷖，鳬屬，與上文不相類，從‘翳’爲是。”

〔二九七〕捎：通“箭”。《説文》：“箭，以竿擊人也。”

〔二九八〕鴛鶵，《漢書》作“鵷雛”，《文選》作“鵷鶵”。

〔二九九〕掩：捕，罩取。《漢書》《文選》作“揜”。焦明：鳥名。《史記索隱》引張揖曰：“似鳳，西方之鳥也。”《藝文類聚》作“鵁鵬”。

〔三〇〇〕塗，《文選》作“途”。殫：盡。

〔三〇一〕招摇：逍遥。《漢書》作“消摓”，《文選》作“消摇”。襄羊：徜徉，自由自在往來。

〔三〇二〕降集：停留。集，止。北紘（紅）：代指苑中極北之地。《淮南子·墜形訓》：“八澤之外，乃有八紘。北方之紘曰委羽。”

〔三〇三〕率乎：輕松貌。直指：直往也。

〔三〇四〕闇乎：猶言遽然。《文選》傅毅《舞賦》：“翼爾悠往，闇復輟已。”注：“闇猶奄也，古人呼闇，殆與奄同。《方言》曰：‘奄，遽也。’”《漢書》作“揜乎”，《文選》作“晻乎”。闇乎反鄉：《文選》注引郭璞曰：“忽然疾歸貌。”鄉：通“嚮”，則句義爲“遽然反嚮而行”也，上下文均順。

〔三〇五〕歷：踏。石闕：同下文封巒、鳷鵲、露寒，均爲觀名，在甘泉宫（今陝西淳化西北）外。《漢書》作“石關”。

〔三〇六〕雉（支），《漢書》《文選》作“鳷”，音義并同。

〔三〇七〕棠梨：宮名，在甘泉宮東南。棠，《漢書》作"堂"。

〔三〇八〕宜春：宮名，《史記正義》云："在雍州萬年縣西南三十里（今陝西臨潼北）。"

〔三〇九〕宣曲：宮名，在長安昆明池西。

〔三一〇〕濯：通"櫂"，船槳。濯鷁：持櫂行船。牛首：池名，在上林苑西頭。

〔三一一〕龍臺：觀名，在豐水西北，近渭水。

〔三一二〕掩：同奄，息也。細柳：觀名，在昆明池南。

〔三一三〕鈞：衡。《文選》作"均"。獠，《漢書》《文選》作"獵"。

〔三一四〕轔轢：車輪輾軋。《漢書》《文選》轔轢分別作"闒轢""轔轢"。《史記》句首原有"觀"字，今從《漢書》《文選》。

〔三一五〕乘騎，《漢書》無"乘"字，《文選》作"步騎"。蹂若：蹂躪。

〔三一六〕人民，《漢書》無"民"字，《文選》作"人臣"。蹈躝：踐踏。《漢書》《文選》作"蹈籍"。

〔三一七〕𩖕：疲倦之極。《漢書》作"㰉"，《文選》作"𩖕"。窮極倦𩖕：走投無路，疲憊不堪。

〔三一八〕驚憚：驚恐。慴伏：畏懼而屈服。《漢書》《文選》作"讋伏"。

〔三一九〕佗佗籍籍：尸體縱橫交錯貌。佗佗，《漢書》作"它它"《文選》作"他他"。籍籍，《漢書》作"藉藉"。

〔三二〇〕阬：同"坑"。

〔三二一〕平：平原。

〔三二二〕懈怠：疲憊。

〔三二三〕昊天之臺：臺名。《史記索隱》引張揖曰："臺高上干皓天也。"昊，《漢書》《文選》作"顥"。

〔三二四〕張：陳設。轇（郊）輵（格）：猶言廖廓。《漢書》《文選》作"膠葛"；宇，作"寓"。

〔三二五〕石：百二十斤。千石，合一十二萬斤。鐘，《文選》作
"鍾"。

〔三二六〕鉅：虡之借字；懸鐘木架。本猛獸名，刻其形於上，故
云。《漢書》《文選》即作"虡"。

〔三二七〕靈鼉之鼓：鼉皮所蒙之鼓。

〔三二八〕陶唐氏：即遠古堯部族。其舞名咸池。

〔三二九〕葛天氏：傳説中遠古部族名。葛天氏之歌：《吕氏春
秋·古樂篇》云："昔葛天氏之樂，三人操牛尾，投足以歌八闋。"

〔三三〇〕唱，《漢書》作"倡"。

〔三三一〕巴俞：舞名。顏師古云："巴俞之人，剛勇好舞。初，
高祖用之，克平三秦。美其功力，後使樂府習之，因名巴俞舞也。"《文
選》作"巴渝"。宋、蔡：古國名。宋國，地在今河南東部及山東、江
蘇、安徽之間。蔡國，地在今河南上蔡、新蔡等地。此指其地音樂。

〔三三二〕淮南：漢封國。于遮：樂曲名。《漢書》《文選》作"干
遮"《藝文類聚》作"千遮"。

〔三三三〕文成：漢遼西縣名。顛：通"滇"，漢時西南小國名，在
今雲南。并指兩地歌曲。

〔三三四〕族舉：具舉，衆舉，即衆樂齊奏。《漢書》《文選》作
"族居"。遞奏：更奏，即衆樂交替而奏。

〔三三五〕鏗鎗：即鏗鏘，鐘聲。鎕嗒（榻）：鼓聲。《漢書》《文
選》作"闛鞈"。

〔三三六〕洞：徹。洞心：響徹於心。

〔三三七〕荆、吳、鄭、衛：皆秦以前國名。荆即楚國，都郢。古吳
國在今淮泗及浙東地區。鄭國，今河南新鄭。衛國，今河南淇縣。

〔三三八〕韶：舜樂。濩：湯樂。武：即大武，周武王樂。象：周公樂。

〔三三九〕陰淫案衍：淫靡放縱。淫，放濫。衍，溢。

〔三四〇〕鄢、郢：楚地名，此指楚地歌舞。鄢，湖北宜城。郢，湖
北江陵。繽紛：交雜貌。

〔三四一〕激楚、結風：均楚地歌曲名。楚地習俗慓疾，其樂激促哀

切，故云。《文選》傅毅《舞賦》："激楚結風，陽阿之舞"。結風，亦作"急風"。

〔三四二〕俳優、侏儒：古代諧劇藝人。《荀子·王霸》："俳優、侏儒，婦女之請謁以悖之。"注："俳優：倡優（古代以樂舞戲謔爲業者）。侏儒：短人可戲弄者。"

〔三四三〕狄鞮（滴）：古地名，在河内（今河南境内），多善唱者：倡：即指倡優侏儒一類藝人。《史記·滑稽列傳》："優旃者，秦倡，侏儒也。"

〔三四四〕《漢書》《文選》句中無"而"字。

〔三四五〕麗靡：美麗。爛漫：鮮明。

〔三四六〕靡曼：細膩，美麗。《文選》無"於後"二字。

〔三四七〕青琴：古神女名。江淹《秦女贊》："青琴既曠世，綠珠亦絶群。"宓妃：傳説爲伏羲氏之女，溺死洛水，遂爲洛水之神。《漢書》作"虙妃"。

〔三四八〕妖冶：艷麗。嫺都：賢雅。《漢書》作"閑都"，《文選》作"嫺都"。

〔三四九〕靚（静）莊：華麗妝飾。《史記集解》引郭璞曰："靚莊，粉白黛黑也。"左思《蜀都賦》："都人士女，祛服靚粧"。莊、粧，通妝。《文選》作"粧"。

〔三五○〕便（騈）嬛（旋）：輕麗貌。婥約：美好貌。《漢書》作"繛約"，《文選》作"綽約"。

〔三五一〕柔橈：婀娜多姿貌。橈，曲。嬽嬽：柔美貌。《漢書》作"嬛嬛"，《文選》作"嫚嫚"。

〔三五二〕斌媚：動人貌。《漢書》《文選》作"嫵媚"。姍（冉）嬲（鳥）：輕細柔弱貌。《漢書》《文選》作"孅弱"。

〔三五三〕抴，《漢書》《文選》作"曳"。獨繭：一繭之絲，狀綢衣顔色純净。褕（魚）：襜褕，直襟單衣。袘：袖。《漢書》作"袣"，《文選》作"緆"。

〔三五四〕眇：通"妙"，精美。閻易：衣長大貌。戌削：衣服邊緣整齊貌。《漢書》作"憪削"，《文選》作"卹削"。

〔三五五〕媥（篇）姺（鮮）：同"蹁躚"，輕盈飄舞貌。《漢書》《文選》作"便姍"。徶（biè）㣻（屑）：衣服婆娑貌。《漢書》《文選》作"嫳屑"。

〔三五六〕世，《文選》作"俗"。

〔三五七〕芬香，《漢書》《文選》作"芬芳"。漚鬱：香氣鬱積濃烈。

〔三五八〕淑郁：氣味香濃。

〔三五九〕宜笑：笑而露皓齒。的皪（立）：鮮明貌。中華書局點校本《史記》作"的皪"，《漢書》《文選》同。

〔三六○〕連娟：彎曲細長貌。

〔三六一〕睇：斜視。縣藐：動人貌。一說遠視貌。

〔三六二〕色：顏色。魂：精神。授、與：均有誘惑於人之義。與，《漢書》作"予"。

〔三六三〕愉：悅。一說通"輸"。心輸，猶言傾心。於側：相當於"於前"。

〔三六四〕酒中：猶言中酒，酒酣也。

〔三六五〕芒然：悵然。芒，通"茫"。

〔三六六〕泰，《漢書》《文選》作"大"，《藝文類聚》作"太"。

〔三六七）無事棄日：無事而虛拋時日也。

〔三六八〕順天道：《文選》注引郭璞云："因秋氣也。"古代以秋天象徵肅殺氣象，乃天主殺伐，故云秋日出獵爲順應天道以事殺伐。

〔三六九〕於此，《漢書》作"以於此"。

〔三七○〕後世，《文選》作"後葉"。靡麗：淫靡侈麗。

〔三七一〕往而不反：謂沉溺於靡麗生活，不知回頭。反，《漢書》《文選》作"返"。

〔三七二〕創業垂統：開創事業，留傳後代。

〔三七三〕於是，《漢書》《文選》作"於是乎"。

〔三七四〕《漢書》《文選》句中無"以"字。

〔三七五〕贍：贍養，供給。萌隸：平民。《戰國策·燕策》："執政任事之臣，所以能循法今順庶孽者，施及萌隸皆可以教於後世。"《漢書》作"氓隸"。

〔三七六〕隤：頹，毀。墻：指上林苑之墻。壍：壕溝，指專爲上林苑開挖之溝渠。《漢書》作"壍"。

〔三七七〕民，《文選》作"人"。

〔三七八〕實：滿。謂養魚鱉獸類滿陂池。勿禁：謂不禁民入苑捕取也。

〔三七九〕牣：通"牣"，充滿。觀，《漢書》《文選》作"館"。

〔三八〇〕振：通"賑"。《漢書》《文選》作"救"。

〔三八一〕出德號：推行有德於民之號令。

〔三八二〕易服色：改易衣服車輿顏色。

〔三八三〕正：一歲之首月。朔：一月之元日。更正朔：謂改革曆法。《漢書》《文選》作"革正朔"。

〔三八四〕始：新開始；除舊布新。《文選》作"更始"。

〔三八五〕歷：推算，選擇。齋，《史記》原作"齊"，《漢書》同。

〔三八六〕襲：衣之整套。此當"著"解。朝衣，《漢書》作"朝服"。

〔三八七〕法駕：天子車駕。古制天子鹵簿有大駕、法駕、小駕。法駕六馬，屬車三十六乘；一説四十六乘。

〔三八八〕乎，《漢書》作"于"。六藝：六經。《漢書》作"六蓺"。圃：園林，此指六藝萃集之所。自本句至"翱翔乎書圃"諸句，皆以射獵喻修文教、興禮樂等事。

〔三八九〕鶩，《漢書》《文選》作"馳鶩"。塗：通"途"，道也。

〔三九〇〕覽觀《春秋》之林：《史記集解》引郭璞曰："《春秋》所以觀成敗，明善惡也。"林：《漢書》注引如淳曰："《春秋》義理繁茂，故比之於林藪也。"

〔三九一〕貍首：古逸詩篇名，諸侯行射禮所奏樂章。

〔三九二〕騶虞：《詩經》召南篇名，古代天子行射禮所奏樂章。

〔三九三〕弋玄鶴：《尚書大傳》謂舜樂歌之一曰："和伯之樂，舞玄鶴。”是弋射玄鶴喻效法舜之禮樂也。

〔三九四〕建，《漢書》《文選》作“舞”。干戚：相傳舜曾舞干戚，行仁義而服有苗（見《虞書》及韓子《五蠹》）。此喻效法舜施行仁義善政。

〔三九五〕雲罕（罕）：天子出行時前驅旌旗。

〔三九六〕雅：雅士。雅、鴉相通。本句與上句，言天子出行，撝捕鴉雀，以喻出行訪求賢士。

〔三九七〕伐檀：《詩經》魏風篇名，舊解爲“刺賢者不遇明主”之詩。此用意爲天子鋭意訪求賢士，故讀《伐檀》而興悲也。

〔三九八〕樂胥：《詩經·桑扈》：“君子樂胥，受天之祜。”鄭玄箋云：“胥，有才知之名也。祜，福也。王者樂臣下有才知，知文章，則賢人在位，庶宦不曠，政和而民安，天予之以福禄。”本句與上句相對成文，言天子讀“樂胥”詩句，以得賢士而樂。

〔三九九〕修容：修飭容儀，喻修身。禮圍：以《禮》爲規範。《文選》李善注引郭璞説：“禮所以整威儀，自修飾也。”

〔四〇〇〕翱翔：游涉；鑽研。書：《尚書》。《文選》李善注引郭璞曰：“《尚書》所以疏通知遠者，故游涉之。”意即天子爲了通達政事，上知遠古，故鑽研《尚書》。

〔四〇一〕述《易》道：《史記正義》曰：“易所以絜静微妙，上辨二儀陰陽，中知人事，下明地理也。

〔四〇二〕明堂：天子宣明政教之所，凡朝會、祭祀、慶賞等大典均在此舉行。

〔四〇三〕清廟：太廟，天子接見諸侯之所。一説即明堂。二句皆謂天子躬親政事。

〔四〇四〕恣：任憑。《文選》作“次”。句謂任羣臣上奏朝政得失之事。

〔四〇五〕嚮風：謂天下人皆居於下風而聽從天子意旨。嚮，通“向”。《漢書》《文選》作“鄉”。

〔四〇六〕流：流風。句意爲天下人隨天子倡導之風氣而受到德化。

〔四〇七〕喟然：《漢書》《文選》作"怵然"。《文選》注引郭璞曰："怵，猶勃也。"則喟然義爲"勃然"矣。興道："提倡仁義之道。"遷義：猶言歸嚮於義。

〔四〇八〕錯：措置，廢止。

〔四〇九〕乎，《漢書》《文選》作"於"。三皇，《文選》作"三王"。

〔四一〇〕羨：溢也，超過。《文選》句首有"而"字。

〔四一一〕《漢書》《文選》無"暴露"二字。

〔四一二〕罷：疲，耗盡。用：功能。

〔四一三〕抏（完）：挫，損。《漢書》作"杭"。

〔四一四〕《漢書》《文選》句首無"而"字。

〔四一五〕由，《漢書》《文選》作"繇"。

〔四一六〕九百：九百方里。

〔四一七〕民，《文選》作"人"。

〔四一八〕所，《文選》無。

〔四一九〕《漢書》《文選》無"之"字。尤：過。

〔四二〇〕愀（巧）然：變色貌。

〔四二一〕超若：悵然。超，通"怊"，惆之假借。

〔四二二〕逡巡：向後退步。避席：離開座位。《文選》作"避廗"。三家注本作"辟席"。

〔四二三〕聞命：領教。《漢書》《文選》作"受命"。

喻巴蜀檄〔一〕

告巴蜀太守：蠻夷自擅，不討之日久矣，時侵犯邊境，勞士大夫。陛下即位，存撫天下，輯安中國〔二〕，然後興師出兵，北征匈奴〔三〕。單于怖駭〔四〕，交臂受事〔五〕，詘膝請和〔六〕。康居西域〔七〕，重譯請朝〔八〕，稽首來享〔九〕。移師東指，閩越相誅〔一〇〕；右弔番禺〔一一〕，太子入朝〔一二〕。南夷之君，西僰之長〔一三〕，常效貢職〔一四〕，不敢怠墮〔一五〕，延頸舉踵，喁喁然皆爭歸義〔一六〕，欲爲臣妾；道里遼遠，山川阻深，不能自致〔一七〕。夫不順者已誅，而爲善者未賞，故遣中郎將往賓之〔一八〕，發巴蜀士民各五百人〔一九〕，以奉幣帛〔二〇〕，衛使者不然〔二一〕，靡有兵革之事，戰鬥之患。今聞其乃發軍興制〔二二〕，警懼子弟，憂患長老，郡又擅爲轉粟運輸，皆非陛下之意也。當行者或亡逃自賊殺〔二三〕，亦非人臣之節也。

夫邊郡之士，聞烽舉燧燔〔二四〕，皆攝弓而馳，荷兵而走，流汗相屬，唯恐居後；觸白刃，冒流矢，義不反顧〔二五〕，計不旋踵〔二六〕，人懷怒心，如報私讎。彼豈樂死惡生，非編列之民〔二七〕，而與巴蜀異主哉？計深慮遠，急國家之難，而樂盡人臣之道也。故有剖符之封〔二八〕，析珪而爵〔二九〕，位爲通侯〔三〇〕，居列東第〔三一〕，終則遺顯號於後世，傳土地於子孫。行事甚忠敬〔三二〕，居位安佚，名聲施於無窮，功烈著而不滅。是以賢人君子，肝腦塗中原，膏液潤野草而不辭也。今奉幣役至南夷，即自賊殺，或亡逃抵誅〔三三〕，身死無名，諡爲至愚，恥及父母，爲天下笑。人之度量相越〔三四〕，豈不遠哉！然此非獨行者之罪也〔三五〕，父兄之教不先，子弟之率不謹也〔三六〕；寡廉鮮恥，而俗不長厚也。其被刑戮，不亦宜乎！

陛下患使者有司之若彼，悼不肖愚民之如此，故遣信使曉諭百姓以發卒之事，因數之以不忠死亡之罪，讓三老孝弟以不教之過〔三七〕。方今田時〔三八〕，重煩百姓〔三九〕，已親見近縣，恐遠所谿谷山澤之民不徧聞，檄到，亟下縣道〔四〇〕，使咸知陛下之意〔四一〕，唯毋忽也〔四二〕。

校注

〔一〕本篇載《史記》卷一一七，《漢書》卷五七下，《文選》卷四四，《藝文類聚》卷五八。

〔二〕輯安：和順安定。《爾雅》："輯，和也"。《漢書》作"集安"，《文選》作"安集"。

〔三〕興師出兵，北征匈奴：據《史記·匈奴列傳》：武帝元朔四年（前一二五）春，以衛青為將軍，將六將軍十餘萬人，出朔方六七百里，圍左賢王。右賢王大驚，脫身逃走。次年春，衛青再出定襄數百里，擊匈奴。元朔六年春，使驃騎將軍霍去病將萬騎，出隴西，過焉支千餘里。其夏，復與合騎侯（公孫敖）出隴西北地二千餘里，過居延，攻祁連山。同時使博望侯張騫及李將軍廣出右北平，擊左賢王。此後又經多次出擊，匈奴遠遁。"匈奴用趙信計，遣使於漢，好辭請和親。"

〔四〕單（禪）于：漢時匈奴君長。

〔五〕交臂：兩臂相交，表示聽命服從。《戰國策·魏策》："……魏不能支，交臂而聽楚，韓氏必危。"又韓策："今大王西面交臂而臣事秦，何異於牛後乎？"受事：臣服。

〔六〕詘：通"屈"。《漢書》《文選》即作"屈"。

〔七〕康居：古西域國名，漢成帝時曾遣其子入漢進貢。

〔八〕重譯：輾轉翻譯。《漢書·平帝紀》元始元年："越裳氏重譯獻白雉一，黑雉二。"注："譯謂傳言也。道路絕遠，風俗殊隔，故累譯而後迺通。"請朝，《漢書》《文選》作"納貢"。

〔九〕稽首：最隆重恭敬之跪拜禮，叩頭至地，為九拜之首。《文選》作"稽顙"。來享：來獻，來進貢。《詩·商頌·殷武》："莫不敢

來享"，鄭箋："享，獻也。"《漢書》顏師古注："來入朝覲，豫享祀
也。一曰：享，獻也，獻其國珍也。"

〔一〇〕移師東指，閩越相誅：據《史記·南越列傳》：建元四年
（前一三七），閩越王郢（駱姓）興兵擊南越，南越王趙胡向漢天子求
救，漢遣王恢、韓安國擊之。閩越王弟餘善殺郢而降，於是罷兵。

〔一一〕右：往右，向右。漢軍東伐閩越，後至南越番禺，故言右。
弔：取；撫諭。番禺：漢南海郡治，今廣州市。

〔一二〕太子入朝：《史記·南越列傳》：漢軍罷兵之後，漢"天子
使莊助往諭意，南越王胡（趙胡）頓首曰：'天子乃為臣興兵討閩越，死
無以報德！'遣太子嬰齊入宿衛。"

〔一三〕僰（博）：我國古代西南地區少數民族，居今以四川宜賓為
中心之川南及滇東北一帶。

〔一四〕效：效力。貢職：貢獻。

〔一五〕怠墮，《漢書》作"惰怠"，《文選》作"憛怠"。

〔一六〕喁喁然：眾人向慕之貌。爭歸義，《漢書》《文選》作"鄉
風慕義"。

〔一七〕自致：親自致意。

〔一八〕中郎將：指唐蒙。建元六年，唐蒙上書言通夜郎事。許之，
拜為中郎將，將千人，從巴屬筰關入。賓：《漢書補注》王先謙曰："上
言為善者未賞，下言奉幣，則此謂賓禮之也。"又曰："賓有敬義，亦
有導義。《周禮·鄉大夫》'以禮禮賓之'，司農注：'賓，敬也。'
《書·堯典》'寅賓出日'，傳：'賓，導也。'"又，賓，服也（見
《爾雅·釋詁》）。又，《史記會注考證》引徐孚遠曰："賓，謂以賓見
諸侯之禮接之。"皆可通。

〔一九〕發：征招，招募。士民，《漢書》《文選》作"之士"。

〔二〇〕奉：獻。幣：珠玉、黃金、刀布。《管子·國畜》："以
珠玉為上幣，以黃金為中幣，以刀布為下幣。"帛：絲織物。《漢書》無
"帛"字。

〔二一〕不然：謂不測之事。

〔二二〕發軍興制：《史記索隱》引張揖曰：“發軍，謂發三軍之衆；興制，謂起軍法，誅渠帥也。”“案：唐蒙爲使，而用軍興法制，故驚懼蜀人也。”又，《史記會注考證》引徐鴻鈞曰：“案，軍興是漢法名。《周禮·地官旅師》‘平頒其興積’，鄭氏注云：‘縣官徵物曰興，今云軍興是也。’據此，軍興不當析讀。”以備一説。

〔二三〕當行者：應征者。自賊殺：自相劫奪殺戮。

〔二四〕燧：烽烟。燧：燧火。燔：燒。《史記索隱》云：“峰，見敵則舉；燧，見敵則焚。燧主晝、燧主夜。”

〔二五〕義，《漢書》《文選》作“議”。

〔二六〕旋踵：退縮。《管子·小匡》：“平原廣牧，車不結轍，士不旋踵，鼓之而三軍之士視死如歸。”

〔二七〕編列：編户。編列之民：編入户籍之民。

〔二八〕剖符之封：帝王分封諸侯或功臣，分剖符節爲二，雙方各執其半，以爲信守憑證。《漢書·高帝紀》：“始剖符封功臣曹參爲通侯。”

〔二九〕珪：瑞玉，上圜下方，作信物。

〔三○〕通侯：爵位名。原稱徹侯，避武帝諱而改稱。

〔三一〕東第：甲宅，豪宅。居帝城之東，故稱東第。

〔三二〕行事，《漢書》作“事行”。

〔三三〕抵：至，當。

〔三四〕相越：相去。

〔三五〕獨行者：謂逃亡者。

〔三六〕《漢書》《文選》無“也”字。

〔三七〕讓：責。三老孝弟：漢時鄉官。《漢書·文帝紀》：文帝十二年詔曰：“置三老孝弟力田常員，令各率其意以導民焉”。

〔三八〕田時：農時。

〔三九〕重：難。句義爲不欲召聚百姓。

〔四○〕道：《漢書·百官公卿表》：“縣……有蠻夷曰道。”

〔四一〕咸知，《漢書》作“咸諭”、《文選》作“咸喻”。

〔四二〕唯毋忽也，《漢書》作“母忽”，《文選》作“無忽”。

難蜀父老〔一〕

漢興七十有八載〔二〕，德茂存乎六世〔三〕，威武紛紜〔四〕，湛恩汪濊〔五〕，羣生澍濡〔六〕，洋溢乎方外〔七〕。於是乃命使西征，隨流而攘〔八〕，風之所被，罔不披靡。因朝冉從駹〔九〕，定筰存邛〔一〇〕，略斯榆〔一一〕，舉苞滿〔一二〕，結軌還轅〔一三〕，東鄉將報〔一四〕，至于蜀都。

耆老大夫薦紳先生之徒二十有七人〔一五〕，儼然造焉。辭畢〔一六〕，因進曰〔一七〕：“蓋聞天子之於夷狄也〔一八〕，其義羈縻勿絕而已〔一九〕。今罷三郡之士〔二〇〕，通夜郎之塗，三年於茲，而功不竟，士卒勞倦，萬民不贍〔二一〕；今又接以西夷〔二二〕，百姓力屈〔二三〕，恐不能卒業，此亦使者之累也，竊爲左右患之〔二四〕。且夫邛、筰、西僰之與中國並也〔二五〕，歷年茲多〔二六〕，不可記已。仁者不以德來，强者不以力並，意者其殆不可乎〔二七〕！今割齊民以附夷狄〔二八〕，弊所恃以事無用〔二九〕，鄙人固陋，不識所謂。”〔三〇〕

使者曰：“烏謂此邪〔三一〕？必若所云，則是蜀不變服，而巴不化俗也，余尚惡聞若說〔三二〕。然斯事體大，固非觀者之所覯也〔三三〕。余之行急，其詳不可聞已。請爲大夫粗陳其略：

“蓋世必有非常之人，然後有非常之事；有非常之事，然後有非常之功。非常者，固常人之所異也〔三四〕。故曰非常之原，黎民懼焉〔三五〕；及臻厥成，天下晏如也〔三六〕。

“昔者鴻水浡出〔三七〕，氾濫衍溢，人民登降移徙〔三八〕，陭㠎而不安〔三九〕。夏后氏戚之〔四〇〕，及堙鴻水〔四一〕，決江疏河，灑沈贍菑〔四二〕，東歸之於海，而天下永寧。當斯之勤，豈唯民哉〔四三〕？心煩於慮而身親其勞，躬胝無胈〔四四〕，膚不生毛，故休烈顯乎無窮〔四五〕，聲稱浹乎於茲〔四六〕。

"且夫賢君之踐位也，豈特委瑣握齪〔四七〕，拘文牽俗〔四八〕，循誦習傳〔四九〕，當世取說云爾哉〔五〇〕！必將崇論閎議〔五一〕，創業垂統，爲萬世規。故馳騖乎兼容並包，而勤思乎參天貳地〔五二〕。且《詩》不云乎！'普天之下，莫匪王土；率土之濱，莫非王臣〔五三〕。'是以六合之內〔五四〕，八方之外〔五五〕，浸潯衍溢〔五六〕，懷生之物有不浸潤於澤者，賢君耻之。今封疆之內，冠帶之倫，咸獲嘉祉〔五七〕，靡有闕遺矣。而夷狄殊俗之國，遼接異黨之地，舟輿不通〔五八〕，人迹罕至，政教未加，流風猶微。內之則犯義侵禮於邊境〔五九〕，外之則邪行橫作〔六〇〕，放弑其上〔六一〕。君臣易位，尊卑失序，父兄不辜，幼孤爲奴〔六二〕，係纍號泣〔六三〕，內嚮而怨，曰：'蓋聞中國有至仁焉，德洋而恩普〔六四〕，物靡不得其所，今獨曷爲遺己！'舉踵思慕，若枯旱之望雨。鷙夫爲之垂涕〔六五〕，況乎上聖，又惡能已〔六六〕？故北出師以討強胡，南馳使以誚勁越〔六七〕。四面風德〔六八〕，二方之君鱗集仰流〔六九〕，願得受號者以億計〔七〇〕。故乃關沬若〔七一〕，徼牂柯〔七二〕，鏤靈山〔七三〕，梁孫原〔七四〕。創道德之塗，垂仁義之統。將博恩廣施，遠撫長駕〔七五〕，使疏逖不閉〔七六〕，阻深闇昧得耀乎光明〔七七〕，以偃甲兵於此，而息誅伐於彼〔七八〕。遐邇一體，中外禔福〔七九〕，不亦康乎？夫拯民於沉溺，奉至尊之休德。反衰世之陵遲〔八〇〕，繼周氏之絕業〔八一〕，斯乃天子之急務也〔八二〕。百姓雖勞，又惡可以已哉〔八三〕？

"且夫王事固未有不始於憂勤〔八四〕，而終於佚樂者也〔八五〕。然則受命之符合在於此矣〔八六〕。方將增泰山之封〔八七〕，加梁父之事，鳴和鸞〔八八〕，揚樂頌〔八九〕，上咸五〔九〇〕，下登三〔九一〕。觀者未賭指〔九二〕，聽者未聞音，猶鷦明已翔乎寥廓〔九三〕，而羅者猶視乎藪澤，悲夫！"

於是諸大夫芒然其所懷來，而失闕所以進〔九四〕，喟然並稱曰："允哉漢德〔九五〕，此鄙人之所願聞也〔九六〕。百姓雖怠〔九七〕，請以身先之。"敞罔靡徙〔九八〕，因遷延而辭避〔九九〕。

校注

〔一〕載《史記》卷一一七，《漢書》卷五七下，《文選》卷四四，《藝文類聚》卷二五，題作《喻難蜀父老書》；諸名家集本題作《與蜀父老詰難》。

〔二〕七十有八載：劉邦建漢於公元前二〇六年，過七十八年，當爲前一二九年（武帝元光六年）。

〔三〕六世：六代，即高帝劉邦，惠帝劉盈，高后呂雉，文帝劉恒，景帝劉啓，武帝劉徹。

〔四〕紛紜：盛貌。《漢書》作"紛云"。

〔五〕湛恩：深恩。汪濊：廣被。

〔六〕羣生：一切生物。《莊子·刻意》："四時得節，萬物不傷，羣生不夭。"澍濡：雨水使物滋潤；文中即沾恩之意。《漢書》《文選》作"霑濡"，《藝文類聚》作"沾濡"。

〔七〕方外：方域之外，指邊遠地區。

〔八〕攘：却退之。《國語·魯語》下："彼無亦置其同類，以服東夷，而大攘諸夏。"注："攘，却也。"

〔九〕朝冉從駹（忙）：冉、駹：漢時西南地區部落名。《史記·西南夷列傳》云："自筰以東北，君長以十數，冉駹最大，其俗或土著，或移徙，在蜀之西。"又，設"冉、駹爲汶山郡。"《史記正義》引《括地志》云："西蜀徼外羌，茂州、冉州，本冉駹國地也。"據此，其地當在今四川馬爾康、茂汶地區。朝：使朝見。從：使服從。

〔一〇〕筰（昨）、邛：亦部落名。《史記·西南夷列傳》："自滇以北，君長以十數，邛都最大。""自巂以東北，君長以十數，徙、筰都最大。""以筰都爲沈黎郡。"《華陽國志》："雅州邛郲山，本名邛筰山，故邛人筰人界。"筰都在今四川漢源縣東北。邛都即今四川西昌。筰，《漢書》作"莋"，《文選》作"笮"。邛，《史記》《文選》原作"卭"，今從《漢書》。

〔一一〕斯榆：亦部落名。司馬相如本傳："司馬長卿便略定西夷，邛、筰、冉、駹、斯榆之君皆請爲内臣。"《史記索隱》:"張揖云'斯俞,國也。'案……《華陽國志》邛都縣有四部,斯史一也。"《華陽國志》作"斯兒"。案:斯俞、斯史,同"斯榆";兒,"史"音近或同而形異。

〔一二〕苞滿:古部落名。《史記索隱》:"'滿'字或作'蒲'也。"《漢書》《文選》即作"苞蒲"。

〔一三〕結軌:車軌相連也。軌,車迹。《史記》原作"結軼",今從《漢書》《文選》。還轅:回車。句謂西征車輛相繼返回。

〔一四〕東鄉:東向。鄉,通"向"。報:顏師古曰:"報天子也。"

〔一五〕耆老:老人。《禮記·曲禮》:"六十曰耆,七十曰老。"薦紳,《漢書》作"搢紳"。耆,《史記》《漢書》作"耈"。

〔一六〕辭:初見面寒喧之辭。

〔一七〕因,《漢書》《文選》無。

〔一八〕於,《文選》《藝文類聚》作"牧"。

〔一九〕羈縻:聯繫,聯絡。勿絶:勿斷絶往來。

〔二〇〕罷:疲。三郡:《文選》五臣注李周翰曰:"三郡,三蜀也。"案:三蜀即蜀郡、廣漢、犍爲。或謂"三"乃虚數;三郡,泛指蜀地。

〔二一〕贍:通"澹",安也。

〔二二〕接以,《漢書》《文選》作"接之以"。

〔二三〕屈:盡。

〔二四〕左右:對人不直稱其名,稱左右,表示尊敬。《戰國策·燕策》:"臣不佞,不能奉承先生之教,以順左右之心。"

〔二五〕邛,《史記》原作"卬",今從《漢書》。筰,《漢書》作"莋"《文選》作"笮"。

〔二六〕兹:益,甚。

〔二七〕《漢書》無"其"字。仁者三句:顏師古曰:"言古往帝王雖有仁德,不能招來之;雖有强力,不能併吞之。以其險遠,理不可也。"

〔二八〕齊民:平民。《漢書·食貨志》:"世家子弟富人,或鬭雞走馬，弋獵博戲，亂齊民。”顏注引如淳曰：“齊，等也。無有貴賤，謂之齊民，若今言平民矣。”

〔二九〕弊：疲困。《漢書》顏師古注曰：“所恃即中國之人也，無用謂西南夷也。”

〔三〇〕不識所謂：不知所説（是否對）。

〔三一〕邪，《漢書》《文選》作“乎”。

〔三二〕余尚，《漢書》作“僕尚”，《文選》作“僕常”。若：汝。楊樹達訓爲“此”。

〔三三〕覯：見，洞察。

〔三四〕常人之所異：常人見之以爲異。《史記》原無“人”字，今從《漢書》《文選》。

〔三五〕故曰二句：原，通“元”。《漢書》即作“元”。元，始也。二句謂非常之事，常人囿于成見而存疑也。

〔三六〕晏如：安堵。二句謂遇非常之事成功，則天下安堵矣。

〔三七〕鴻，《漢書》《文選》作“洪”。渾出，《漢書》作“沸出”。

〔三八〕登降，《漢書》作“升降”。

〔三九〕陭嶇，《漢書》《文選》均作“崎嶇”。

〔四〇〕戚，《文選》作“感”。

〔四一〕堙鴻水，《漢書》作“堙洪源”，《文選》作“堙洪塞源”。堙：堵塞。

〔四二〕灑沈贍苗：灑：分散。沈：深。贍：安。《漢書》《文選》作“澹”。菑，同“災”。句謂分散其深水，以安定其災民也。

〔四三〕謂非獨勞民，禹亦親其勞也。

〔四四〕躬胝（支）無胈（拔）：躬，體；胝，通“骶”，臀部；胈，人腿上細毛。《莊子·天下》：“禹親自操橐耜，而九雜天下之川，腓（脚小腿肚）無胈，脛無毛。”《漢書》作“躬傶骭胝無胈”，《文選》作“躬胝胝無胈”。

〔四五〕休烈：休，美好；烈；功業。

〔四六〕稱浹：霑潤；通達。浹：徹也，透也。於兹：於今。

〔四七〕委瑣：細碎。握齪：同「齷齪」；拘束，局促。委瑣握齪：拘小節，務細碎，器量局狹。《文選》《司馬文園集》作「喔齪」。

〔四八〕拘文牽俗：拘泥于成法、流俗。牽，亦有「拘」義。顏師古云：「不拘微細之文，不牽流俗之議也。」

〔四九〕循，《文選》作「修」。

〔五〇〕說：悅。

〔五一〕閎：同「宏」。《漢書》作「舷」，《文選》作「呟」。

〔五二〕參天貳地：謂其德堪與天地相比并。參，同「三」，貳，即「二」。顏師古曰：「比德於地，是謂貳地也；地與己并天為三，是謂參天也。」

〔五三〕見《詩·小雅·北山》。

〔五四〕六合：天、地、四方（東、南、西、北）。

〔五五〕八方：四方和四維（隅）。

〔五六〕浸潯：浸漬。《漢書》《文選》作「浸淫」。衍溢：滿布。

〔五七〕嘉祉：美善福祉。

〔五八〕舟輿，《漢書》《文選》作「舟車」。

〔五九〕內：納。

〔六〇〕外：排斥；疏遠。

〔六一〕弒，《漢書》《文選》作「殺」。

〔六二〕為奴，《漢書》《文選》作「為奴虜」。

〔六三〕係累：捆綁、拘囚。累，同「累」。

〔六四〕洋：多。《漢書》《文選》無「而」字。

〔六五〕螫夫：狠戾者。螫，古「戾」字。

〔六六〕惡，《漢書》作「烏」，《文選》作「焉」。

〔六七〕誚：責，責備。

〔六八〕風德：化德，即為德所感化。

〔六九〕二方之君：指西夷邛、笮，南夷牂牁、夜郎之君。鱗集仰流：如魚羣迎向上流。鱗：魚。

〔七〇〕受號：接受號令。億：《禮·內則》「降德於眾兆民」疏：

“億之數有大小二法，其小數以十爲等，十萬爲億，十億爲兆也。”《文選》張銑注：“億，數之多也。”

〔七一〕關沫若：以沫水（今大渡河）若水（今雅礱江）爲關。

〔七二〕徼：疆界。徼牂牁：以牂牁爲疆界。《漢書》作“牂柯”，《文選》作“牂柯”。

〔七三〕鏤：鑿。靈山：或以爲即今四川峨邊縣南古靈關道。《史記》原作“零山”，今從《漢書》《文選》。

〔七四〕梁：橋；開通。孫原：孫水之源。孫水，即今之安寧河，若水支流之一。

〔七五〕遠撫長駕：使恩德遠安長行之。駕，行。

〔七六〕逖（剔）：遠。疏逖不閉：遠者不受閉絕。

〔七七〕阻深，《漢書》作“阻爽”。

〔七八〕誅伐，《漢書》《文選》作“討伐”。

〔七九〕褆（提）福：安福。《史記》原作“提福”，今從《漢書》《文選》。

〔八〇〕陵遟：敗落。《漢書》《文選》作“陵夷”。

〔八一〕周氏：指周文王、周武王。

〔八二〕斯乃，《漢書》《文選》無。

〔八三〕已哉，《文選》作“已乎哉”。

〔八四〕王事，《漢書》《文選》作“王者”。

〔八五〕佚：通“逸”。《文選》即作“逸”。連上句，用《毛詩·小雅·魚麗序》義：“魚麗，美物盛多能備禮也。文、武以《天保》以上治内，《采薇》以下治外，始於憂勤，終於逸樂。故美萬物盛多，可以告於神明矣。”

〔八六〕《漢書》《文選》無“矣”字。

〔八七〕泰，《漢書》《文選》作“太”。

〔八八〕和、鸞：皆車鈴名。《詩·小雅·蓼蕭》：“和鸞雝雝”注：“在軾曰和，在鑣曰鸞。”

〔八九〕頌：古代樂歌舞曲之一。

〔九〇〕咸：同。《文選》作“減”。

〔九一〕登：加。與上句，猶言漢之德，上同五帝，下加三王。

〔九二〕指：旨。《藝文類聚》即作“旨”。

〔九三〕鷫明：《廣雅·釋鳥》：“鷫明，鳳皇之屬也。”《漢書》作“焦明”，《文選》作“鷫鵬”。寥廓：虛空。《文選》《藝文類聚》作“寥廓之宇”。

〔九四〕諸大夫二句：顏師古曰：“初有所懷而來，欲進而陳之，今并喪其來意也。”芒，《漢書》《文選》作“茫”，而無“而”字。

〔九五〕允：信。

〔九六〕《漢書》無“之”字。

〔九七〕怠，《漢書》《文選》作“勞”。

〔九八〕敞罔：悵惘失意貌。靡徙：抑退貌。

〔九九〕遷延：徜徉貌。《漢書》《文選》句首無“因”字。

諫獵疏〔一〕

臣聞物有同類而殊能者，故力稱烏獲〔二〕，捷言慶忌〔三〕，勇期賁育〔四〕。臣之愚〔五〕，竊以爲人誠有之，獸亦宜然。今陛下好陵阻險〔六〕，射猛獸，卒然遇軼材之獸〔七〕，駭不存之地〔八〕，犯屬車之清塵〔九〕，輿不及還轅〔一〇〕，人不暇施巧〔一一〕，雖有烏獲、逢蒙之伎，力不得用〔一二〕，枯木朽株盡爲害矣〔一三〕。是胡越起於轂下〔一四〕，而羌夷接軫也〔一五〕。豈不殆哉！雖萬全無患〔一六〕，然本非天子之所宜近也。

且夫清道而後行，中路而後馳〔一七〕，猶時有銜橛之變〔一八〕，而况涉乎蓬蒿〔一九〕，馳乎丘墳〔二〇〕，前有利獸之樂〔二一〕，而内無存變之意，其爲禍也不亦難矣〔二二〕！夫輕萬乘之重不以爲安，而樂出於萬有一危之塗以爲娛〔二三〕，臣竊爲陛下不取也〔二四〕。

蓋明者遠見於未萌〔二五〕，而智者避危於無形，禍固多藏於隱微而發於人之所忽者也。故鄙諺口："家累千金者〔二六〕，坐不垂堂〔二七〕"。此言雖小，可以喻大〔二八〕。臣願陛下之留意幸察〔二九〕。

校注

〔一〕載《史記》卷一一七，《漢書》卷五七下，《文選》卷三九，題作《上書諫獵》；《藝文類聚》卷二四，題作《上書諫武帝》。

〔二〕烏獲：戰國秦武王力士，力能舉千鈞。

〔三〕慶忌：戰國時吳王僚子，以勇武著稱。

〔四〕賁育：孟賁、夏育，古之勇士。孟賁，齊人，傳說其力能生拔牛角，水行不避蛟龍，陸行不避兕虎。夏育，衛人，力能生拔牛尾。

〔五〕《文選》句末有“暗”字。

〔六〕陵：登。《文選》作“凌”；阻作“岨”。

〔七〕卒，通“猝”。軼材：才能超羣。指猛獸之凶猛。《漢書》作“逸材”，《文選》作“軼才”。

〔八〕不存：《漢書》顏師古注曰：“不存，不可得安存也。”乃據困獸而言。

〔九〕屬車：帝王出行時之從車。漢制，皇帝大駕屬車八十一乘，法駕屬車三十六乘。清塵：塵即塵土，車塵言清，尊貴之意也。屬車犯塵，猶言屬車遭受侵犯，爲“軼材之獸”所襲擊。不直言帝輿犯塵，而謂屬車犯塵者，諱之也。

〔一〇〕輿：指帝輿。還轅：回車。

〔一一〕施巧：《漢書》《文選》作“施功”。

〔一二〕雖有二句，《漢書》作“雖有烏獲、逢蒙之技不得用。”用：《藝文類聚》作“施用”。逢蒙：夏代善射者，傳說曾學箭於羿。

〔一三〕爲害，《漢書》《文選》作“爲難”。

〔一四〕轂（古）下：車下。轂，車輪與車軸接合處圓木。起於轂下，猶言起於身旁也。

〔一五〕軫：“輿後橫木”（《周禮·考工記》“車軫四尺”注），此指車。接軫：車乘相銜接。此爲“臨近車乘”，義同“起於轂下。”

〔一六〕《漢書》作“雖萬全而無患”。

〔一七〕中路：猶言路中，道路中綫。

〔一八〕銜橛：銜即銜；橛爲馬爵子。《史記索隱》引《輿服志》“鉤逆上者爲橛。橛在銜中，以鐵爲之，大如鷄子。”則銜橛乃御馬之具。《鹽鐵論·刑德》：“無銜橛而禦駻馬”。又，《韓非子·姦劫弒臣》：“無捶楚之威，銜橛之備，雖造父不能以服馬。”銜橛之變，謂馬馳奔，銜橛或斷或脫，有傾覆之虞也。

〔一九〕而況涉乎蓬蒿，《漢書》《文選》作“況乎涉豐草”。

〔二〇〕丘墳：山陵高地。《禮記·曲禮》鄭注：“土之高者曰墳。”馳乎丘墳，《漢書》作“騁丘虛”，《文選》作“騁丘墟”。

〔二一〕利：貪。

〔二二〕爲禍，《漢書》《文選》作“爲害”。

〔二三〕《漢書》句首無“而”字。

〔二四〕《漢書》無“也”字。

〔二五〕蓋，《文選》作“蓋聞”。

〔二六〕《漢書》《文選》無“者”字。

〔二七〕垂：邊。垂堂：靠近堂邊。言坐近堂邊，有簷瓦墜中之虞。又，垂，下也。垂堂：下堂，離堂。亦可通。

〔二八〕喻，《漢書》作“諭”。

〔二九〕《漢書》《文選》無“之”字。

哀二世賦〔一〕

登陂陁之長阪兮〔二〕，坌入曾宮之嵯峨〔三〕。臨曲江之隑州兮〔四〕，望南山之參差〔五〕。巖巖深山之谾谾兮〔六〕，通谷嶜兮谽谺〔七〕。汩淢嗑習以永逝兮〔八〕，注平皋之廣衍〔九〕。觀衆樹之蓊薆兮〔一〇〕，覽竹林之榛榛〔一一〕。東馳土山兮，北揭石瀨〔一二〕。彌節容與兮〔一三〕，歷弔二世〔一四〕。

持身不謹兮，亡國失勢；信讒不寤兮〔一五〕，宗廟滅絶。嗚呼哀哉〔一六〕！操行之不得兮〔一七〕，墳墓蕪穢而不脩兮〔一八〕，魂無歸而不食〔一九〕。夐邈絶而不齊兮〔二〇〕，彌久遠而愈佅〔二一〕。精罔閬而飛揚兮〔二二〕，拾九天而永逝〔二三〕。嗚呼哀哉！

校注

〔一〕本篇載《史記》卷一一七，《漢書》卷五七下，《藝文類聚》卷四〇，題作《弔秦二世賦》。

〔二〕陂陁（志）：傾斜貌。《漢書》作"陂陀"。阪（闆）：山坡。

〔三〕坌（笨）：并。曾：重，重疊；通"層"。

〔四〕曲江：即曲江池。秦爲宜春苑，漢爲樂游原。隑（迄）州：《史記索隱》司馬貞曰："'隑'同'碕'，謂曲岸頭也。"《藝文類聚》作"澄"。州，同"洲"。

〔五〕參差，《漢書》作"紫差"。

〔六〕巖巖：高峻貌。谾（烘）谾：深通貌。《史記索隱》引蕭該

068

曰：“硿，或作‘礲’，長大貌。”《藝文類聚》作“涳涳”。

〔七〕嵱：同‘豁’，開闊。谺（酬）嵰（瞎）：山谷空闊貌。《漢書》作“谺砑”，《藝文類聚》作“谺嵰”。

〔八〕汩（古）淢（域）：水流迅疾貌。嚖（息）習：“靸”的析音，《漢書》即作“靸”，注：“靸然，輕舉意也。”狀水飄忽貌。

〔九〕平皋：水邊平地。廣衍：寬廣綿長貌。

〔一〇〕瑜（翁）薆：草木茂盛貌。《漢書》作“蓊薆”。

〔一一〕竹林，《藝文類聚》作“竹木”。榛榛：草木茂盛貌。

〔一二〕揭：顏師古云：“褰（提起）衣而渡也。”《藝文類聚》作“偈”。石瀨：撞擊沙石而過之流水。

〔一三〕彌節，《漢書》作“弭節”。

〔一四〕歷弔：憑弔。一說“歷，相也”。（《爾雅·釋詁》）相，隨也。謂相隨漢武帝憑弔秦二世。

〔一五〕寤：悟。

〔一六〕《漢書》無“哀哉”二字。

〔一七〕《漢書》無“兮”字。

〔一八〕《漢書》無“墳”字，脩作“修”。

〔一九〕《漢書》無作“亡”；并至此句止。

〔二〇〕夐：通“迥”，遠。

〔二一〕侏：通“昧”，冥也。或“佚”之誤，忘也。

〔二二〕精：精魂。罔閬：即魍魎，古代傳說中精怪名。

〔二三〕拾：拾級而登意。九天：高天。

大人賦〔一〕

世有大人兮〔二〕，在于中州〔三〕。宅彌萬里兮，曾不足以少留。悲世俗之迫隘兮〔四〕，朅輕舉而遠游〔五〕。垂絳幡之素蜺兮〔六〕，載雲氣而上浮。建格澤之長竿兮〔七〕，總光耀之采旄〔八〕。垂旬始以爲幓兮〔九〕，抴彗星而爲髾〔一〇〕。掉指橋以偃蹇兮〔一一〕，又旖旎以招搖〔一二〕。攬欃槍以爲旌兮〔一三〕，靡屈虹而爲綢〔一四〕。紅杳渺以眩湣兮〔一五〕，猋風涌而雲浮〔一六〕。駕應龍象輿之蠖略逶麗兮〔一七〕，驂赤螭青虬之蚴蟉蜿蜒〔一八〕。低卬夭蟜〔一九〕，据以驕驁兮〔二〇〕，詘折隆窮〔二一〕，躩以連卷〔二二〕。沛艾赳螑〔二三〕，仡以佁儗兮〔二四〕，放散畔岸〔二五〕，驤以孱顏〔二六〕。蜷跼輵轕〔二七〕，容以委麗兮〔二八〕，蜩蟉偃蹇〔二九〕，怵㚌以梁倚〔三〇〕。糺蓼叫奡蹄以艐路兮〔三一〕，蔑蒙踴躍騰而狂趡〔三二〕。莅颯卉翕〔三三〕，熛至電過兮〔三四〕，煥然霧除，霍然雲消。

邪絶少陽而登太陰兮〔三五〕，與真人乎相求〔三六〕。互折窈窕以右轉兮〔三七〕，橫厲飛泉以正東〔三八〕。悉徵靈圉而選之兮〔三九〕，部署衆神於瑤光〔四〇〕。使五帝先導兮〔四一〕，反太一而從陵陽〔四二〕。左玄冥而右含雷兮〔四三〕，前陸離而後潏湟〔四四〕。斯征北僑而役羨門兮〔四五〕，屬岐伯使尚方〔四六〕。祝融驚而蹕御兮〔四七〕，清霧氣而後行〔四八〕。屯余車其萬乘兮〔四九〕，綷云蓋而樹華旗〔五〇〕。使勾芒其將行兮〔五一〕，吾欲往乎南嬉〔五二〕。

歷唐堯於崇山兮〔五三〕，過虞舜於九疑〔五四〕。紛湛湛其差錯兮〔五五〕，雜遝膠葛以方馳〔五六〕。騷擾衝蓯其相紛挐兮〔五七〕，滂濞泱軋灑以林離〔五八〕。攢羅列聚叢以蘢茸兮〔五九〕，衍曼流爛壇以陸離〔六〇〕。徑入雷室之砰磷鬱律兮〔六一〕，洞出鬼谷之崛礨嵬磙〔六二〕。徧覽八紘而觀四荒兮〔六三〕，朅渡九江而

越五河〔六四〕。經營炎火而浮弱水兮〔六五〕，杭絶浮渚而涉流沙〔六六〕。奄息緫極
氾濫水嬉兮〔六七〕，使靈娲鼓瑟而舞馮夷〔六八〕。時若薆薆將混濁兮〔六九〕，召屏
翳誅風伯而刑雨師〔七〇〕。西望崑崙之軋沕洸忽兮〔七一〕，直徑馳乎三危〔七二〕。
排閶闔而入帝宫兮〔七三〕，載玉女而與之歸〔七四〕。登閬風而摇集兮〔七五〕，亢烏
騰而一止〔七六〕。低回陰山翔以紆曲兮〔七七〕，吾乃今目覩西王母〔七八〕。曜然白
首〔七九〕，戴勝而穴處兮〔八〇〕，亦幸有三足烏爲之使〔八一〕。必長生若此而不死
兮，雖濟萬世不足以喜〔八二〕。

回車朅來兮〔八三〕，絶道不周〔八四〕，會食幽都〔八五〕。呼吸沆瀣兮餐
朝霞〔八六〕，噍咀芝英兮嘰瓊華〔八七〕。嬐侵潯而高縱兮〔八八〕，紛鴻涌而上
厲〔八九〕。貫列缺之倒景兮〔九〇〕，涉豐隆之滂沛〔九一〕。馳游道而循降兮〔九二〕，
騖遺霧而遠逝〔九三〕。迫區中之隘陜兮〔九四〕，舒節出乎北垠〔九五〕。遺屯騎於玄
闕兮〔九六〕，軼先驅於寒門〔九七〕。下崢嶸而無地兮〔九八〕，上寥廓而無天〔九九〕。
視眩眠而無見兮〔一〇〇〕，聽惝恍而無聞〔一〇一〕。乘虛無而上假兮〔一〇二〕，超無
有而獨存〔一〇三〕。

校注

〔一〕本篇載《史記》卷一一七，《漢書》卷五七下，《藝文類聚》
卷七八。

〔二〕大人：喻天子。《藝文類聚》全文無“兮”字。

〔二〕中州：中國。于，《漢書》《藝文類聚》作“乎”。

〔四〕迫隘：窘迫艱難。

〔五〕朅：通“盍”，何不。

〔六〕垂：《漢書》作“乘”，駕也。幡：旗。蜺：副虹。《藝文類
聚》作“霓”。

〔七〕格澤：星名。《史記·天官書》：“格澤星者，如炎火之狀，
黄白，起地而上，下大上兑。”長竿，《漢書》作“修竿”。

〔八〕緫：繫。耀，《藝文類聚》作“曜”。旄：旌旗。《説文》：

"旄，幢也。"段注："旄是旌旗之名。漢之羽葆幢，以犛牛尾爲之，如斗，在乘輿左騑馬頭上。"

〔九〕旬始：星名。《史記·天官書》："旬始，出於北斗旁，狀如雄鷄。"幓：旄下飾物，亦稱旒。《初學記》無"以"字。

〔一〇〕抴，《漢書》作"曳"。臀（捐）：燕尾，指燕尾形飾物。《漢書》注引張揖曰："抴彗星綴著旒以爲燕尾也。"

〔一一〕掉：搖動。指橋：柔弱貌。《史記集解》引《漢書音義》曰："隨風指靡"，狀其柔弱之貌也。《初學記》作"指揮"。偃蹇：天矯貌。《漢書》作"偃蹇"。

〔一二〕旖旎：猶婀娜。《漢書》作"猗柅"。招搖：飄動貌。

〔一三〕攬：摘取。《漢書》作"擥"。欃搶：星名，即天欃、天搶。《史記·天官書》曰："天欃，長四丈，末兑。""天搶，長數長，兩頭兑。"（《天官書》搶作"槍"）。

〔一四〕靡屈虹而爲綢：《漢書》注引張揖曰："靡，順也。綢，韜也。韜，裏也，纏也。《爾雅·釋天》"素錦綢杠"注："以白地錦韜旗之竿。"句謂理屈虹韜而爲竿。又，韜，通"翿"。《儀禮·鄉射禮》"韜上二尋"注："今文……韜爲翿。"《詩·王風·君子陽陽》"君子陶陶，左執翿"，《傳》曰："翿，纛也。"綢、韜、翿音并同。故綢，古代軍隊或儀仗隊所執大旗也。句義亦通。

〔一五〕杳渺：深遠貌。《漢書》作"杳眇"。眩湣：眼花迷亂。《漢書》作"玄泯"。

〔一六〕句謂其駕如猋風之涌動，如祥雲之浮游，狀其輕舉也。猋，《史記》原作"焱"，今從《漢書》。

〔一七〕應龍：龍有翼者。蠖：一種屈曲行走昆蟲。蠖略：龍屈曲行進貌。略，逆行。逶麗：行步進止貌。《漢書》作"委麗"。

〔一八〕驂（參）：三馬駕一車。此爲"乘"義。螭：似龍而黃。虯：無角龍。《漢書》作"虬"。蚴（幽）蟉（流）：屈曲行動貌。蜿蟉蜿蜒：龍行步進止貌。《漢書》作"蚴蟉宛蜒"。

〔一九〕卬：高。天矯（狡）：曲伸貌。

〔二〇〕据：《史記集解》引張揖曰："据，直項也。"《漢書》作"裾"。或謂据乃"倨"之借字，傲慢也。《呂氏春秋·懷寵》："子之在上無道据傲，荒怠貪戾，虐衆恣睢自用也。"

〔二一〕詘折：屈曲。詘通"屈"。隆窮：即"隆穹"，狀其隆起之貌也。

〔二二〕躩（決）：疾行貌。《史記》三家注本作"蠼"，《索隱》引韋昭曰："蠼，龍之形貌也。"連卷：蜷曲貌。卷通"蜷"。

〔二三〕沛艾：昂首搖動貌。《漢書》注引張揖曰："駊騀也。"按《説文》："駊騀，馬搖頭也。"此指應龍、青虯、赤螭之屬。赳螑（臭）：龍伸頸貌。

〔二四〕仡（益）：舉頭。佁（以）儗（你）：停不前也。

〔二五〕畔岸：自縱貌。

〔二六〕驤：舉。屖顔：高峻貌。《史記索隱》曰："馬仰頭，其口開，正屖顔也。"

〔二七〕跮（赤）踱（奪）：《史記集解》引徐廣曰："乍前乍郤也。"即行走忽進忽退貌。輵轄：《史記索隱》引張揖曰："搖目吐舌也。"《漢書》作"輵螛"。

〔二八〕容：龍體貌。即其容貌、容儀。一解"趨翔"。委麗：委曲而昳麗。一説"左右相隨貌"。《漢書》作"骫麗"。

〔二九〕蜩（調）蟉（留）：《漢書》注引張揖曰："蜩蟉，掉頭也。"《史記》原作"綢繆"，在句中費解，今從《漢書》。

〔三〇〕怵奐（綽）：奔走也。梁倚：《史記集解》引《漢書音義》："梁倚，相著也。"即如梁之相倚。

〔三一〕糾蓼：相引也。蓼，"繆"之假借。叫奡：相呼也。奡，通"囂"。蹋：《漢書》作"踏"，注引張揖曰："下也"，謂著地也。艐（介），《廣韵》云古"届"字；又《史記集解》引徐廣曰："艐，音介，至也。"《漢書》作"朡"。

〔三二〕蔑蒙：即蠛蠓，小蟲名，性喜亂飛。《漢書》作"薎蒙"。狂趡（璀）：狂奔。《漢書》作"狂趡"。句言龍行空際，視之若蔑蒙之飛揚狂奔於空際也。

〔三三〕莅颯：《漢書》注引張揖曰："飛相及也。"卉（匯）翕（昔）：《漢書》作"芔歙"，注云："走相追也。"

〔三四〕熛：火焰。《漢書》作"焱"。

〔三五〕邪絕：斜渡。邪通"斜"。絕，渡。少陽：東方極地。（《史記集解》引《漢書音義》）太陰：北方極地。（同上引）

〔三六〕真人：仙人。相求：相交游。

〔三七〕窈窕：深邃貌。指深邃之所在。

〔三八〕厲：涉水，渡。《詩·匏有苦葉》："深則厲，淺則揭。"注："連衣涉水爲厲"。飛泉：飛泉谷，説在崑崙山西南。

〔三九〕靈圉：仙人名。

〔四〇〕部署，《史記》原作"部乘"，今從《漢書》。瑤光：北斗杓頭第一星。《漢書》作"搖光"。

〔四一〕五帝：《漢書》注引應劭曰："太皞之屬也。"是五帝指伏羲（太皞）、神農（炎帝）、黃帝、堯、舜。

〔四二〕反：通"返"。太一：天神名。《史記·封禪書》："天神貴者太一。"《索隱》："宋均云：天一、太一，北極神之別名。"《漢書》作"太壹"。陵陽：陵陽子明，古仙人。（見《列仙傳》）顏師古曰："令太一反其所居，而使陵陽侍從於己。"

〔四三〕玄冥：水神。一説雨師。含靁：《史記》注引《漢書音義》曰"天上造化之神名也，或曰水神。"《漢書》作"黔雷"。

〔四四〕陸離：神名。《漢書》作"長離"，顏師古注爲"靈烏"。潏湟：神名。《漢書》作"矞皇"。

〔四五〕厮：役使。征北僑：古仙人名。《漢書》作"征伯僑"。羨門：即羨門高，亦古仙人。

〔四六〕屬，《漢書》作"詔"。岐伯：相傳爲黃帝太醫。尚：主。方：方藥。一説尚方，官署名，主管製造宮室刀劍器物。

〔四七〕祝融：相傳爲古帝高辛氏火官。驚，《漢書》作"警"。蹕：清道。帝王出行，阻止行人。

〔四八〕雺氣：惡氣。雺，同“氛”。《漢書》作“氣氛”。

〔四九〕其，《漢書》作“而”。

〔五〇〕綷：合，五采雜合。《藝文類聚》作“翠”。

〔五一〕勾芒：相傳爲古帝少皡氏木官，亦爲木神。《漢書》作“句芒”。行：從行。

〔五二〕嬉：嬉戲。《漢書》作“娭”。

〔五三〕崇山：《史記正義》引張揖云：“崇山，狄山也。《海外經》云：‘狄山，帝堯葬其陽。’”

〔五四〕過，《藝文類聚》作“遇”。九疑：即九疑（嶷）山，又名蒼梧山，在今湖南寧遠縣南，相傳虞舜葬於此。

〔五五〕湛湛：積厚之貌。差錯：交互。

〔五六〕雜遝：衆多而雜亂貌。膠葛：驅馳也（《史記索隱》引《廣雅》）。《漢書》作“膠輵”。方：并。

〔五七〕衝蓯：衝撞。衝，通“衝”，《漢書》即作“衝”。蓯，摐之假借。《廣雅·釋言》：“摐，撞也。”紛挐：牽扯，糾結。《漢書》無“相”字。

〔五八〕滂濞：衆盛貌。泱軋：瀰漫。灑，《漢書》作“麗”。林離：亦衆盛貌。

〔五九〕攢羅列聚：猶言聚集排列，與下句“衍曼流爛”相對成文。蘢茸：聚集貌。攢：簇聚。《史記》本作“鑽”，今從《漢書》。

〔六〇〕衍曼：即“曼衍”，連綿不絶貌。流爛：布散。壇：嘽之借字。嘽，衆貌（據王先謙考説）。《漢書》作“疼”。陸離：參差衆盛貌。

〔六一〕靁室：靁，同“雷”。《漢書》注引張揖曰：“雷室，雷淵也。”雷淵，神話傳説中水名。《楚辭》宋玉《招魂》：“旋入雷淵，靡散而不可止些。”砰磷、鬱律：皆深峻貌。一説皆雷聲。

〔六二〕洞：通。鬼谷：傳説在崑崙北，爲衆鬼所聚之地。嵒嵓崴礨（嵔）：《漢書》作“堀礨崴魁”，注引張揖曰：“不平也”。

〔六三〕八紘：猶言八極，大地之極限。《淮南子·地形》：“九州之外，乃有八殥……八殥之外，而有八紘。”注：“紘，維也。維落天地而爲之表，故曰紘也。”四荒：四方荒遠之地。《漢書》作“四海”。

〔六四〕揭：往。九江：説法不一，一説指長江水系之九條河；一説戰國楚地，秦置九江郡。今屬江西。五河：方士所稱仙境中之五色河。五色即紫、碧、降、青、黄。《漢書》句無“而”字；渡作“度”。

〔六五〕經營：經過，往來。炎火：《史記正義》引姚丞云：“《大荒西經》云崑崙之丘，其外有炎火之山，投物輒然。”弱水：《山海經·大荒西經》：“崑崙之丘，其下有弱水之淵環之。”

〔六六〕杭：通“航”，渡。絶：亦渡。流沙，即沙漠。《楚辭》宋玉《招魂》：“魂兮歸來，西方之害，流沙千里些。”《漢書》句無“而”字。

〔六七〕奄息：休息。緫極：指葱嶺山，在西域。《漢書》作“葱極”。氾濫：漂流。嬉，《漢書》作“娭”。

〔六八〕靈媧：即女媧。《史記集解》引《漢書音義》：“靈媧，女媧也。”傳説伏義作琴，使女媧鼓之。馮夷：河神名，姓馮名夷，一稱河伯。《莊子·秋水》：“於是焉河伯欣然自喜，以天下之美爲盡在己。”陸德明“釋文”：“河伯，姓馮名夷。”瑟，《漢書》作“琴”。

〔六九〕薆薆，《漢書》作“曖曖”。

〔七〇〕屏翳：《史記正義》謂：“天神使也。”一曰雷神。風伯：風神。雨師：雨神。《漢書》無“而”。

〔七一〕崑崙：傳説爲天帝之下都。《史記正義》引張揖曰：“《海內經》曰：“崑崙去中國五萬里，天帝之下都也。其山廣袤百里，高八萬仞。增城九重，面有九井；以玉爲檻，旁有五門，開明獸守之。”軋沕洸忽：不分明之貌。《漢書》作“軋沕荒忽”。

〔七二〕三危：神話中仙山名。《山海經·西山經》：“又西二百二十里，曰三危之山，三青鳥居之。”

〔七三〕閶闔：天門。屈原《離騷》：“吾令帝閽開關兮，倚閶闔而望予。”注：“閶闔，天門也。”

〔七四〕玉女：神女；美女。《楚辭·惜誓》：“建日月以爲蓋兮，載玉女於後車。”

〔七五〕登，《史記》原作“舒”，今從《漢書》。閶風：傳說中神山，在崑崙之巔。《楚辭》：“登閶風而緤馬。”搖，《漢書》作“遥”。

〔七六〕亢烏騰而一止：《史記集解》引《漢書音義》曰：“亢然高飛如烏之騰也。”亢，《藝文類聚》作“飛”。烏，《漢書》作“鳥”，一，作“壹”。

〔七七〕低回：猶言徘徊。《漢書》作“低佪”。陰山：傳說在崑崙山西，去崑崙二千七百八十里。

〔七八〕目，《漢書》作“日”。西王母：傳說中神女。《史記正義》引張揖曰：“西王母，其狀如人，豹尾虎齒，蓬鬢，暠然白首，石城金室，穴居其中。”

〔七九〕暠（何）然，《漢書》作“矏然”。《藝文類聚》作“皓然”。暠，白。

〔八〇〕戴，《史記》原作“載”，今從《漢書》。勝：首飾。《山海經·西山經》：“蓬髮戴勝。”注：“勝，玉勝也。”

〔八一〕三足烏：三足青鳥，傳說爲西王母取食者。

〔八二〕濟：渡。連上句，顏師古曰：“昔之談者，咸以西王母爲仙靈之最，故相如言大人之仙，娛游之盛，顧視王母，鄙而陋之，不足美慕也。”

〔八三〕回車：轉車。竭來：何來。

〔八四〕不周：即不周山，傳說在崑崙之東南。

〔八五〕幽都：極北之地，傳說爲日落之所在。《書·堯典》“申命和叔，宅朔方，曰幽都。”《傳》：“北稱幽，則南稱明，從可知也。都，謂所聚也。”

〔八六〕沆瀣：《楚辭》屈原《遠游》：“飡六氣而飲沆瀣兮，漱正陽而含朝霞。”注引《陵陽子》：“冬飲沆瀣者，夜半氣也。”句，《史記》原作“呼吸沆瀣飱朝霞兮”，今從《漢書》。

〔八七〕嚄咀：《漢書》作“咀嚄”；即咀嚼。嘰：小吃。瓊華：玉英。

〔八八〕嬐（眼）：仰望。《漢書》作“傑”。侵潯：漸進。《漢書》作“祲尋”。

〔八九〕鴻涌：波濤騰涌貌。《漢書》作“鴻溶”。屬：揚。

〔九〇〕貫：通。列缺：閃電。倒景：謂閃電之下射光也。景，同
"影"。

〔九一〕豐隆：雲師。滂沛：雨水盛貌。《漢書》作"滂濞"。

〔九二〕馳，《漢書》作"騁"。游道：游車之道。循降：長降，自
極高處下降。循，通"脩"，長也。《漢書》即作"脩"。

〔九三〕騖：馳。遺霧：遺棄雲霧在後也。

〔九四〕迫：逼近。隘陜：即隘狹。

〔九五〕舒節：緩行。北垠：北崖，地名。

〔九六〕屯騎：官名，漢武帝置，掌騎士。玄闕：山名。《淮南
子·道應訓》："盧傲游乎北海，經乎太陰，入乎玄闕，至於蒙穀之
上。"注："玄闕，北方之山也。"

〔九七〕軼：逸也；同"遺"。先驅：前導。寒門：北極之門。《楚
辭·遠游》："舒并節以馳騖兮，逴絶垠乎寒門。"

〔九八〕崝嶸：深遠貌。

〔九九〕寥廓，《漢書》作"嶚廓"。二句與《楚辭·遠游》句同。

〔一〇〇〕眩眠：目不安貌。《漢書》作"眩泯"。

〔一〇一〕惝恍：模糊不清貌。《漢書》作"敞怳"。

〔一〇二〕假：通"遐"，《漢書》即作"遐"。

〔一〇三〕有：《史記》原作"友"。王先謙曰："《史記》作
'友'，或作'有'。案獨存不勞更言無友，作'有'者是。宋蘇軾詩：
'超世無有我獨行'即用此賦意。"三家注本即作"有"，故從之。

封禪書〔一〕

伊上古之初肇，自昊穹兮生民〔二〕，歷撰列辟〔三〕，以迄于秦〔四〕。率邇者踵武，逖聽者風聲〔五〕。紛綸葳蕤〔六〕，堙滅而不稱者〔七〕，不可勝數也〔八〕。續韶夏〔九〕，崇號謚〔一〇〕，略可道者七十有二君〔一一〕。罔若淑而不昌，疇逆失而能存〔一二〕？

軒轅之前，遐哉邈乎，其詳不可得聞也〔一三〕。五三六經載籍之傳〔一四〕，維見可觀也〔一五〕。《書》曰："元首明哉，股肱良哉。"〔一六〕因斯以談，君莫盛於唐堯〔一七〕，臣莫賢於后稷〔一八〕。后稷創業於唐〔一九〕，公劉發迹於西戎〔二〇〕，文王改制〔二一〕，爰周郅隆〔二二〕，大行越成〔二三〕，而後陵夷衰微〔二四〕，千載無聲〔二五〕，豈不善始善終哉！然無異端〔二六〕，慎所由於前〔二七〕，謹遺教於後耳。故軌迹夷易〔二八〕，易遵也；湛恩濛涌〔二九〕，易豐也〔三〇〕；憲度著明〔三一〕，易則也〔三二〕；垂統理順〔三三〕，易繼也。是以業隆於緥褓而崇冠于二后〔三四〕。揆其所元，終都攸卒〔三五〕，未有殊尤絶迹可考于今者也〔三六〕。然猶躡梁父〔三七〕，登泰山〔三八〕，建顯號〔三九〕，施尊名。大漢之德，逢涌原泉〔四〇〕，沕潏漫衍〔四一〕，旁魄四塞〔四二〕，雲尃霧散〔四三〕，上暢九垓〔四四〕，下泝八埏〔四五〕。懷生之類霑濡浸潤〔四六〕，協氣橫流〔四七〕，武節飄逝〔四八〕，邇陝游原，迥闊泳沫〔四九〕，首惡湮没〔五〇〕，闇昧昭晢〔五一〕，昆蟲凱澤〔五二〕，回首面内〔五三〕。然後囿騶虞之珍羣〔五四〕，徼麋鹿之怪獸〔五五〕，夐一莖六穗於庖〔五六〕，犧雙觡共抵之獸〔五七〕，獲周餘珍，收龜于岐〔五八〕，招翠黄乘龍於沼〔五九〕。鬼神接靈圉〔六〇〕，賓於閒館。奇物譎詭，俶儻窮變。欽哉，符瑞臻茲〔六一〕，猶以爲薄〔六二〕，不敢道封禪。蓋周躍魚隕杭〔六三〕，休之以燎〔六四〕，微夫斯之爲符也，以登介丘〔六五〕，不亦恧乎〔六六〕！進讓之道〔六七〕，其何爽與〔六八〕？

於是大司馬進曰：“陛下仁育羣生，義征不憓〔六九〕，諸夏樂貢〔七〇〕，百蠻執贄〔七一〕，德侔往初〔七二〕，功無與二，休烈浹洽〔七三〕，符瑞衆變，期應紹至〔七四〕，不特創見〔七五〕。意者泰山、梁父設壇場望幸〔七六〕，蓋號以況榮〔七七〕，上帝垂恩儲祉〔七八〕，將以薦成〔七九〕，陛下謙讓而弗發也〔八〇〕。挈三神之驩〔八一〕，缺王道之儀，羣臣恧焉。或謂且天爲質闇，示珍符固不可辭〔八二〕；若然辭之，是泰山靡記而梁父靡幾也〔八三〕。亦各並時而榮〔八四〕，咸濟世而屈，説者尚何稱於後，而云七十二君乎〔八五〕？夫修德以錫符，奉符以行事〔八六〕，不爲進越〔八七〕。故聖王弗替〔八八〕，而修禮地祇〔八九〕，謁欸天神〔九〇〕。勒功中嶽〔九一〕，以彰至尊〔九二〕，舒盛德，發號榮〔九三〕，受厚福，以浸黎民也〔九四〕。皇皇哉斯事〔九五〕！天下之壯觀，王者之丕業〔九六〕，不可貶也。願陛下全之〔九七〕。而後因雜薦紳先生之略術〔九八〕，使獲燿日月之末光絶炎〔九九〕，以展采錯事〔一〇〇〕，猶兼正列其義〔一〇一〕，校飭厥文〔一〇二〕，作《春秋》一藝〔一〇三〕，將襲舊六爲七〔一〇四〕，攄之無窮〔一〇五〕，俾萬世得激清流，揚微波，蜚英聲，騰茂實〔一〇六〕。前聖之所以永保鴻名而常爲稱首者用此〔一〇七〕，宜命掌故悉奏其義而覽焉〔一〇八〕。”

於是天子沛然改容〔一〇九〕，曰：“愉乎〔一一〇〕，朕其試哉！”乃遷思回慮，總公卿之議，詢封禪之事，詩大澤之博〔一一一〕。廣符瑞之富。乃作頌曰：

自我天覆〔一一二〕，雲之油油〔一一三〕。甘露時雨，闕壤可游〔一一四〕。滋液滲漉〔一一五〕，何生不育；嘉穀六穗，我穑曷蓄〔一一六〕。

非唯雨之，又潤澤；非唯濡之〔一一七〕，氾尃濩之〔一一八〕。萬物熙熙，懷而慕思〔一一九〕。名山顯位〔一二〇〕，望君之來。君乎君乎〔一二一〕，侯不邁哉〔一二二〕！

般般之獸〔一二三〕，樂我君囿〔一二四〕；白質黑章，其儀可嘉〔一二五〕；旼旼睦睦〔一二六〕，君子之能〔一二七〕。蓋聞其聲，今觀其來〔一二八〕。厥塗靡蹤，天瑞之徵〔一二九〕。茲亦於舜，虞氏以興〔一三〇〕。

濯濯之麟〔一三一〕，游彼靈畤〔一三二〕。孟冬十月，君徂郊祀。馳我君輿，帝以享祉〔一三三〕。三代之前，蓋未嘗有。

宛宛黃龍〔一三四〕，興德而升；采色炫燿〔一三五〕，熿炳輝煌〔一三六〕。正陽顯見〔一三七〕，覺寤黎烝〔一三八〕。於傳載之〔一三九〕，云受命所乘。

厥之有章，不必諄諄〔一四〇〕。依類託寓〔一四一〕，諭以封巒。

披藝觀之〔一四二〕，天人之際已交〔一四三〕，上下相發允答〔一四四〕。聖王之德〔一四五〕，兢兢翼翼也〔一四六〕。故曰"興必慮衰〔一四七〕，安必思危。"是以湯武至尊嚴，不失肅祇〔一四八〕；舜在假典〔一四九〕，顧省厥遺〔一五〇〕：此之謂也。

校注

〔一〕載《史記》卷一一七，《漢書》卷五七下，《文選》卷四八，題作《封禪文》；《藝文類聚》卷一〇，題同前。《史記·封禪書》之《正義》云："泰山上築土爲壇以祭天，報天之功，故曰封。泰山下小山除地，報地之功，故曰禪。禪者，神之也。"又引《五經通義》云："易姓而王，致太平，必封泰山，禪梁父。"又《始皇本紀·二十八年》之《正義》引《晋太康地記》云："爲壇於泰山以祭天，示增高也；爲墠於梁父以祭地，示增廣也。"

〔二〕昊穹：天。《文選》注引張揖曰："昊穹，春夏天名。"《漢書》作"顥穹"，無"分"字。

〔三〕撰：《史記集解》引徐廣曰："撰，一作'選'"。《史記索隱》引文穎曰："選，數之也。"《漢書》《文選》即作"選"。辟：君。《詩·大雅·蕩》："蕩蕩上帝，下民之辟。"

〔四〕于，《漢書》作"乎"。

〔五〕率邇（耳）者二句：率：循。邇：近。踵：蹈。武：迹。遾（替）：遠。王先謙曰："循省近世，則顯然之迹可踵；聽察遠古，詳不得聞，獨其聲可風也。"遾聽，《漢書》作"聽遾"。

〔六〕紛綸：亂貌。《漢書》作"紛輪"。葳蕤：委頓貌。《漢書》作"威蕤"。

〔七〕墲，《文選》作"湮"

〔八〕也，《文選》無。

〔九〕續韶夏：韶，舜樂；夏，禹樂。句謂繼舜禹而起。《漢書》作"繼昭夏"。昭、韶，古通用。《文選》"續"亦作"繼"。

〔一〇〕號：尊號，人主生時所上。謚：美謚，歿後所加。

〔一一〕七十有二君：謂相繼封禪於泰山者。管仲曰："古者封泰山禪梁父者七十二家。"《管子·封禪》篇已亡，今轉引自《史記·封禪書》，司馬遷謂："夷吾所記者，十有二焉。"

〔一二〕罔若二句：罔：無。若：順。淑：善。疇：誰。顏師古曰："言行順善者無不昌大，爲逆失者，誰能久存也。"

〔一三〕也，《漢書》《文選》作"已"。

〔一四〕五：五帝。三：三王。六經：《詩》《書》《易》《禮》《樂》《春秋》。載籍：書籍、經籍。傳：傳述。

〔一五〕維：語辭。見：謂見其美惡之事。《文選》作"風"，義近前文"逖聽者風聲"之"風"，謂美惡之聲也。

〔一六〕見《書·益稷》。元首：君。股肱：喻臣。

〔一七〕《漢書》無"唐"字。

〔一八〕后稷：堯臣，周之始祖。

〔一九〕唐：《文選》作"唐堯"。唐即陶唐氏，古部落名，堯乃其領袖。堯時，后稷爲農官，教民耕種，故云"創業於唐"。

〔二〇〕公劉：后稷曾孫，因遭戎人之迫逐而自邰遷幽定居，建修宮室，發展農業以安定國家，故云"發迹西戎"。

〔二一〕文王：周文王。改制：《禮》所謂"改正朔，易服色"也。

〔二二〕爰：於；至。郅（至）隆：昌盛。郅，大，盛。

〔二三〕行：道。越：《藝文類聚》作"厥"；於。大行越成：大道於是成之也。

〔二四〕陵夷：義同"衰微"。《漢書》《文選》作"陵遲"。

〔二五〕無聲：《文選》注引鄭氏曰："謂無有惡聲也。"《漢書》《文選》作"亡聲"。

〔二六〕無異端：無他故。

〔二七〕所由：所行。

〔二八〕夷易：平易。

〔二九〕湛恩：深恩。濛涌：廣大貌。《漢書》作“厖洪”，《文選》作“厖鴻”。

〔三〇〕豐：備，完備；富足。

〔三一〕憲度：法度。

〔三二〕則：效法，尊守。

〔三三〕垂統：國君傳基業於後代。《孟子·梁惠王下》：“君子創業垂統，爲可繼也。”理與順，義并同。

〔三四〕繦褓：指成王。成王即位，年幼，由周公輔佐，故謂繦褓。《漢書》作“繈保”，《文選》作“襁褓”，《類聚》作“繈緥”。二后：文王、武王。句謂成王致太平，功德冠于文武者，皆因遵成法故也。或謂“二后”指夏、商。

〔三五〕揆其二句：揆：度。元：始。都：於。攸：所。卒：終。言度其所始，究其所終也。

〔二六〕尤：異。絕迹：卓絶之業迹。考：校，比較。今，謂漢也。句謂無殊異卓絶事功可與漢德相較量也。

〔三七〕梁父：泰山下一小山名。《漢書》作“梁甫”。

〔三八〕泰山，《漢書》作“大山”。

〔三九〕《文選》注云：“顯號、尊名，謂封禪也。”

〔四〇〕燹涌：水騰躍如烽火狀。燹，同“烽”。中華書局點校本《史記》《漢書》作“逢涌”。《文選》亦作“逢涌”。“逢，大也”（《史記會注考證》引梁章鉅語）亦通。原，同“源”。

〔四一〕汹滴漫衍：水流連綿不斷貌。《漢書》作“汹滴漫羨”。《文選》同。

〔四二〕旁魄：《荀子·性惡》：“齊給便敏而無類，雜能旁魄而無用。”注：“旁魄，廣博也。”此引申爲廣被。《文選》五臣注李周翰曰：“旁魄，通達也。”四塞：四方邊塞之地。

〔四三〕連上句，李周翰曰：“言德澤通達，如雲霧布散，無所不至。専，《漢書》《文選》作“布”，諸名家集本作“搏”。

〔四四〕暢：達。九垓：猶言九重天，指天空極高處。

〔四五〕沂（泝）：流。八埏（延）：八方邊際。埏：大地之邊際。

〔四六〕句謂萬物皆霑天子之德澤。

〔四七〕協氣：協和之氣。

〔四八〕武節：武道。《漢書·武帝紀》元封元年詔：“朕將巡邊垂，擇兵振旅，躬秉武節，置十二都將軍，親帥師焉。”飄，《漢書》作“焱”，《文選》作“猋”。

〔四九〕邇陝二句：邇：近。陝：同“狹”，與“闊’對。迴：遠。泳：浮。《史記集解》引《漢書音義》曰：“恩德比之於水，近者游其原，遠者浮其沫。”《漢書》作“爾陋游原，迴闊泳末。”《文選》陝作“陋”，迴作“邌”。沫，通“末”。

〔五〇〕首惡：始為惡者。湮沒：《史記集解》引《漢書音義》曰：“始為惡者皆湮沒。”《漢書》《文選》作“鬱沒”。

〔五一〕闇昧昭晢：顏師古云：“素暗昧者皆得光明也。”闇：《文選》作“晻”；注引孟康曰：“喻夷狄皆化之也。”

〔五二〕凱澤：和樂。澤，通“懌”。《漢書》作“闓懌”，《文選》作“闓澤”。或謂“凱澤”，光明也。

〔五三〕面：嚮。回首面內，謂皆懷天子之仁德也。

〔五四〕圄：圉。騶虞：獸名。《詩·召南·騶虞》：“彼茁者葭，壹發五豝，于嗟乎騶虞。”傳：“騶虞，義獸也。白虎黑文，不食生物，有至信之德則應之。”

〔五五〕徼（邀）：圍，圈。

〔五六〕巢（道）：一莖六穗之嘉禾。《說文》：“嘉禾一名巢”。又《史記索隱》引鄭玄云：“巢，擇也。”則句謂擇取嘉禾之米，於庖厨以供祭祀。《漢書》《文選》作“導”。

〔五七〕觡（薥）：角。抵：通“底”，本也；《文選》作“牴”。《漢書》注引服虔曰：“武帝獲白麟，兩角共一本，因以為牲也。”

〔五八〕獲周餘二句：餘珍：裴駰《集解》云：“餘珍，得周鼎也。”《漢書補注》王先謙曰：“周淪九鼎，漢得其一，故曰餘珍也。”

收龜：龜乃千年不死之物，《漢書》注引文穎謂：周放畜於池沼之中，至漢得之於岐山之旁。《漢書》作“獲周餘放龜于岐。”《文選》“收”亦作“放”。

〔五九〕翠黃：神馬名。《史記集解》引《漢書音義》曰：“翠黃，乘黃也，龍翼馬身，黃帝乘之而登仙。”乘黃，《管子·小匡》：“河出圖，雒出書，地出乘黃。”注：“乘黃，神馬也。”乘龍：駕車之龍。《左傳·成二九年》：“帝賜之乘龍，河漢各二。”杜預注：“合爲四。”《漢書》注引張揖曰：“乘龍，四龍也。”蓋出自杜注乎！今案：楊伯峻《春秋左傳注》云：“《易·乾·文言》：‘時乘六龍，以御天也。’《坤上六爻辭》：‘龍戰於野，其血玄黃。’則此乘龍，駕車之龍。”今從之。

〔六〇〕靈圉：仙人名。《漢書》注引文穎曰：“是時上求神仙之人，得上郡之巫——長陵女子。能與鬼神交接，治病輒愈。置於上林苑中，號曰神君。有似於古之靈圉，待之於閒館舍中也。”

〔六一〕符瑞：祥瑞之徵兆。上文自騶虞以下數事，即所謂符瑞也。

〔六二〕猶以爲薄，《文選》作“猶以爲德薄”。

〔六三〕杭：通“航”，舟也。《詩·衛風·河廣》：“誰謂河廣，一葦杭之。”《文選》《藝文類聚》即作“航”。周躍魚隕杭：《史記索隱》引胡廣曰：“武王渡河，白魚入王舟，俯取以燎。”燎，烤也。謂燎以祭天。

〔六四〕休：美。燎：古祭名，焚柴祭天。班固《白虎通·封禪》：“燎祭天，報之義也。”

〔六五〕介丘：大山。介，大；丘，山。登介丘，指登泰山封禪。

〔六六〕惡（女）：慚愧。《漢書·王莽傳》：“敢爲激發之行，處之不惎惡。”

〔六七〕讓：退。《漢書》作“攘”。進讓：周可封禪而封爲進，漢可封禪而未封爲讓。

〔六八〕其何，《漢書》《文選》作“何其”。爽：差，差異。與，《文選》作“歟”。

〔六九〕征：取。愯：順從。《漢書》《文選》作“譓”。

〔七〇〕夏：我國古代漢民族自稱夏或華夏。諸夏：泛指漢民族。

〔七一〕百蠻：泛指漢族以外之少數民族。贄：進見禮物。《左傳·莊公二四年》：“男贄，大者玉帛，小者禽鳥，以章物也；女贄不過榛、栗、棗、脩，以告虔也。”

〔七二〕伴：等，同。《漢書》《文選》作“牟”。

〔七三〕烈：功業。浹洽：融洽。《漢書》作“液洽”。

〔七四〕期應：王先謙注引宋祁謂應作“應期”。紹：續，繼。

〔七五〕創：初，始。本句以上三句謂符瑞衆多，應期相續而至，不獨初創而見也。

〔七六〕泰山，《漢書》作“大山”。梁父，《文選》作“梁甫”。望幸：望帝臨幸。

〔七七〕號：紀號，上尊號。况：比。况榮：比榮于往代。

〔七八〕上帝：上天。祉：福祉。儲祉：積福。《文選》無“上帝”二句。

〔七九〕薦成：《史記集解》引徐廣曰：“以衆瑞物初至封禪處，薦之上天，靠成功也。”《漢書》作“慶成”，則爲封禪禮畢，慶賀成功也。

〔八〇〕弗發：謂不往封禪。謙，《漢書》作“睊”。《文選》無“也”字。

〔八一〕挈：絕。三神：地祇、天神、山岳。或謂上帝、泰山、梁父。驩，通“歡”。

〔八二〕或謂二句：質闇：質木闇昧。不可辭：謂不可辭封禪。《史記》無“示”字，則二句不可解。今從《漢書》（《文選》亦同）。顏師古注曰：“言天道質昧，以符瑞見意，不可辭讓也。”顏注語，《史記集解》引作《漢書音義》，《索隱》引作孟康語。三注語同，句中均有“示”意。

〔八三〕靡記：無所表記。帝王巡行所至，刻石以記其功，《秦始皇本紀》所謂“誦皇帝功德，刻于金石，以爲表經”者。靡幾：同“靡記”，幾，記，音近。《漢書》《文選》作“罔幾”。

〔八四〕亦各並時四句：謂古帝王各并時而榮貴，使有治世之勳而無封禪之迹，則論説者尚有何稱述於後代，亦何有“略可道者”之七十二君？屈：絶，謂無封禪之迹也。濟世，《漢書》《文選》作“濟厥世”。

〔八五〕乎，《漢書》《文選》作“哉”。

〔八六〕奉符，《文選》作“奉命”。

〔八七〕越：踰。進越：苟進踰禮。《漢書》《文選》句末有“也”字。

〔八八〕替：廢。不廢，謂不廢封禪。

〔八九〕地祇：土地社稷之神。

〔九○〕謁：告。欵：誠。《漢書》作“款”。

〔九一〕勒功：刻石紀功。中嶽，《漢書》作“中岳”。句謂先禮中嶽而後幸泰山。

〔九二〕彰：明。《漢書》《文選》作“章”。

〔九三〕發：發揚。號榮：大榮名。《司馬文園集》作“榮號”。

〔九四〕浸：使之潤澤而滋殖。黎民，《文選》作“黎元”。《漢書》《文選》句末無“也”字。

〔九五〕皇皇：盛大貌。《文選》“斯”作“此”，無“事”字。

〔九六〕丕：大。《漢書》《文選》作“卒”。

〔九七〕全之：周全封禪事。

〔九八〕因雜：萃集。

〔九九〕末光：餘光。絶：遠。《文選·長楊賦》：“殊鄰絶黨之域”，李善注曰：“絶，遠也。”絶炎：遠光，義同“末光”。

〔一○○〕采：《史記集解》引《漢書音義》曰：“采，官也”。《文選》作“案”。錯：措。展采錯事：謂展其官職，措其事業。

〔一○一〕正列其義：正列封禪之義。或謂正天時，列人事。

〔一○二〕校：修整。《漢書》《文選》作“袚”。顏師古曰：“袚，除也。袚飾者，言除去舊事，更飾新文也。”

〔一○三〕《史記集解》引《漢書音義》：“春秋者，正天時，列人事，諸儒既得展事業，因兼正天時，列人事，叙述大義爲一經。"

〔一〇四〕舊六爲七：《六經》加一經爲七經也。

〔一〇五〕攄：流布。

〔一〇六〕蜚英聲，騰茂實：《史記索隱》引胡廣曰："飛楊英華之聲，騰馳茂盛之實也。"蜚：古"飛"字。《文選》五臣注劉良曰"騰，傳也，騰茂實，傳茂實之德也。"

〔一〇七〕用此：以此，指封禪事。《文選》無"之"字。

〔一〇八〕掌故：漢代官名，職掌禮樂制度等故事。義，《漢書》《文選》作"儀"。

〔一〇九〕沛然：感動貌。《文選》作"俙然"。

〔一一〇〕愉，《漢書》《文選》作"俞"。

〔一一一〕詩：志之也，咏之也。澤：恩澤，德澤。

〔一一二〕天覆：《文選》五臣注吕向曰："天子之德，如天覆萬物，雲行天下也。"

〔一一三〕油油：雲行貌。《孟子·梁惠王上》："天油然作雲，沛然下雨。"

〔一一四〕游：泳也。

〔一一五〕滋液：滋潤浸漬。滲漉：水流貌。

〔一一六〕曷：何不。

〔一一七〕非唯濡之：濡：浸漬。《漢書》作"匪唯偏我"，《文選》作"匪唯偏之我。"

〔一一八〕氾尃：《史記索隱》引胡廣曰："氾，普也。雨澤非偏於我，普遍布散，無所不濩也。"尃，通"布"。濩，通"護"，《漢書》《文選》即作"護"。

〔一一九〕思，《漢書》作"之"。

〔一二〇〕《史記集解》引韋昭曰："名山，大山也。顯位，封禪也。"

〔一二一〕乎，《漢書》作"兮"。

〔一二二〕侯：何。邁：行，謂行封禪也。

〔一二三〕般般：同“班斑”，文彩貌，即指下句“白質黑章”者，謂騶虞也。

〔一二四〕樂：游也。囿：《漢書》《文選》作“圃”。

〔一二五〕嘉，《漢書》作“喜”。

〔一二六〕旼（民）旼：和也。睦睦：敬也。睦，通“穆”，《漢書》《文選》即作“穆穆”。

〔一二七〕能：通“態”，《漢書》《文選》即作“態”。《漢書》注引孟康曰：“言容態和且敬，有似君子也。”

〔一二八〕觀，《漢書》作“視”，《文選》作“親”。

〔一二九〕厥塗二句：謂其來之途無踪無跡，乃天瑞之應也。蹤，同“踪”，《漢書》《文選》作“從”。

〔一三〇〕茲亦二句：舜時“百獸率舞”（見《尚書》），百獸之中有騶虞，乃符瑞之應，虞氏得以興隆；今亦現此瑞，漢氏亦當興隆也。亦，《漢書》作“爾”。

〔一三一〕濯濯：肥大貌。麟：麒麟，傳説中獸名。

〔一三二〕靈時（志）：皇帝祭天地五帝處。本章各句，指漢武帝幸雍，祠五時（鄜時、密時、吳陽上時、吳陽下時、北時），獲白麟事。《漢書·武帝紀》：“元狩元年冬十月，行幸雍，祠五時，獲白麟，作《白麟之歌》。”

〔一三三〕帝：天帝。句謂祭天之後，天帝享之，答以福祉。以，《漢書》《文選》作“用”。

〔一三四〕宛宛：屈曲回旋貌。

〔一三五〕炫燿，《漢書》作“玄燿”。

〔一三六〕熿炳輝湟：《漢書》《文選》作“焕炳輝煌”，皆輝煌燦爛義。

〔一三七〕正陽顯現：《漢書補注》王先謙曰：“《五行志》：‘龍，陽類，貴象也。’《續漢書·五行志》注引《風俗通》：‘龍者，陽類，君之象也。’故云‘正陽顯現’。”

〔一三八〕覺寤：醒悟。黎蒸：衆庶。

〔一三九〕謂騶虞、黄龍諸符瑞，書傳有所載記。

〔一四〇〕《史記集解》引《漢書音義》曰：“天之所命，表以符瑞，章明其德，不必諄諄然有語言也。”

〔一四一〕託，《史記》原作“記”，今從《漢書》《文選》及三家注本。本句及下句，《集解》引《漢書音義》曰：“寓，寄也。巒，山也。言依事類托寄，以喻封禪事者。”

〔一四二〕披藝：披覽藝文。句謂披覽藝文圖書以觀國家之事。

〔一四三〕句謂天意人事已相交會。

〔一四四〕上下：百官和百姓。發：引發，啓發。答：報答天子之德。

〔一四五〕德，《漢書》作“事”。

〔一四六〕兢兢翼翼：敬慎小心之貌。《漢書》《文選》句末無“也”字。

〔一四七〕《漢書》《文選》“興”字上有“於”字。

〔一四八〕肅祗：恭敬。

〔一四九〕假典：高位，重位。《文選》五臣注吕延濟曰：“假，大也。大典，謂重位也。”

〔一五〇〕顧省：檢查反省。厥遺：缺失。《文選》作“闕遺”。

長門賦〔一〕

孝武皇帝陳皇后〔二〕，時得幸，頗妒，別在長門宮，愁悶悲思。聞蜀郡成都司馬相如，天下工爲文，奉黃金百斤，爲相如文君取酒，因于解悲愁之辭。而相如爲文以悟主上，陳皇后復得親幸。其辭曰：

夫何一佳人兮，步逍遥以自虞〔三〕。魂踰佚而不反兮〔四〕，形枯槁而獨居。言我朝往而暮來兮〔五〕，飲食樂而忘人〔六〕。心慊移而不省故兮〔七〕，交得意而相親〔八〕。伊予志之慢愚兮〔九〕，懷貞愨之懽心〔一〇〕。願賜問而自進兮〔一一〕，得尚君之玉音〔一二〕。奉虚言而望誠兮〔一三〕，期城南之離宮〔一四〕。脩薄具而自設兮〔一五〕，君曾不肯乎幸臨。

廓獨潛而專精兮〔一六〕，天漂漂而疾風〔一七〕。登蘭臺而遥望兮〔一八〕，神怳怳而外淫〔一九〕。浮雲鬱而四塞兮，天窈窈而晝陰〔二〇〕。雷殷殷而響起兮，聲象君之車音。飄風迴而起閨兮〔二一〕，舉帷幄之襜襜〔二二〕。桂樹交而相紛兮〔二三〕，芳酷烈之誾誾〔二四〕。孔雀集而相存兮〔二五〕，玄猨嘯而長吟。翡翠脅翼而來萃兮〔二六〕，鸞鳳翔而北南。心憑噫而不舒兮〔二七〕，邪氣壯而攻中〔二八〕。下蘭臺而周覽兮，步從容於深宮。正殿塊以造天兮〔二九〕，鬱並起而穹崇〔三〇〕。間徙倚於東廂兮〔三一〕，觀夫靡靡而無窮〔三二〕。擠玉户以撼金鋪兮〔三三〕，聲噌吰而似鐘音。刻木蘭以爲榱兮〔三四〕，飾文杏以爲梁〔三五〕。羅丰茸之游樹兮〔三六〕，離樓梧而相撐〔三七〕。施瑰木之欂櫨兮〔三八〕，委參差以糠梁〔三九〕。時仿佛以物類兮〔四〇〕，象積石之將將〔四一〕。五色炫以相曜兮，爛耀耀而成光〔四二〕。緻錯石之瓴甓兮〔四三〕，象瑇瑁之文章〔四四〕。張羅綺之幔帷兮，垂楚組之連綱〔四五〕。

撫柱楣以從容兮，覽曲臺之央央〔四六〕。白鶴嗷以哀號兮，孤雌跱於枯楊〔四七〕。日黃昏而望絕兮，悵獨託於空堂。懸明月以自照兮，徂清夜於洞房〔四八〕。援雅琴以變調兮〔四九〕，奏愁思之不可長〔五〇〕。案流徵以却轉兮〔五一〕，聲幼妙而復揚〔五二〕。貫歷覽其中操兮〔五三〕，意慷慨而自印〔五四〕。左右悲而垂淚兮，涕流離而從横〔五五〕。舒息悒而增欷兮〔五六〕，蹤履起而彷徨〔五七〕。揄長袂以自翳兮〔五八〕，數昔日之諐殃〔五九〕。無面目之可顯兮，遂頹思而就床〔六〇〕。搏芬若以爲枕兮〔六一〕，席荃蘭而茝香〔六二〕。

忽寢寐而夢想兮，魄若君之在旁。惕寤覺而無見兮，魂廷廷若有亡〔六三〕。衆雞鳴而愁予兮，起視月之精光。觀衆星之行列兮，畢昴出於東方〔六四〕。望中庭之藹藹兮，若季秋之降霜。夜曼曼其若歲兮，懷鬱鬱其不可再更〔六五〕。澹偃蹇而待曙兮〔六六〕。荒亭亭而復明〔六七〕。妾人竊自悲兮〔六八〕。究年歲而不敢忘〔六九〕。

校注

〔一〕本篇載《文選》卷一六，《藝文類聚》卷三〇。

〔二〕陳皇后：竇太后長公主嫖女，名阿嬌，其父爲高祖封償邑侯陳嬰孫午。初，武帝得立爲太子，得力於長公主，故取其女爲妃。武帝即位，立爲皇后，擅寵嬌貴十餘年。後武帝寵幸衛子夫，陳皇后失寵，罷，退居長門宫。序言謂司馬相如爲文以悟主上，陳皇后復得親幸，史無據焉。

〔三〕虞：度。《爾雅·釋言》：“虞，度也。”郭注：“測度也。”句謂徘徊自思其被廢退居長門宫事。

〔四〕踰佚：逃散，散失。反：同“返”。

〔五〕我：指武帝。

〔六〕忘人：忘却別人。指陳皇后。

〔七〕慊：同“嫌”。慊移：謂嫌棄我而移心於他人。故：舊。

〔八〕交：交往。句謂交於得意之人而相親也。

〔九〕伊：語辭。予：指陳皇后。慢愚：遲鈍。

〔一〇〕貞：正。慤：謹。懽：同“歡”。

〔一一〕問：音訊。進：獻。自進：自獻於君。

〔一二〕尚：奉。玉音：對人言辭敬稱，謂其貴重如金玉。曹子建《七啓》：“將敬滌耳，以聽玉音。”此指君王之言。

〔一三〕句謂奉君虛言而望爲誠實。

〔一四〕期：待。離宮：即長門宮。

〔一五〕薄具：菲薄之肴饌。

〔一六〕廓：空。廓獨潛，即廓居潛處。專精：沉思貌。

〔一七〕漂漂：淺青色。（《釋名·釋采帛》）或謂深青色。

〔一八〕蘭臺：本指漢宮內藏書處，此泛指樓臺。

〔一九〕怳（謊）怳：神思不安貌。淫：游。

〔二〇〕窈（咬）窈：幽暗貌。

〔二一〕起閨：指風吹動閨門。

〔二二〕褕（攙）褕：搖動貌。《楚辭·九歌·逢紛》：“裳褕襜而含風兮，衣納納而掩露。”注：“褕褕，搖貌。”

〔二三〕交：錯。紛：雜。

〔二四〕闛（寅）闛：香氣盛也。

〔二五〕集：羣棲。存：撫慰。

〔二六〕脅翼：斂翼。萃：集。

〔二七〕憑噫：怨氣充塞。

〔二八〕邪氣：外界寒氣。攻中：襲內。《管子》：“邪氣襲內，玉色乃衰。”

〔二九〕塊：獨立貌，孤高貌。造：至。

〔三〇〕鬱：壯大貌。穹崇：高貌。

〔三一〕間：頃，有頃。徙倚：徘徊。

〔三二〕靡靡：細好貌。

〔三三〕擠：推。玉戶：以玉裝飾之門戶。此指宮門。金鋪：金屬門環。

〔三四〕榱：橡。

〔三五〕文杏：木名，杏木之一種。

〔三六〕丰（豐）茸（戎）：草木茂盛。游樹：指宮殿之浮柱。

（《文選》李善注）

〔三七〕離樓：攢聚衆木貌。一説玲瓏嵌空貌。梧：支柱。

〔三八〕瑰木：瑰奇之木。樽（柏）櫨（盧）：斗拱——柱上承樑方形短木。

〔三九〕委：積。橑（康）梁：中空貌。王念孫《讀書雜志餘編》下：“橑梁者，中空之貌，言衆樽櫨羅列參差而中空也。”

〔四〇〕物類：以他物類比。

〔四一〕積石：山名，古人以爲黄河發源處。將（羌）將：高大貌。《詩·綿》“廼立應門，應門將將。”

〔四二〕爛耀耀：燦爛光明。

〔四三〕緻：細密。錯石：交雜衆石。瓴（令）甓（辟）：磚塊。

〔四四〕文章：花紋。二句謂各種細密磚塊交錯鋪築，組成花紋地板。

〔四五〕組：絲帶。楚組：楚地所産絲帶。連網：繫束幔帷之綬帶。

〔四六〕曲臺：《三輔皇圖》：“未央東有曲臺殿。”央央：寬廣貌。

〔四七〕孤雌：失偶雌鶴。跱：止，立。

〔四八〕徂：往，逝。洞房：幽深之居室。

〔四九〕雅琴：樂器名。《漢書·王褒傳》：“丞相魏相奏言知音善鼓雅琴者渤海趙定……”。

〔五〇〕長：長久。二句指彈琴以抒發愁思。

〔五一〕流徵：流利之徵音。徵，古樂五音之一，徵音哀怨淒涼。却轉：回轉，回環婉轉。

〔五二〕幼妙：輕細。

〔五三〕貫：通。中操：心中情操。

〔五四〕卬：激動。

〔五五〕流離：淋灕。

〔五六〕舒：吐。息：嘆息。悒：憂鬱。欷：抽咽聲。

〔五七〕躧（洗）履：躧鞋而行。

〔五八〕揄：舉。翳：遮掩。

〔五九〕譽（千）殃：過錯。譽，五臣注本作“僭”，古“愆”字。

〔六〇〕頮：李善注：“《廣雅》曰：頮，懷也。”

〔六一〕搏：揉。芬若：香草名。

〔六二〕荃、蘭、茝（止）：皆香草名。

〔六三〕廷廷：驚懼貌。

〔六四〕畢、昂：二星名，二十八宿中西方七宿之二宿。畢昂出於東方，言天將亮。

〔六五〕更：經歷。

〔六六〕澹：安定。偃蹇：佇立貌。

〔六七〕荒：遠。《莊子·在宥》：“自而（汝，指黃帝）治天下，雲氣不待族而雨，草木不待黄而落，日月之光益以荒矣。”荒即“遠”意。亭亭：遥遠貌。

〔六八〕妾人：陳皇后自稱。

〔六九〕究：窮盡。

美人賦〔一〕

司馬相如，美麗閑都〔二〕，游於梁王〔三〕，梁王悦之〔四〕。鄒陽譖之於王曰〔五〕："相如美則美矣，然服色容冶，妖麗不忠，將欲媚辭取悦，游王後宮，王不察之乎？"

王問相如曰："子好色乎？"相如曰："臣不好色也。"王曰："子不好色，何若孔墨乎？"相如曰："古之避色，孔墨之徒，聞齊饋女而遐逝〔六〕，望朝歌而迴車〔七〕，譬猶防火水中〔八〕，避溺山隅，此乃未見其可欲，何以明不好色乎？若臣者，少長西土，鰥處獨居，室宇遼廓〔九〕，莫與爲娛。臣之東鄰，有一女子，雲髮豐艷〔一〇〕，蛾眉皓齒，顏盛色茂，景曜光起。恒翹翹而西顧〔一一〕，欲留臣而共止。登垣而望臣，三年於兹矣〔一二〕，臣棄而不許〔一三〕。

"竊慕大王之高義〔一四〕，命駕東來〔一五〕，途出鄭衛〔一六〕，道由桑中。朝發溱洧〔一七〕，暮宿上宮〔一八〕。上宮閑館〔一九〕，寂寞雲虛〔二〇〕，門閤晝掩〔二一〕，曖若神居〔二二〕。臣排其户而造其室〔二三〕，芳香芬烈〔二四〕，黼帳高張〔二五〕。有女獨處，婉然在牀〔二六〕。奇葩逸麗，淑質艷光〔二七〕。覩臣遷延〔二八〕，微笑而言曰〔二九〕，'上客何國之公子！所從來無乃遠乎？'遂設旨酒，進鳴琴。臣遂撫絃，爲幽蘭白雪之曲〔三〇〕。女乃歌曰：'獨處室兮廓無依〔三一〕，思佳人兮情傷悲！有美人兮來何遲，日既暮兮華色衰，敢託身兮長自思。'〔三二〕玉釵挂臣冠，羅袖拂臣衣。時日西夕，玄陰晦冥〔三三〕，流風慘冽，素雪飄零，閒房寂謐〔三四〕，不聞人聲。于是寢具既設，服玩珍奇，金鉦薰香〔三五〕。黼帳低垂，裀褥重陳〔三六〕，角枕橫施。女乃弛其上服，表其褻衣〔三七〕。皓體呈露，弱骨豐肌。时來親臣，柔滑如脂。臣乃脉定于内〔三八〕，心正于懷，信誓旦旦，秉志不回〔三九〕。翻然高舉，與彼長辭。"

校注

〔一〕本篇録自《古文苑》卷三。又見《初學記》卷一九引，《藝文類聚》卷一八。

〔二〕閑都：文雅美好。《史記·司馬相如列傳》："司馬相如之臨邛，從車騎雍容閑雅，甚都。"

〔三〕梁王，《古文苑》注云："王字衍"。

〔四〕梁王：即梁孝王，漢高帝子劉恢之後，名武。

〔五〕鄒陽：齊人，梁孝王客卿。

〔六〕聞齊饋女而遐逝：《論語·微子》："齊人歸女樂，季桓子受之，三日不朝，孔子行。"歸，通"饋"，贈送。季桓子，季孫斯，魯定公時當政爲上卿。據《史記·孔子世家》：定公十四年，孔子由大司寇攝行相事，"齊人聞而懼曰：'孔子爲政，必霸，霸則吾地近焉，我之爲先并矣。'……於是選齊國中女子好者八十人，皆衣文衣而舞康樂（舞曲名）；文馬三十駟，遺魯君。陳女樂文馬魯城南高門外。季桓子微服往觀再三，將受，乃語魯君，爲周道游，往觀終日，怠於政事"。於是孔子離職而去，至衛。

〔七〕望朝歌而迴車：朝歌，殷都。《史記·樂書》："紂爲朝歌北鄙之音，身死國亡。……夫朝歌者，不時也；北者，敗也；鄙者，陋也。紂樂好之，與萬國殊心，諸侯不附，百姓不親，天下畔之，故身死國亡。"《淮南子·説山訓》："墨子'非樂'，不入朝歌之邑。"按：《墨子》及其今存之《非樂》（上）未見之。

〔八〕譬猶，《古文苑》原作"譬於"，今從《藝文類聚》。

〔九〕遼廓：寬廣貌。

〔一〇〕雲髮，《藝文類聚》《初學記》作"玄髮"。

〔一一〕翹翹：仰首貌。西顧，《初學記》作"相顧"。

〔一二〕於兹，《古文苑》原作"有兹"，今從《藝文類聚》。

〔一三〕不，《初學記》作"弗"。

〔一四〕竊慕，《藝文類聚》作"聞"。

〔一五〕東來，《古文苑》章樵注作"而來"，《藝文類聚》作"來東"。

〔一六〕鄭、衛：春秋時二國名。

〔一七〕溱、洧：二水名，源自鄭國，在今河南境。亦《詩·鄭風》篇名。

〔一八〕上宫：《詩·鄘風（屬衛）·桑中》："期我乎桑中，要我乎上宫。"

〔一九〕上，《初學記》作"離"。

〔二〇〕雲虛：雲霧空中。虛，空也。言其寂靜也。《初學記》《藝文類聚》作"重虛"。寂寞雲虛，《全漢文》校云："《文選》引作'寂寥至虛'。"

〔二一〕晝，《藝文類聚》作"盡"。

〔二二〕曖：幽暗不明。神居，《初學記》作"仙居"。

〔二三〕室，《初學記》作"堂"。

〔二四〕芬，《初學記》作"鬱"。

〔二五〕黼（甫）：帳幔。

〔二六〕然，《藝文類聚》作"若"。

〔二七〕淑，《初學記》作"素"。

〔二八〕遷延：拖延；遲疑。

〔二九〕微，《初學記》作"欲"

〔三〇〕白雪，《藝文類聚》無。

〔三一〕廓：空。

〔三二〕思，《古文苑》作"私"，今從《初學記》。

〔三三〕玄陰：冬氣。《藝文類聚》五七魏王粲《七激》："農功既登，玄陰戒寒。"

〔三四〕謐：静。

〔三五〕金錘：金屬香毬，即熏香爐，以機環扣合，成球形，能旋轉滾動而其體恒平。《西京雜記》記長安巧工丁緩能製作。諸名家集本作"金爐"。

〔三六〕裯，《藝文類聚》作“茵”。

〔三七〕褻衣：内衣。《藝文類聚》作“中衣”。

〔三八〕脉定：血脉穩定，猶言情緒平静而不激動。《古文苑》作“氣服”，今從《藝文類聚》。

〔三九〕秉：持，守。

琴歌（二首）^{〔一〕}

鳳兮鳳兮歸故鄉，遨游四海求其凰^{〔二〕}。時未遇兮無所將^{〔三〕}，何悟今夕升斯堂？有豔淑女在此方^{〔四〕}，室邇人遐毒我腸^{〔五〕}。何緣交頸爲鴛鴦？胡頡頏兮共翱翔^{〔六〕}！

皇兮皇兮從我棲^{〔七〕}，得託孳尾永爲妃^{〔八〕}。交情通體心和諧，中夜相從知者誰？雙翼俱起翻高飛^{〔九〕}，無感我心使予悲！

校注

〔一〕録自《玉臺新咏》卷九。原有序曰："司馬相如游臨邛，富人卓王孫有女文君新寡，竊於壁間窺之。相如鼓琴歌以挑之曰。"又見《藝文類聚》卷四三、《北堂書鈔》卷一〇六、《太平御覽》卷五七三、《樂府詩集》卷六〇。

〔二〕凰，《藝文類聚》作"皇"。

〔三〕遇兮，原作"通遇"，今從《樂府詩集》。將（羌）：願也。

〔四〕此方，《北堂書鈔》作"閨房"，《藝文類聚》《太平御覽》作"此房"。

〔五〕毒，原作"獨"，今從《樂府詩集》。毒：害，傷害。

〔六〕原無此句，今從《樂府詩集》增補。頡頏：鳥上下飛貌。《詩·燕燕》："燕燕于飛，頡之頏之。"傳曰："飛而上曰頡，飛而下曰頏。

〔七〕皇：通“鳳”。二“皇”字，《藝文類聚》《樂府詩集》均作“鳳”。

〔八〕孳尾：鳥獸雌雄交媾。此喻男女結合。《書·堯典》：“厥民析，鳥獸孳尾。”傳：“乳化曰孳，交接曰尾。”《玉臺新咏》原作“字尾”，今從《樂府詩集》。妃：配偶。《左傳·桓二年》：“嘉耦曰妃，怨耦曰仇。”

〔九〕翼，原作“興”，今從《樂府詩集》。

報卓文君書^{〔一〕}

五味雖甘，寧先稻黍。五色有燦，而不掩韋布^{〔二〕}。惟此綠衣^{〔三〕}，將執子之釜^{〔四〕}。錦水有鴛^{〔五〕}，漢宮有木^{〔六〕}。誦子嘉吟，而回予故步。當不令負丹青、感白頭也。

校注

〔一〕首見于七十二家集《司馬文園集》。《全漢文》收録，不載出處。

〔二〕韋布：韋帶布衣，貧者所服。

〔三〕綠衣：即綠綺，琴名。梁元帝《纂要》曰："古琴名有清角，黄帝之琴也；鳴鹿、循况、濫脅、號鐘、自鳴、空中，皆齊桓公琴也；綠綺，司馬相如琴也；焦尾，蔡邕之琴也；鳳凰，趙飛燕之琴也。"（轉引自《樂府詩集》）又，晋傅玄《琴賦序》："楚莊王有鳴琴曰繞梁，司馬相如有琴曰綠綺，蔡邕有琴曰焦尾，皆名器也。"

〔四〕釜：當作"斧"。枚乘《七發》："皓齒娥眉，命曰伐性之斧。"

〔五〕錦水：錦江。

〔六〕漢宫有木：《西京雜記》："五柞宫有五柞樹，皆連三抱，上枝蔭覆數十畝。"

102

答盛覽問作賦[一]

合綦組以成文[二]，列錦綉而爲質。一經一緯，一宮一商，此作賦之迹也。賦家之心，包括宇宙，總覽人物，斯乃得之于內，不可得其傳[三]。

校注

〔一〕録自《西京雜記》。覽，《太平御覽》《全漢文》等作"擘"。

〔二〕綦（其）組：雜色絲帶。韓非子《詭使》："倉廩之所以實者，農耕之本務也，而綦組、錦繡、刻畫爲末作者富。"

〔三〕《太平御覽》《全漢文》"傳"字後有"也"字。

103

凡將篇（殘句）^{〔一〕}

淮南宋蔡舞㗒喻。《説文》二上

黃潤纖美宜製禪。《文選・蜀都賦》劉注

鐘磬竽笙築坎侯。《藝文類聚》卷四四

司馬相如《凡將篇》：烏喙桔梗，芫華疑冬，貝母木蘗，蔞苓草，芍藥，桂漏蘆，蜚廉，雚菌，荈詫，白斂，白芷，菖蒲，芒消，莞椒，茱萸。陸羽《茶經》（百川學海本）

校注

〔一〕《漢書・藝文志》謂司馬相如著《凡將篇》，梁任昉《文章緣起》亦明言"司馬如相作《凡將篇》"，皆存目而無文。之後史籍即不見録。清嚴可均輯録殘句若干條。迄今所能見者如前。

|附 録|

一 史 記

司馬相如列傳

司馬相如者，蜀郡成都人也，字長卿。少时好讀書，學擊劍，故其親名之曰"犬子"。相如既學，慕藺相如之爲人，更名相如。以訾爲郎，事孝景帝，爲武騎常侍，非其好也。會景帝不好辭賦，是時梁孝王來朝，從游説之士齊人鄒陽、淮陰枚乘、吴莊忌夫子之徒，相如見而説之。因病免，客游梁。梁孝王令與諸生同舍，相如得與諸生游士居數歲，乃著《子虚》之賦。

會梁孝王卒，相如歸，而家貧，無以自業。素與臨邛令王吉相善，吉曰："長卿久宦游不遂，而來過我。"於是相如往，舍都亭。臨邛令繆爲恭敬，日往朝相如。相如初尚見之，後稱病，使從者謝吉，吉愈益謹肅。臨邛中多富人，而卓王孫家僮八百人，程鄭亦數百人。二人乃相謂曰："令有貴客，爲具召之。"并召令。令既至，卓氏客以百數。至日中，謁司馬長卿，長卿謝病不能往，臨邛令不敢嘗食，自往迎相如。相如不得已，彊往，一坐盡傾。酒酣，臨邛令前奏琴，曰："竊聞長卿好之，願以自娱。"相如辭謝，爲鼓一再行。是時卓王孫有女文君新寡，好音，故相如繆與令相重，而以琴心挑之。相如之臨邛，從車騎，雍容閑雅甚都；及飲卓氏，弄琴，文君竊從户窺之，心悦而好之，恐不得當也。既罷，相如乃使人重賜文君侍者通殷勤。文君夜亡奔相如，相如乃與馳歸。家居徒四壁立。卓王孫大怒，曰："女至不材，我不忍殺，不分一錢也。"人或謂王孫，王孫終不聽。文君久之不樂，曰："長卿第俱如臨邛，從昆弟假貸猶足爲生，何至自苦如此！"相如與俱之臨邛，盡賣其車騎，買一酒舍酤酒，而令文君當鑪。相如身自著犢鼻褌，與保庸雜作，滌器於市中。卓王孫聞而恥之，爲杜門不出。昆弟諸公更謂王孫曰："有一男兩女，所不足者非財也。今文君已失身於司馬長卿，長卿故倦游，雖貧，其人材足依也，且又令客，獨奈何相辱如此！"卓王孫不得已，分予文君僮百人，錢百萬，及嫁時衣被財物。文君乃與相如歸成都，買田宅，爲富人。

居久之，蜀人楊得意爲狗監，侍上。上讀《子虛賦》而善之，曰："朕獨不得與此人同時哉！"得意曰："臣邑人司馬相如自言爲此賦。"上驚，乃召問相如。相如曰："有是。然此乃諸侯之事，未足觀也。請爲天子游獵賦，賦成奏之。"上許，令尚書給筆札。相如以"子虛"，虛言也，爲楚稱；"烏有先生"者，烏有此事也，爲齊難；"無是公"者，無是人也，明天子之義。故空藉此三人爲辭，以推天子諸侯之苑囿。其卒章歸之於節儉，因以風諫。奏之天子，天子大說，其辭曰：（見《子虛賦》及《上林賦》）

賦奏，天子以爲郎。無是公言天子上林廣大，山谷水泉萬物，及子虛言楚雲夢所有甚衆，侈靡過其實，且非義理所尚，故刪取其要，歸正道而論之。

相如爲郎數歲，會唐蒙使略通夜郎西僰中，發巴蜀吏卒千人，郡又多爲發轉漕萬餘人，用軍興法誅其渠帥，巴蜀民大驚恐。上聞之，乃使相如責唐蒙，因喻告巴蜀民以非上意。檄曰：（見《喻巴蜀檄》）

相如還報。唐蒙已略通夜郎，因通西南夷道，發巴、蜀、廣漢卒，作者數萬人。治道二歲，道不成，士卒多物故，費以巨萬計。蜀民及漢用事者多言其不便。是時邛、筰之君長聞南夷與漢通，得賞賜多，多欲願爲内臣妾，請吏，比南夷。天子問相如，相如曰："邛、筰、冉、駹者近蜀，道亦易通，秦時嘗通爲郡縣，至漢興而罷。今誠復通，爲置郡縣，愈於南夷。"天子以爲然，乃拜相如爲中郎將，建節往使。副使王然于、壺充國、呂越人馳四乘之傳，因巴蜀吏幣物以賂西夷。至蜀，蜀太守以下郊迎，縣令負弩矢先驅，蜀人以爲寵。於是卓王孫、臨邛諸公皆因門下獻牛酒以交歡。卓王孫喟然而歎，自以得使女尚司馬長卿晚，而厚分與其女財，與男等同。司馬長卿便略定西夷，邛、筰、冉、駹、斯榆之君皆請爲内臣。除邊關，關益斥，西至沬、若水，南至牂牁爲徼，通零關道，橋孫水以通邛都。還，報天子，天子大說。

相如使時，蜀長老多言通西南夷不爲用，唯大臣亦以爲然。相如欲諫，業已建之，不敢，乃著書，籍以蜀父老爲辭，而己詰難之，以風天子，且因宣其使指，令百姓知天子之意。其辭曰：（見《難蜀父老》）

其後，人有上書言相如使時受金，失官。居歲餘，復召爲郎。

相如口吃而善著書。常有消渴疾。與卓氏婚，饒於財。其進仕宦，未嘗肯與公卿國家之事，稱病閑居，不慕官爵。嘗從上至長楊獵，是時天子方好自擊熊彘，馳逐野獸，相如上書諫之。其辭曰：（見《諫獵疏》）

上善之。還，過宜春宮，相如奏賦以哀二世行失也。其辭曰：（見《哀二世賦》）

相如拜爲孝文園令。天子既美《子虚》之事，相如見上好要仙道，因曰："上林之事未足美也，尚有靡者。臣嘗爲《大人賦》，未就，請具而奏之。"相如以爲列仙之傳居山澤間，形容甚臞，此非帝王之仙意也，乃遂就《大人賦》。其辭曰：（見《大人賦》）

相如既奏大人之頌，天子大説，飄飄有凌雲之氣，似游天地之間意。

相如既病免，家居茂陵。天子曰："司馬相如病甚，可往從悉取其書；若不然，後失之矣。"使所忠往，而相如已死，家無書。問其妻，對曰："長卿固未嘗有書也。时时著書，人又取去，即空居。長卿未死時，爲一卷書，曰有使者來求書，奏之。無他書。"其遺札書言封禪事，奏所忠。忠奏其書，天子異之。其書曰：（見《封禪書》）

司馬相如既卒五歲，天子始祭后土。八年而先禮中岳，封於太山，至梁父禪肅然。

相如他所著，若《遺平陵侯書》《與五公子相難》《草木書篇》不采，采其尤著公卿者云。

太史公曰：《春秋》推見至隱，《易》本隱之以顯，《大雅》言王公大人而德逮黎庶，《小雅》譏小己之得失，其流及上。所以言雖外殊，其合德一也。相如雖虚辭濫説，然其要歸引之節儉，此與《詩》之風諫何異？揚雄以爲靡麗之賦，勸百諷一，猶馳騁鄭衛之聲，曲終而奏雅，不已虧乎？余采其語可論者著于篇。

二　軼　事

西京雜記

司馬相如初與卓文君還成都，居貧愁懣，以所著鷫鸘裘就市人陽昌貰酒，與卓文君爲歡。既而文君抱頸而泣，曰：“我平生富足，今乃以衣裘貰酒！”遂相與謀，於成都賣酒。相如親著犢鼻褌滌器，以恥王孫。王孫果以爲病，乃厚給文君，文君遂爲富人。文君姣好，眉色如望遠山，臉際常若芙蓉，肌膚柔滑如脂。十七而寡，爲人放誕風流，故悦長卿之才而越禮焉。長卿素有消渴疾，及還成都，悦文君之色，遂以發痼疾，乃作《美人賦》欲以自刺，而終不能改，卒以此疾至死。文君爲誄，傳於世。

司馬相如爲《上林》《子虛》賦，意思蕭散，不復與外事相關，控引天地，錯綜古今，忽然如睡，焕然而興，幾百日而後成。其友人盛覽字長通，牂牁名士，嘗問以作賦。相如曰：“合綦組以成文，列綿繡而爲質。一經一緯，一宫一商，此賦之迹也。賦家之心，苞括宇宙，總覽人物，斯乃得之於内，不可得而傳。”覽乃作《合組歌》《列錦賦》而退，終身不敢言作賦之心矣。

——卷二

相如將獻賦，未知所爲；夢一黄衣翁謂之曰：“可爲《大人賦》。”遂作《大人賦》，言神仙之事以獻之，賜錦四匹。

相如將聘茂陵人女爲妾，卓文君作《白頭吟》以自絶，相如乃止。

枚皋文章敏疾，長卿制作淹遲，皆盡一時之譽。而長卿首尾温麗，枚皋時有累句，故知疾行無善迹矣。揚子雲曰：“軍旅之際，戎馬之間，飛書馳檄，用枚皋；廊廟之下，朝廷之中，高文典册，用相如。”

——卷三

漢·班固

漢　書

至武帝定郊祀之禮，祠太一於甘泉，就乾位也；祭后土於汾陰，澤中方丘也。乃立樂府，采詩夜誦，有趙、代、秦、楚之謳。以李延年爲協律都尉，多舉馬相如等數十人造爲詩賦，略論律呂，以合八音之調，作十九章之歌。

——《禮樂志》

巴、蜀、廣漢本南夷，秦以爲郡。……及司馬相如游宦京師諸侯，以文辭顯于世，鄉黨慕循其迹。後有王褒、嚴遵、揚雄之徒，文章冠天下。繇文翁倡其教，相如爲之師，故孔子曰：“有教亡類。”

——《地理志》

漢武故事

上少好學，招求天下遺書，上親自省校，使莊助、司馬相如等以類分別之。尤好辭賦，每所行幸及奇獸異物，輒命相如等賦之。上亦自作詩賦數百篇，下筆即成，初不留意。相如作文遲。彌時而後成；上每嘆其工妙，謂相如曰：“以吾之速，易子之遲，可乎？”相如曰：“於臣則可，未知陛下何如耳？”上大笑而不責也。

……廢皇后，處長門宮。后雖廢，供養如法，長門無異其宮也。長主以宿恩猶自親近，後置酒主家，見所幸董偃……偃能自媚於上，貴寵聞天下。嘗宴飲宣室，引公主及偃，東方朔、司馬相如并諫，上不聽。

——本書卷全

晋·陳壽

三國志

蜀本無學士，文翁遣相如東受七經，還教吏民，於是蜀學比於齊魯。……

仲舒之徒，不達封禪，相如制其禮。夫能制禮造樂，移風易俗，非禮所秩有益於世者乎！雖有王孫之累，猶孔子大齊桓之霸，公羊賢叔術之讓，僕亦善长卿之化，宜立祠堂，速定其銘。

——《蜀書·秦宓傳》

晋·常璩

華陽國志

（成都）城北十里有升仙橋，有送客觀。司馬相如初入長安，題市門曰：不乘赤車駟馬，不過汝下也。

——《蜀志》卷三

唐·吴兢

樂府古題要解

舊説有伯常子避仇河濱爲漁者，其妻思之而爲《釣竿歌》，每至河輒歌之。後司馬相如作《釣竿》詩，遂傳以爲樂曲。若劉孝威"釣舟畫彩鷁"，但稱綸釣嬉游而已。

——卷上《釣竿》

宋·樂史

太平寰宇記

唐玄宗幸蜀，遥見（梓潼）山上有窟。近臣奏："此漢司馬相如讀書之窟。"敕改爲長卿山。

——卷八四

梁天監六年置相如縣，兼立梓潼郡于此。至後周，郡廢縣存。即漢司馬相如所居之地，因以名縣，其宅今爲縣治。司馬相如故宅在縣南二十里。《周地圖記》：其地有相如坪，相傳相如別業在此宅右，西濱漢水（即嘉陵江——引者），蓁薄鬱然。其臺名相如琴臺，高六尺，周四十四步。

——卷八六

宋·虞汝明

古琴疏

司馬相如作《玉如意賦》，梁王悦之，賜以緑綺之琴，文木之几，夫余之珠，銘曰"桐梓合精"。

——本書不分卷

雲南省志編委會

新纂雲南通志

張叔，楪榆人，天資穎出，過目成誦。俗不知書，叔每疾之，思變其俗。元狩間，聞司馬相如至若水造梁，距楪榆二百餘里，遂負笈往從之受經，歸教鄉人。

——卷一八八

三　歷代題咏

漢·卓文君

白頭吟

皚如山上雪，皎若雲間月。聞君有兩意，故來相訣絕。今日斗酒會，明日溝水頭。躞蹀御溝上，溝水東西流。淒淒復淒淒，嫁娶不須啼。願得一心人，白頭不相離。竹竿何嫋嫋，魚尾何簁簁。男兒重意氣，何用錢刀爲。

——録自《玉臺新咏》卷一，該書列之于"古樂府"門下，題作《皚如山上雪》。其小序云："《西京雜記》：'司馬相如將聘茂陵人女爲妾，卓文君作《白頭吟》以自絕，相如乃止。'"《樂府詩集》收入卷四一，歸之于相和歌楚調曲類，并刊明其爲"古辭"。

司馬長卿誄

嗟嗟夫子兮宣通儒，少好學兮綜群書。縱橫劍伎兮英敏有聲，尚慕往哲兮更名相如。落魄遠游兮賦《子虛》，畢爾壯志兮馴馬高車。憶昔初好兮雍容孔都，憐才仰德兮琴心兩娛。永托爲妃兮不耻當壚，生年淺促兮命也難扶。長夜思君兮形影孤，步中庭兮霜草枯。雁鳴哀哀兮吾將安如？仰天太息兮抑鬱不舒。訴此悽惻兮疇忍聽予，泉尤可從兮願殞其軀。

——録自《西漢文紀》。其題注云："《西京雜記》：'長卿素有消渴疾，及還成都，悅文君之色，遂以發固疾，乃作《美人賦》欲以自刺，而終不能改，卒以此疾至死，文君爲誄，傳於世。'《雜記》其辭不載，且依托《題橋》及《琴歌》爲之；《琴歌》與此皆傳益也。"

與相如書

群華競芳，五色凌素，琴尚在御，而新聲代故。錦水有鴛，漢宮有木，彼木而親。嗟世之人兮，瞀於淫而不悟。朱弦嚙，明鏡缺，朝露晞：其絃歇，白頭吟，傷離別。努力加餐毋念妾，錦水湯湯，與君長訣！

——録自七十二家集本《司馬文園集》附録。其末附言云："此書不載于往編，且其細致亦不類漢人語，必出傷手無疑，但近代所刻文章諸集，多復選此，或別有據，聊姑存之。"

晋·嵇康

高士傳贊

司馬相如者，蜀郡成都人，字長卿。初爲郎，事景帝。梁孝王來朝，從游説士鄒陽等，相如説之，因疾免，游梁。後過臨邛，富人卓王孫女文君新寡，好音，相如以琴心挑之，文君奔之，俱歸成都。後居貧，至臨邛買酒舍，文君當壚，相如著犢鼻褌，滌器市中。爲人口吃，善屬文，仕宦不慕高爵，常托疾不與公卿大事。終於家。其贊曰：

長卿慢世，越禮自放。犢鼻居市，不恥其狀。托疾避官，蔑此卿相。乃賦《大人》，超然莫尚。

——《玉函山房輯佚書》卷六四題《司馬相如》

宋·鮑照

蜀四賢咏司馬相如、王褒、嚴君平、揚雄

渤渚水浴鳧，春山玉抵鵲。皇漢方盛明，群龍滿階閣。君平因世閑，得還守寂寞。閉簾註道德，開封述天爵。相如達生旨，能屯復能躍。陵令無人事，毫墨時灑落。褒氣有逸倫，雅績信炳博。如今聖納賢，金瑶易羈絡。良遮神明游，豈伊覃思作。《玄經》不期賞，蟲篆散憂樂。道路或參差，投駕均遠托。身表既非我，生内任豐薄。

——《鮑參軍集》卷二

後魏·常景

贊四君詩（四首之一）

長卿有艷才，直致不群性。鬱若春烟舉，皎若秋月映。游梁雖好仁，仕漢常稱病。清貞非我事，窮達委天命。

——《詩紀》卷一一八。其題註云："北史云：景淹滯門下，積歲不至顯官。以蜀司馬相如、王襃、嚴君平、揚子雲皆有高才而無重任，乃托意以贊之。"

梁·蕭綱

登琴臺

蕪階踐昔徑，復想鳴琴游。音容傷春罷，高臺千載留。弱枝生古樹，舊時染新流。由來遞相歎，逝川終不收。

——《古詩紀》卷七九

陳·祖孫登

賦得司馬相如詩

雍容文雅深，王吉共追尋。當壚應酤酒，托意且彈琴。《上林》能作賦，《長門》得賜金。唯當有漢主，知懷封禪心。

——《詩紀》卷一一六

唐·盧兆鄰

相如琴臺

聞有雍容地，千年無四鄰。園院風烟古，池臺松檟春。雲疑作賦客，月似聽琴人。寂寂啼鶯處，空傷游子神。

——《全唐詩》卷四二

唐·陳子良

祭司馬相如文

維大唐貞觀元年，歲次丁亥，五月壬子朔，十六日丁卯，相如縣令陳子良謹遣主簿譙悦齋桂醑蘭殽之奠，敬祭故文園令司馬公之靈：

惟君夙敏，雅調雍容。含章挺生，慕藺斯在。題橋去蜀，杖策入關。終倦梁園之游，還悦臨邛之客。楊意爲之延譽，王孫以之開筵。彈琴而感文君，誦賦而驚漢主。金門待制，深嗟武騎之輕；長門賜金，方驗雕龍之重。及乎茂陵謝病，游岱無歸，空留封禪之書，遂感宸衷之悼。是知聲名籍甚，絶後光前，厥迹猶存，餘芳無泯！予忝宰兹邑，似覿遺塵，撫事懷賢，實勞寤寐。夫游九原者，慕隨會而增悲；望魏都者，佇侯嬴而顧步。抑惟往彦，差擬其倫，緬彼風猷，載深長想。至於蘋蘩可薦，黍稷非馨，庶降明靈，幸垂嘉祐。神其如在，希能饗之！

——《全唐文》卷一三四

唐·杜甫

琴　臺

茂陵多病後，尚愛卓文君。酒肆人間世，琴臺日暮雲。野花留寶靨，蔓草見羅裙。歸鳳求凰意，寥寥不復聞。

——《杜工部集》卷八

唐·岑參

司馬相如琴臺

相如琴臺古，人去臺亦空。臺上寒蕭條，至今多悲風。荒臺漢時月，色與舊時同。

升仙橋

長橋題柱去，猶是未達時。及乘四馬車，却從橋上歸。名共東流水，滔滔無盡期。

——《岑嘉州詩》卷一

唐·李賀

咏懷（二首之一）

長卿懷茂陵，緣草垂石井。彈琴看文君，春風吹鬢影。梁王與武帝，棄之

115

如斷梗。惟留一簡書，金泥泰山頂。

——《李長吉歌詩》卷一

唐·張祜

司馬相如琴歌

鳳兮鳳兮非無凰，山重水闊不可量。梧桐結陰在朝陽，濯羽弱水鳴高翔。

——《全唐詩》卷五一〇

唐·李商隱

寄蜀客

君到臨邛問酒客，近來還有長卿無？金徽却是無情物，不許文君憶故夫！

——《玉谿生詩集》卷一

唐·羅隱

升仙橋

危梁枕路歧，駐馬門前時。價自友朋得，名因歸女知。直須論運命，不得逞文詞。執戟君鄉里，柴華竟若爲。

——《全唐詩》卷六六一

唐·呂公弼

題琴臺

烟樹重城側，琴臺千古餘。早爲梁苑客，晚向茂陵居。賦給尚書筆，歸乘使者車。清風覿舊隱，長日聳鄉閭。

——《成都文類》卷七

唐·王素

題琴臺

長卿才調世間無，狗監君前奏《子虚》。自有賦詞能諷諫，不須更著茂陵書。

——同上

唐·韓絳

題琴臺

車騎擁客安在哉，綺琴何事有遺臺。當時卒困臨邛辱，異日寧知諭蜀才。
園令官間多病後，茂陵書奏伇心開。文章光焰留千古，陳迹猶存尚可哀。琴心
事不足傳，而誰名此臺，使不泯其文章，足以覆過。獨無遺迹如墨池者，良可哀也。

——《成都文類》卷七

五代·江遵

升仙橋（二首）

漢朝卿相盡風雲，司馬題橋眾所聞。何事不如楊得意，解搜賢哲薦明君。
題橋貴欲露忠誠，此日人皆笑率情。應訝臨邛沽酒客，逢時還作漢公卿。

——同治修《成都縣志》卷一一

五代·黃滔

司馬長卿

一自梁園失意回，無人知有掞天才。漢宮不鎖陳皇后，誰肯黃金買賦來。

——同上

宋·吳中復

游琴臺墨池

尋春景物乍晴暄，連月餘寒花未繁。犬子琴臺餘古寺，揚雄墨池但空園。
池邊宿草交加綠，林外鳴禽相鬪喧。秀麥漸漸搖暖日，幾重蒼翠滿郊原。

——《成都文類》卷七

宋·宋祁

司馬相如琴臺

故臺千古恨，猶對舊家山。半夜鸞凰去，他年駟馬還。死憂封禪晚，生愛
茂陵閑。惟有飄飄氣，仍存天地間。

——《宋景文集》卷九

司馬相如贊

蜀有巨人曰司馬氏，在漢六葉，爲文章倡始。言必故訓，革戰國之弊。豠彫混茫，從神取秘。擿發厥章，日星佐華。封禪遺篇，意極辭奢。武用東之，紹七十二家。行雖小訾，後帝賢嗟。

——《全蜀藝文志》卷四四

宋·蘇軾

夢作司馬相如求畫贊并序

夜夢嚴君平、司馬相如、揚子雲合席而坐。子雲曰："長卿久欲求公作畫贊。"予辭以罪戾之餘，久廢筆硯。子雲懇祈，不獲已爲之。既成，子雲戲予曰："三賦果足以重趙乎？"予曰："三賦足以重趙。""則予之《太玄》果足以重趙乎？"爲之一笑而散。

長卿有意，慕藺之勇。言還故鄉，閭里是聳。景星鳳凰，以見爲寵。煌煌三賦，可使趙重。

——《蘇東坡集》卷一〇

宋·楊天惠

憫相如賦（節錄）

……吾偉卿之能賦兮，工譎諫而不怒。攝侈汰之瀾翻兮，卒歸之於王度。啍卿躬之不蚤正兮，尚何以禁切于人主。嗟乎！操行之不得兮，躓終古而增汗。挽天河以自瀗兮，吾恐垢氛之不能去。辭曰：

邛山迤邐邛水兮，日跳月踔郵千秋兮。巋然遺宇庇沈湫兮，浮魂蟄魄尚想游兮。我欲埋井剗梧楸兮，死者可作庶無尤兮。孰是人斯而有是醜兮，倘俾來者毋罹此垢兮。

——《全蜀藝文志》卷二

宋·田况

題琴臺

西漢文章世所知，相如閎亮冠當時。游人不賞凌雲賦，祗説琴臺是故基。

——《全蜀藝文志》卷一二

宋·喻汝礪

游琴臺

皐朔語類俳，上頗倡優之。嚴君數預事，慘懍失所棲。慨彼猜忌姿，公卿命如絲。夫子乃謁閑，翩翩富丰儀。眷言彼姝子，深情結幽期。浩露泛酒甕，輕雲思琴徽。撫絃視八荒，頗覺秦岫低。紛紛漢諸子，悟解良獨遲。一朝不自保，頸血霑裳衣。公且不惘介，慮禍蓋已微。污已迥前識，達生邁天倪。闊哉昭曠情，豈屑後代嗤。

——《成都文類》卷八

宋·邵博

題司馬相如琴臺

長卿本豪傑，禮法安可處？手彈南風琴，心調東鄰女。雜身庸保中，初不忌笑侮。大者固已立，下此皆可補。三賦爭日星，一書起今古。其餘不自秘，輒爲人所取。何當盡見之，真是文章祖。凛然千載下，英氣猶可睹。兒曹爾何知？杯酒那可污。故臺已丘墟，勝絶誰敢據。我来訪遺迹，低佪不忍去。詩成欲叫君，雲車隔烟霧。

——同上

宋·陸游

文君井

落魄西川泥酒杯，酒酣幾度上琴臺。青鞋自笑無拘束，又向文君井上來。

——《劍南詩稿》卷八

長卿琴臺

歸鳳求凰又一時，琴臺遺址草離離。彩豪有賦留金馬，緣綺多情結翠眉。武帝祠前雲影散，浣花溪外酒簾垂。無端封禪留遺恨，玉檢塵埋此共悲。

——同治修《成都縣志》卷一〇（《劍南詩稿》不見是詩）

宋·無名氏（一本作宋京）

琴　臺

君不見成都郭西有琴臺，長卿遺迹埋黃埃。千年兔爲狐兔窟，化作佛廟空崔嵬。黃鬚老人猶記得，昔時荒破樵蘇入。鋤犁畏淺牛脚蹴，古甕耕開數逾十。乃知昔人用意深，甕下取聲元爲琴。人琴不見甕已掘，唯有鳥雀來悲吟。一朝風流随手盡，況復千年何所訊。安得雄辭吊汝魂，寂寞秋蕪耿寒燐。

——《全蜀藝文志》卷一五

元·鄭少徽

憫相如賦

躔長卿之絶塵，邈下視于屈宋。思眇眇以入微，辭蔚跂而易貢。鷙八紘之淺涯，括動植而錯綜。擢篆籀于重泉，幹形聲而磬控。當其奮翼巴庸，前無古人，拾陂灰之斷簡，搜屈壁之遺文。紛齊魯之老師，徒聘辯于説鈴。蜕筆土梗，鼻端運斤。專兔園之右席，麾鄒枚于噸呻。顧天西之櫟社，悵夜錦之未晨。念絃歌之石友，暢落魄于情親。夫何婆人之艷艷兮，感熠燿之宵光……

——《成都文類》卷二

元·虞集

送閑閑宗師和韵

草堂長憶蜀西郊，屢下歸休自折茅。司馬檄傳驚父老，少陵詩苦入神交。山多美竹深且屋，江有嘉魚遠致庖。乞得閑身當及早，堯時原自有由巢。

——《全蜀藝文志》卷二三

明·吴之鞞

琴　臺

寂寞人琴草徑荒，高原松韵奏琳琅。堪誇題柱前茅古，莫問當壚舊甕香。草檄三巴留氣色，諫書兩漢讓文章。不堪弔古凝眸處，鳳去臺空淡夕陽。

——天啓修《成都府志》卷五〇

明·楊一鵬

琴　臺

風流文彩擅西京，滌器當壚韵轉清。自是翠眉能具眼，非關緣綺可傳聲。江亭月下游魚聽，野砌苔侵落雁鳴。賦就白頭真匹敵，茂陵消渴若爲情。

——同上

明·王廷相

題馴馬橋

泥塗淪下國，日華望皇闈。招延荷明主，游歷際良時。一登金馬署，片言合天懷。賣賦黃金多，好新白頭疑。早以慕榮出，晚托開邊歸。邑令且負弩，豈念故所私。蚩蚩彼父老，望塵空爾爲。里門不相下，馴牡何離離。君子貴芳德，細夫欣盛儀。鄙哉當壚日，所酬今亦微。營文道不足，飾位志乃迷，惜爾雀雉化，未測駁龍輝。

——天啓修《成都府志》卷五〇

明·李仙品

馴馬橋

升仙橋畔草萋萋，底事東游柱上題。重馬恒榮何足齒，千乘原自愧夷齊。

——同上

明·潘伯翱

司馬橋

升仙橋畔亂飛塵，舊日題留江水新。車馬自過花自落，年年芳草送行人。

駟馬橋（三首之一）

橋柱如今景不殊，文章千載一鴻儒。袖中諫獵真堪賞，封禪遺口（書）故可無。

——同上

明·饒景輝

過司馬長卿駟馬橋

長虹百尺抱氤氳，才子經過氣象分。題柱聲名高照日，輝毫辭賦上凌雲。至今豪爽依然在，何處軒車高可聞。欲爲明時更論蜀，青山曾否剩奇人！

——天啓修《成都府志》卷五〇

明·張燮

司馬長卿

長卿既玩世，隨緣不肯駐。文園聊且棲，梁苑豈永慕。犢鼻一朝伸，論蜀騫皇路。嘆彼滌器人，而有凌雲志。

——七十二家集本《司馬文園集》附録

明·薛方山

秋夜讀秦漢文

星河歷落秋夜涼，城上銅壺漏轉長。客窗秉燭不成寐，簾前霧重侵衣裳。獨坐無依繙古籍，我思古人更蕭索。姚姒心神未易窺，秦漢文章尚標格。染翰名家盡少年，落語奔騰人辟易。英雄未可笑毛椎，叱咤風雲迴劍戟。空談誤國固有人，聊城射書豈游客。山東制詔亦文字，扶杖聽之泣頭白。修詞動物類如此，采色光芒照金石。馬遷去後相如死，鳥啼花謝揚雄宅。潦倒詞場和者誰？掩卷令人悵今昔。

——《薛憲副集》卷全

明·李時行

送司馬朝卿還蜀

相如仗節茂陵歸，春日春花照客衣。萬里巴江天際落，錦帆一片去如飛。

——《李青霞集》卷全

明·盧雍

謁長卿祠蓬州

蜀中人物稱豪傑，漢室文章擅大家。此地卜居猶故迹，當時名縣豈虛誇。
琴臺積雨蒼苔潤，祠屋濱江草樹佳。莫問少年親滌器，高風千載重詞華。

——康熙修《順慶府志》不分卷

琴臺夜月（蓬州八景之一）

相如一去已年年，縣廢臺空名自懸。莫道當壚化影盡，至今皓魄尚娟娟。

——同上

明·王曰曾

琴　臺

一再行彈叶鳳凰，換來犢鼻罷宮商。長門賣賦金應貴，傾國當壚酒自香。
消瘦琴心嫌放誕，怨吟溝水轉妻凉。茂陵封禪留遺稿，應使離鸞亦斷腸。

——嘉慶修《邛州志》卷四四

明·傅燮詞

邛署偶成

臨邛自古稱繁庶，亂後荒殘亦可嗟。司馬琴臺藏蔓草，文君酒井覆苔花。
溪分細浪穿城址，山送晴嵐到郡衙。對此渾忘身是吏，朝來掛笏向烟霞。

——嘉慶修《邛州志》卷四四

清·彭端淑

臨邛懷古

南宋真君子，西京作賦才。鶴飛烟冷院，鳳去草侵臺。往迹今如此，古人安在哉？邛山千載秀，臨眺獨徘徊。

——同上

清·華方蕠

文君井（二首）

孤凰終與鳳爲群，燕侶鶯儔品自分。黑白未明元御史，薛濤一例視文君。

寂寞琴臺没故基，紛紛軒輊尚成疑。品題借得元詞句，才子佳人信有之。

——同上

清·章發

文君井

窈窕當墟祇爲貧，香泉釀出甕頭春。王孫悔後如填去，千載誰傳賣酒人。

——同上

清·吴省欽

長卿琴臺（二首之一）

雍容車騎出城來，一曲求凰絶世才。餐遍青山眉黛影，妝臺不見見琴臺。

——嘉慶修《邛州志》卷四四

清·華濼

琴臺夜月

在昔揮琴夜月明，今來琴斷月還明。祇因班史傳疑案，訊解琴心共月清。

——同上

清·潘元音

文君井

感君一曲琴，怨君白頭吟。淒淒復淒淒，一心復一心。司馬豈無婦，王孫自多金。采葑無下體，采茶甘如薺。泠泠七絃時，破笑難爲涕。古來失節人，相責頻以禮。

——同上

清·張懷湝

司馬相如故里懷古

幾度琴臺落日昏，當壚無復倒金樽。一時駟馬還鄉貴，千古文章定亂尊。罷獵小臣書諫草，回心天子讀《長門》。漢家屢下求賢詔，知已偏邀狗監恩。

——《國朝全蜀詩鈔》卷三一

清·陳一沺

琴 臺

琴臺秋老木芙蓉，落落銅官第一峰。偏有女兒識名士，人生那不到臨邛。

——《國朝全蜀詩鈔》卷三三

清·楊燮

文君當壚處

春風吹客臨邛去，閑游來訪賣酒處。美人黃土已千秋，漢朝佳話資談助。識人俊眼知琴心，同歸更無取酒金。鵾鷀買醉四壁無，中夜難温合歡衾。郎君素有凌雲志，所少財耳妾能致。故惱王孫重携來，妾自當壚郎滌器。當壚可羞妾不羞，嫁得才人香名流。程家鄭家富敵國，閨中夫婿慚紅樓。阿爺意轉分家僮，千指送歸田宅豐。丈夫那用奩中物，題橋人去乘長風。負弩來迎駟馬橋，回富貴安可忽乎。白頭吟比長門賦，回心却借文字媒。封禪遺書遣誰寫，常年犢鼻亦風雅。誄詞哀如柳下妻，可憐未亡人再寡。

——同上

駟馬橋

天朝氣象萬情攄，秦尚通夷況漢與。冉笮更開千里道，華夷從此一家如。雅聞天子索遺草，難見美人陪著書。濯錦江邊烟樹合，慕君慕藺兩相於。

——同治修《成都縣志》卷一一

清·孫澈

相如琴臺

病渴文人亦可哀，高車駟馬不重來。文章典册開前古，風雨江山拱廢臺。白髮多情終好色，黃金有憾總憐才。啼雅日暮空懷古，一曲琴心暗綠苔。

——《國朝全蜀詩鈔》卷四三

清·李代亨

司馬題橋

豈受王孫耻，登雲自有梯。長安憑一往，橋柱此曾題。酒肆琴臺別，書囊劍匣携。雄心期駟馬，壯志吐虹霓。濯錦人應錢，生花筆暫提。墨痕春水外，鞭影夕陽西。獻賦才何逸，還鄉路不迷。升仙留勝迹，詞客認紅泥。

——《國朝全蜀詩鈔》卷四六

清·孫纘

升仙橋

升仙橋小墨猶存，犬子榮歸耀里門。駟馬豈能驕父老，酒壚何必怨王孫。知音祇愛蛾眉雅，薦士偏承狗監恩。聞道携琴人已渺，遠峰濃似黛螺痕。

——《國朝全蜀詩鈔》卷五四

清·邵塾

長卿琴臺

落日西風上古臺，長卿曾此撫琴來。中郎駟馬應重顧，流水高山豈溯洄。綠綺調新誰與和，白頭吟苦不須哀。惟餘諫獵書傳後，未負當年作賦才。

——同治修《成都縣志》卷一一

清·岳鍾琪

琴　臺

少城西去有琴臺，地僻臺空徑草萊。降節未馳駟馬返，絲桐先引鳳凰來。
豈知滌器當壚日，已識臨軒獻賦才。流水高山今絕響，伊人千古尚徘徊。

——同治修《成都縣志》卷一一

清·張鵬翮

題駟馬橋

在昔相如過此橋，揚楊意氣凌青霄。我今入座真天使，不數前驅駟馬橋。

——同上

清·車酉

琴　臺（二首）

抱琴落魄走荒村，寂寞游人欲斷魂。彈遍臨邛無一語，知音惟有卓王孫。
琴堂無復聽琴音，一段風流一曲琴。枉自琴心通蜜語，紅顏未老白頭吟。

——同上

清·李光緒

駟馬橋

平生性僻耽山水，剩典鷫裘蟂屐分。行到溪橋説司馬，笑他空醉卓文君。

——同治修《成都縣志》卷一一

清·張翮駕

駟馬橋

獻賦何人氣蠱霄，高車勝事説前朝。而今裘敝金兼盡，慚上相如駟馬橋。

——同上

清·傅世熙

司馬琴臺

太息琴心杳，臺荒掩暮雲。犢褌餘舊韵，狗監識雄文。宿草不知恨，春風猶爲君。床頭有遺稿，秦火未同焚。

——同上

清·洪運開

重過琴臺寺示高道士

十年前此縮銅符，勝地重經路已紆。羽客出迎成舊識，丹房小憩接仙都。浮沉宦迹慚青綬，荏苒韶光感白駒。茶罷僕夫催就道，滿林風竹響笙竽。

——民國修《南充縣志》卷四

清·王慶衍

咏琴臺寺

琴臺古寺傍山阿，聞得相如此地歌。捧檄高風藐千古，空餘池水泛清波。

——民國修《南充縣志》卷四

清·林璉

咏琴臺寺

昔年琴址已杳然，今遺古迹寺廊邊。林花豈是當年景，水月長流此夜天。壩接通衢聞駐馬，江浮匹練見行船。往來世境雖多變，鐘鼓山前不斷烟。

——同上

四　集　評

漢·揚雄

法　言

或問："景差、唐勒、宋玉、枚乘之賦也，益乎？"曰："必也淫。""淫則奈何？"曰："詩人之賦麗以則，辭人之賦麗以淫。如孔氏之門用賦也，則賈誼升堂，相如入室矣。如其不用何！"

——吾子

漢·劉歆

西京雜記

司馬長卿賦，時人皆稱典而麗，雖詩人之作不能加也。揚子雲曰："長卿賦不似從人間來，其神化所至邪！"子雲學相如爲賦而弗逮，故雅服焉。

長安有慶虯之，亦善爲賦，嘗爲《清思賦》，時人不之貴也，乃托以相如所作，遂大見重於世。

——卷三

漢·班固

漢　書

大儒孫卿及楚臣屈原，罹讒憂國，皆作賦以風，咸有惻隱古詩之義。其後宋玉、唐勒，漢興枚乘、司馬相如，下及揚子雲，競爲侈麗閎偉之詞，没其風諭之義。

——《藝文志》

（枚皋）爲文疾，受詔輒成，故所賦者多。司馬相如善爲文而遲，故所作少而善於皋。皋賦辭中自言爲賦不如相如。

——《枚乘傳》

先是時，蜀有司馬相如，作賦甚弘麗温雅，雄心壯之，每作賦，常擬之以爲式。

——《揚雄傳》

兩都賦序

或曰："賦者古詩之流也。"昔成康没而頌聲寢，王澤竭而詩不作。大漢初定，日不暇給，至於武宣之世，乃崇禮官，考文章，内設金馬石渠之署，外興樂府協律之事，以興廢繼絶，潤色鴻業。是以衆庶悦豫，福應尤盛。《白麟》《赤鴈》《芝房》《寶鼎》之歌，薦於郊廟；神雀、五鳳、甘露、黄龍之瑞，以爲年紀。故言語侍從之臣，若司馬相如、虞丘壽王、東方朔、枚皋、王褒、劉向之屬，朝夕論思，日月獻納。而公卿大臣御史大夫倪寬、太常孔臧、太中大夫董仲舒、宗正劉德、太子太傅蕭望之等，時時間作。或以抒下情而通諷諭，或以宣上德而盡忠孝，雍容揄揚，著於後嗣，抑亦雅頌之亞也。故孝成之世，論而録之，蓋奏御者千有餘篇，而後大漢之文章，炳焉與三代同風……

——《文選》卷一

晋·左思

三都賦序

蓋詩有六義焉，其二曰賦。揚雄曰："詩人之賦麗以則。"班固曰："賦者古詩之流也。"先王采焉，以觀土風。見緑竹猗猗，則知衛地淇澳之産；見在其版屋，則知秦野西戎之宅。故能居然而辨八方。然相如賦《上林》，而引"盧橘夏熟"，揚雄賦《甘泉》，而陳"玉樹青葱"，班固賦《西都》，而歎"以出比目"，張衡賦《西京》，而述"以游海若"。假稱珍怪，以爲潤色。若斯之類，匪啻于兹。考之果目，則生非其壤；校之神物，則出非其所；於辭則易爲藻飾，於義則虚而無徵。且夫玉卮無當，雖寶非用，侈言無驗，雖麗非經。而論者莫不詆訐其研精，作者大氐舉爲憲章，積習生常，有自來矣。

　　余既思慕《二京》而賦《三都》，其山川城邑則稽之地圖，其鳥獸草木則驗之方志；風謠歌舞，各附其俗；魁梧長者，莫非其舊。何則？發言爲詩者，詠其所志也；升高能賦者，頌其所見也。美物者貴依其本，贊事者宜本其實。非本非實，覽者奚信……

——《文選》卷四

晋·常璩

華陽國志

　　蜀自漢興至乎哀平，皇德隆熙，牧守仁明，宣德立教，風雅英偉之士命世挺生，感於帝恩。於是璽書交馳於斜谷之南，玉帛踐乎梁益之鄉。而西秀彦盛，或龍飛紫闥，允陟璿璣；或盤桓利居，經綸皓素。故司馬相如耀文上京，揚子雲齊聖廣淵，嚴君平德秉哲王，王子淵才高名雋……

——《蜀志》卷三

晋·葛洪

抱朴子

　　且夫《尚書》者，政事之集也，然未若近代之優文詔策軍書奏議之清富贍麗也。《毛詩》者，華彩之辭也，然不及《上林》《羽獵》《二京》《三都》之汪濊博富也。

——卷三〇

晋·摯虞

文章流別論

　　夫假象過大，則與類相遠；逸辭過莊，則與事相違；辨言過理，則與義相失；麗辭過美，則與情相悖。此四過者，所以背大體而害政教。是以司馬遷割相如之浮說，揚雄疾辭人之賦麗以淫也。

——《藝文類聚》卷五六

北齊·顏之推

顏氏家訓

自古文人多陷輕薄：屈原露才揚己，顯暴君過；宋玉體貌容冶，見遇俳優；東方曼倩滑稽不雅，司馬長卿竊貲無操；王褒過章《僮約》，揚雄德敗《美新》；李陵降辱夷虜，劉歆反覆莽世；傅毅黨附權門，班固盜竊父史……

——卷上《文章篇》

宋·范曄

後漢書

固又作《典引》篇，述叙漢德。以爲相如《封禪》靡而不典，揚雄《美新》典而不實，蓋自謂得其致焉。

——《班固傳》

宋·劉義慶

世説新語

王孝伯問王大："阮籍何如司馬相如？"王大曰："阮籍胸中壘塊，故須酒澆之。"

——《任誕》

宋·沈約

宋　書

周室既衰，風流彌著，屈平、宋玉導清源於前，賈誼、相如振芳塵於後，英辭潤金石，高義薄雲天。自兹以降，情志愈廣，王褒、劉向、揚、班、崔、蔡之徒，異軌同奔，遞相師祖。雖清辭麗曲，時發乎篇；而蕪音累氣，固亦多矣……自魏至漢，四百餘年，辭人才子，文體三變。相如巧爲形似之言，班固長於情理之説，子建、仲宣以氣質爲體，并標能擅美，獨映當时，是以一世之士，各相慕習。

——卷六七《謝靈運傳論》

梁·蕭統

文選序

……至於今之作者，異於古昔，古詩之體，今則全取賦名。荀宋表之於前，賈馬繼之於末。自茲以降，源流實繁。述邑居則有《憑虛》《亡是》之作，戒畋游則有《長楊》《羽獵》之制。若其紀一事，咏一物，風雲草木之興，魚蟲禽獸之流，推而廣之，不可勝載矣。

——四部叢刊本六臣注《文選》卷首

梁·劉勰

文心雕龍

孝武愛文，柏梁列韵，嚴馬之徒，屬辭無方。

——《明詩》

暨武帝崇禮，始立樂府，總趙代之音，撮齊楚之氣，延年以曼聲協律，朱馬以騷體製歌。

——《樂府》

漢初詞人，順流而作，陸賈扣其端，賈誼振其緒，枚馬播其風，王揚聘其勢，皋朔已下，品物畢圖。

觀夫荀結隱語，事數自環；宋發夸談，實始淫麗；枚乘《菟園》，舉要以會新；相如《上林》，繁類以成艷；賈誼《鵬鳥》，致辨于情理；子淵《洞簫》，窮變于聲貌；孟堅《兩都》，明絢以雅贍；張衡《二京》，迅發以宏富；子雲《甘泉》，構深瑋之風；延壽《靈光》，含飛動之勢；凡此十家，并辭之英杰也。

——《詮賦》

移者，易也；移風易俗，令往而民隨者也。相如之難蜀老，文曉而喻博，有移檄之骨焉。

——《檄移》

　　觀相如《封禪》，蔚爲唱首，爾其表權輿，序皇王，炳玄符，鏡鴻業，驅前古于當今之下，騰休明于列聖之上，歌之以禎瑞，贊之以介丘，絶筆茲文，固維新之作也。

——《封禪》

　　是以賈生俊發，故文潔而體清；長卿傲誕，故理侈而辭溢；子雲沈寂，故志隱而味深……

——《體性》

　　夫誇張聲貌，則漢初已極，自兹厥後，循環相因，雖軒翥出轍，而終入籠内。枚乘《七發》云："通望兮東海，虹洞兮蒼天。"相如《上林》云："視之無端，察之無涯，日出東沼，月生西陂。"馬融《廣成》云："天地虹洞，固無端涯，大明出東，月生西陂。"……

——《通變》

　　故麗辭之體，凡有四對……言對者，雙比空辭者也；事封者，并舉人驗者也；反對者，理殊趣合者也；正對者，事異義同者也。長卿《上林賦》云"修容乎禮園，翱翔乎書圃"，此言對之類也……

——《麗辭》

　　唯賈誼《鵩賦》，始用鶡冠之説；相如《上林》，撮引李斯之書：此萬分之一會也。

　　凡用舊合機，不啻自其口出；引事乖謬，雖千載而爲瑕……按葛天之歌，唱和三人而已，相如《上林》云："奏陶唐之舞，聽葛天之歌，千人唱，萬人和。"唱和千萬人，乃相如推之，然而濫侈葛天，推三成萬者，信賦安書，致斯謬也。

——《事類》

至孝武之世，則相如撰篇。（篇，指《凡將篇》——引者）

——《練字》

逮孝武崇儒，潤色鴻業，禮樂爭輝，辭藻競驚……買臣負薪而衣錦，相如滌器而被綉……

——《時序》

及長卿之徒，詭勢瑰聲，模山范水，字必魚貫，所謂詩人麗則而約言，辭人麗淫而繁句也。

——《物色》

相如好書，師範屈宋，洞入誇艷，致名辭宗。雖核取精意，理不勝辭，故揚子以爲“文麗用寡者長卿”，誠哉是言也。

——《才略》

昔《儲説》始出，《子虛》初成，秦皇漢武，恨不同時；既同時矣，則韓囚而馬輕，豈不明鑒同時之賤哉。

——《知音》

略觀文士之疵：相如竊妻而受金，揚雄嗜酒而少算……
彼揚馬之徒，有文無質，所以終乎下位也。

——《程器》

唐·王勃

王子安集

自微言既絶，斯文不振，屈宋導澆源於前，枚馬張淫風於後；談人主者以宮室苑囿爲雄，叙名流者以沉酗驕奢爲達。

——卷八

唐·司馬貞

索隱述贊

相如縱誕，竊貲肯卓氏。其學無方，其才足倚。《子虛》過吒，《上林》非侈。駟馬還邛，百金獻伎。惜哉《封禪》，遺文悼爾。

——《史記》三家注本《司馬相如傳》

唐·李白

大獵賦序

白以爲：賦者古詩之流，辭欲壯麗，義歸博遠，不然，何以光贊盛美，感天動神？而相如、子雲競誇詞賦，歷代以爲文雄，莫敢詆訐。臣請語其大略，竊或褊其用心。《子虛》所言，楚國不過千里，夢澤居其大半，而齊徒吞若八九，三農及禽獸無息肩之地，非諸侯禁淫述職之義也。《上林》云：“左蒼梧，右西極。”考其實地，周袤纔經數百。《長揚》誇胡，設網爲周阹，放麋鹿其中，以搏攫充樂。《羽獵》於靈臺之囿，圍然百里而開殿門，當時以爲窮壯極麗，迨今觀之，何齷齪之甚也。但王者以四海爲家，萬姓爲子，則天下之山林禽獸，豈與眾庶異之？而臣以爲不能以大道匡君，示物周博，平文論苑囿之小，竊爲微臣之不取也。今聖朝園池遐荒，彌窮六合，以孟冬十月大獵於秦，亦將耀威講武，掃天蕩野，豈荒淫侈靡，非三驅之意邪？臣白作頌，折衷其美。

——《李太白文集》卷一

唐·盧藏用

陳子昂文集序（節）

漢興二百年，賈誼、馬遷爲之傑，憲章禮樂，有老成人之風。長卿、子雲之儔，瑰詭萬變，亦奇特之士也。惜其王公大人之言，溺於流辭而不顧。其後班、張、崔、蔡、曹、劉、潘、陸，隨波而作，雖大雅不足，其遺風餘烈，尚有典型。

——《陳伯玉文集》卷首

唐·李翱

答朱載言書

《六經》之後，百家之言興，老聃、列御寇、莊周、鶡冠、田穰苴、孫武、屈原、宋玉、孟軻、吳起、商鞅、墨翟、鬼谷子、荀況、韓非、李斯、賈誼、枚乘、司馬遷、相如、劉向、揚雄，皆足以自成一家之文，學者之所師歸也。

——《李文公集》卷六

唐·劉肅

大唐新語

太宗謂監修國史房玄齡曰："比見前、後漢史載揚雄《甘泉》《羽獵》、司馬相如《子虛》《上林》、班固《兩都賦》，此既文體浮華，無益勸戒，何暇書之史策？"

——卷一八

宋·蘇軾

東坡文集

司馬相如諂事武帝，開西南夷之隙，及病且死，猶草《封禪書》，此所謂死而不已者耶！列仙之隱居山澤間，形容甚臞，此殆得道人也，而相如鄙之，作《大人賦》，不過欲以侈言廣武帝意耳。夫所謂大人者，相如孺子，何足以知之！若賈生《鵩賦》，真知大人者也。

——卷六五《臞仙帖》

司馬相如歸臨邛，令王吉謬爲恭敬，日往朝相如，相如稱病，使從者謝吉。及卓氏爲具，相如又稱病不往。吉自往迎相如，觀去意，欲與相如爲率錢之會耳。而相如遂竊妻以逃，大可笑。其《諭蜀父老》，云以諷天子，以今觀之，不獨不能諷，殆幾于勸矣。諂諛之意，死而不已，猶作《封禪書》。如相如，真可謂小人也哉！

——卷六五《司馬相如諂死而不已》

司馬相如始以污行不齒于蜀人，既而以賦得幸天子，未能有所建明立絲毫之善以自贖也。而創開西南夷逢君之惡，以患苦其父母之邦，乃復矜其車服節旄之美，使邦君負弩先驅，豈得詩人致恭桑梓，萬石君父子下里門之義乎？卓王孫暴富遷虜也，故眩而喜耳。魯多君子，何喜之有！

——卷六五《司馬相如開創西南夷路》

陳皇后廢處長門宮，聞司馬相如工爲文，奉百舍爲相如文君取酒。相如爲作《長門賦》以悟主上，皇后復得幸。余觀漢武雄猜忍暴，而相如乃敢以微詞褻慢及宮闈間；太史公一說李陵事，以爲意沮二師，遂下蠶室。陳皇后得罪，止坐衛子夫，子夫之愛不減李夫人，豈區區貳師所能比乎？而于相如之賦獨不疑其有間于子夫者，豈非幸與不幸，固自有命歟！世以禍福論工拙，而以太史公不能保身于明哲者，皆非通論也。

——卷六六《相如長門賦》

宋·蘇籀

欒城遺言

（蘇轍曰：）“余少年苦不達爲文之節度，讀《上林賦》，如觀君子佩玉冠冕，還折揖讓，音吐皆中規矩，終日威儀無不可觀。

——本書不分卷

宋·沈括

夢溪筆談

司馬相如敍上林諸水曰：“丹水、紫淵、灞、滻、涇、渭，八川分流，相背而異態，灝溔潢漾，東注太湖。”李善注：“太湖，所謂震澤。”按，八水皆入大河，如何得東注震澤？又白樂天《長恨歌》云：“峨嵋山下少人行，旌旗無光日色薄。”峨嵋，在嘉州，與幸蜀路全無交涉。杜甫《武侯廟柏》詩云：“霜皮溜雨四十圍，黛色參天二千尺。”四十圍乃是徑七尺，無乃太細長乎？防風氏身廣九畝，長三丈。姬室畝廣六尺，九畝乃五丈四尺，如此，防風之身乃一餅餤耳，此亦文章之病也。

——卷二三

宋·釋惠洪

冷齋夜話

東坡詩曰："客來茶罷渾無有，盧橘微黃尚帶酸。"張嘉甫曰："盧橘何種果類？"答曰："枇杷是矣。"又問："何以驗之？"曰："事見相如賦。"嘉甫曰："'盧橘夏熟，黃柑橙楱，枇杷橪柿，亭柰厚朴。'盧橘果枇杷，則賦不應四字重用。應劭注曰：'伊尹書曰：箕山之東，青鳥之所，有盧橘，常夏熟。'不依據之，何也？"東坡笑曰："意不欲耳。"

——卷一

宋·王楙

野客叢書

小宋狀元謂相如《大人賦》全用屈原《遠游》中語。僕觀相如《美人賦》，又出于宋玉《好色賦》。相如擬之爲《美人賦》，蔡邕又擬之爲《協和賦》，曹植爲《静思賦》，陳琳爲《止欲賦》，王粲爲《閑邪賦》，應瑒爲《正情賦》，張華爲《永懷賦》，江淹爲《麗色賦》，沈約爲《麗人賦》。轉轉規仿，以至于今。

——卷一六

宋·吴子良

荆溪林下偶談

宋玉《諷賦》載於《古文苑》，大略與《登徒子好色賦》相類，然二賦蓋設辭以諷楚王耳。司馬相如擬《諷賦》而作《美人賦》，亦謂"臣不好色"，則人知其爲誣也。有不好色而能盗文君者乎？此可以發千載一笑。

——卷二《相如美人賦》

宋·黄震

黄氏日抄

相如文人無行，不與史事，以賦得幸，與倡優等，無足污簡策，亦無足多責。惟《封禪書》禍漢天下，於身後且禍後世，罪不勝誅。藺相如信威敵國，名重太山，犬子何人，亦冒其名。嗚呼！禹，聖神也，而有張禹之"禹"；湯，興王也，而有張湯之"湯"；藺相如，命世人豪也，而有司馬相如之"相如"。故曰：人能美名，名不能美人。彼聖賢之名，亦有時不幸，而辱於小人也。

相如之賦果何為者耶？景帝之不好此人也，情之正也，而武帝溺焉。嗚呼！於身則求藥長生，於兵則窮威萬里，於宮室則千門萬户，而於文則好相如之賦，飄飄有凌雲之氣，皆類也。於是武帝之志荒矣。

讀《史記》逾月，其文往往暢達，隔千歲如覿面，斯亦奇矣。至《相如傳·游獵賦》，殆不勝悶悶。蓋文所以載理，安有不關義理而可以言文者哉？往歲嘗過村學堂，見為之師者授村學童，名"小雜字"，句必四字，皆器物名，而字多隱僻，義理無關，余竊鄙之。然本其所由作，特以器物之名，於世尚為有用。今以游獵所賦，草木禽獸，句亦四字，排比積叠，皆世所希有，怪誕不切，世安用此，又不得與"小雜字"比也。世或珍異之，何哉！此傳去手，復讀他傳，如脫荆棘而履康莊，欣快可知。然世之為賦者，焉知不笑？余不識古文奇字，顧余之所言者理耳，他非所知。

——卷四六

相如素行不謹，立朝專是逢君之惡，或者猶以其文墨取之，不知《大人》等賦、《封禪》等書，正是逢君之具也吁，尚足置齒頰間哉！

——卷四七

古今紀要

司馬相如素行不謹。論蜀為上飾非，開西南夷。賦《大人》，意蓋指帝誕謾無稽，賊其君。勸封禪，逢君之惡，死猶未已。古以詩諫，彼以尸誤國。使縣令負弩，誇躍鄉里。小人不足道。

——卷二

宋·樓昉

崇古文訣

一篇之文全是為武帝文過飾非，最害人主心術。然文字委曲回護，出脫得不覺又不怯，全然道使者有司不是也，要教百姓當一半不是。最善為辭，深得告論之體。

——卷三《喻巴蜀檄題解》

武帝事西南夷豈是好事！其實相如只是强分疏，却又要强説道理，至以禹治水爲比，可謂牽合矣。使人主觀之，乃所以助成其好大喜功之習，非所以正救其失也。然文字自佳。

——卷三《難蜀父老文題解》

宋・黄徹

碧溪詩話

舉人過失難於當，其尤者，臧孫之犯斬關，惟孟椒能數之，臧紇謂國有人焉，必椒也，其難如此。司馬相如竊妻滌器開巴蜀，以困苦鄉邦，其過已多；至爲《封禪書》，則諂諛蓋天性，不復自新矣。子美猶云：“竟無宣室召，徒有茂陵求。”李白亦云：“果得相如草，仍餘《封禪》文。”和靖獨不然，曰：“茂陵他日求遺稿，猶喜曾無《封禪書》。”言雖不迫，責之深矣。李商隱云：“相如解草《長門賦》，却用文君取酒金。”亦舍其大，論其細也。舉其大者，自西湖始，其後有譏其諂諛之態，死而未已。正如捕捉寇盜，先爲有力者所獲，扼其吭而騎其項矣，餘人從旁助捶縛耳。

——卷三

宋・王十朋

會稽風俗賦序

昔司馬相如作《上林賦》，設子虛、烏有先生、亡是公三人相答難。子虛，虛言也；烏有先生，烏有是事也；亡是公者，亡是人也。故其辭多夸，而其事不實，如盧橘黃甘之類，蓋上林所無者，猶莊生之寓言也。余賦會稽，雖文采不足以擬相如之萬一，然事皆實錄。故設爲子真、無妄先生、有君答問之辭。子真者，誠言也；無妄者，不虛也；有君者，有是事也。以反相如之説焉。

——《會稽三賦》卷一

宋·章樵

古文苑注

美人者，相如自謂也。詩人騷客所稱美人，蓋以才德爲美，相如乃托其容體之都冶，以自媚於世，鄙矣。

《西京雜記》云："文君眉色如望遠山，臉際常若芙蓉，肌膚如脂。長卿素有消渴疾，作《美人賦》欲自刺，卒以此疾死，文君爲誄傳於世。"慾心一熾，莫克自制，至於隳行喪軀，可不戒哉！

——卷三

宋·朱熹

楚辭後語

《長門賦》者，司馬相如之所作也。歸來子曰："此諷也，非《高唐》《洛神》之比。"梁蕭統《文選》云："漢武帝陳皇后得幸，頗妒，別在長門宮。聞蜀郡司馬相如天下工爲文，奉黃金百斤爲相如、文君取酒，因求解悲愁之辭。而相如爲文以悟主上，皇后復得幸。"而《漢書》皇后及相如傳無金求賦復幸事。然此文古妙，最近楚辭。或者相如以后得罪，自爲文以諷，非后求之，不知敘者何從實此云？

——《長門賦題序》

哀二世賦者，司馬相如之所作也。相如嘗從上至長楊獵，還，過宜春宮。宜春者，本秦離宮，閻樂殺胡亥之地也。相如奏賦以哀二世行失，其詞如此。蓋相如之文能侈而不能約，能諂而不能諒。其《上林》《子虛》之作，既以誇麗而不得入於楚辭；《大人》之於《遠游》，其漁獵又泰甚，然亦終歸於誅也。特此二篇，爲有諷諫之意，而此篇所爲作者，正當時之商監，尤當傾意極言以寤主聽。顧乃低個局促，而不取盡其詞焉，亦足以知其阿意取容之可賤也。不然豈其將死而猶以封禪爲言哉！

——《哀二世賦題序》

宋·王應麟

漢書藝文志考證

朱文公曰：相如之文能侈而不能約，能諂而不能諒，其《上林》《子虛》之作，既以誇麗而不得入于楚辭；《大人》之于《遠游》，其漁獵又太甚，然亦終歸于諛也；特《長門》《哀二世賦》二篇，爲有諷諫之意。艾軒林氏曰：相如賦之聖者，《隋志》集一卷。

——卷八

元·祝堯

古賦辨體

此賦雖兩篇，實則一篇。賦之問答體，其源自《卜居》《漁父》篇來，其後宋玉輩述之，至漢，此體遂盛。兩賦及《兩都》《二京》《三都》等作皆然。蓋又別爲一體，首尾是文，中間乃賦。世傳既久，變而又變，其中間之賦，以鋪張爲靡，而專於辭者則流爲齊梁初唐之俳體；其首尾之文，以議論爲駛，而專於理者則流爲唐末及宋之文體。性情益遠，六義漸盡，賦體遂失。然此等鋪叙之賦，因將進士大夫於臺閣，發其蘊而驗其用，非徒使之賦咏景物而已。須將此兩賦及揚子雲《甘泉》《河東》《羽獵》《長揚》，班孟堅《兩都》，潘安仁《藉田》，李太白《明堂》《大獵》，宋子京《圜丘》，張文潜《大禮慶成》等賦并看，又將《離騷》《遠游》諸篇贍麗奇偉處參看，一埽山林草野之氣習（原字——引者），全仿冠冕佩玉之步驟，取天地百神之奇怪，使其詞誇；取風雲山川之形態，使其詞媚；取鳥獸草木之名物，使其詞贍；取金璧綵繪之容色，使其詞藻；取宮室城闕之制度，使其詞壯。則詞人之賦吾既盡之，然後自賦之體而兼取他義，當諷刺則諷刺而取之風；當援引則援引而取諸比；當假托則假托而取諸興；當正言則正言而取諸雅；當歌咏則歌咏而取諸頌。則詩人之賦吾又兼之，吞吐溟渤，黼黻雲際，良金美玉無施不可，漢人所謂感物造端，材知深美，可以圖串，故可爲列大夫有不在於斯人與！

——卷三《子虛賦題注》

此篇之末有風義。長卿之賦雖多虛辭濫說，然要其歸引之於節儉，此與詩之諷諫何異？揚子雲乃曰：靡麗之賦，勸百而風一，猶騁鄭衛之聲，曲終而奏雅，不已戲乎！林艾軒又云：相如，賦之聖者，子雲、孟堅如何得似他自然流出？愚謂子雲以爲戲者，則以其駕辭多尚虛，而理或至於不實。艾軒以爲聖者，則以其運意猶自然，而辭未失於太過。若於此體會，則古人之賦固未可以鋪張侈大之辭爲佳，而又不可刻畫斧鑿之辭爲工，亦當就情與理上求之

——卷三《上林賦題注》

以賦體而雜出於風比興之義。其情思纏綿，敢言而不敢怨者，風之義；篇中如"天漂漂而疾風"及"孤雌峙於枯楊"之類者，比之義；"上下蘭臺，遥望周步，援琴變調，視月精光"等語，興之義。蓋六藝中惟風興每發於情，最爲動人，而能發人之才思。長卿之賦甚多，而此篇最傑出者，有風興之義也。故晦翁稱此文古妙，歸來子亦曰此諷也，非《高唐》《洛神》之比。愚嘗以長卿之《子虛》《上林》較之《長門》，如出二首；二賦尚辭，極其靡麗，而不本於情，終無深意遠味。《長門》尚意，感動人心，所謂情動於中而形於言，雖不尚辭，而辭亦在意之中。由此觀之，賦家果可徒尚辭而不尚意乎？尚意則古之六義可兼，是所謂詩人之賦，而非後世詞人之賦矣。

——卷三《長門賦題注》

全是仿司馬長卿，真所謂同工異曲者與！蓋自長卿諸人就騷中分出侈麗之一體以爲辭賦，至於子雲，此體遂盛。不因於情，不止於理，而惟事於辭。雖曰因宮室畋獵等事以起興，然務矜誇而非咏歌，興之義變甚矣。雖曰取天地百神等物以爲比，然涉奇狂而非博雅，比之義變甚矣。雖曰陳古者帝王之迹以含諷，然近諛佞，而非柔婉，風之義變甚矣。雖曰稱朝廷功德等美以仿雅頌，然多文飾而非正大，雅頌之義又變甚矣。但風比興雅頌之義終未泯。至於三國六朝以降，辭益侈麗，六義變盡而情失，六義泯盡而理失。噫！於此可以觀世變矣。

——卷四《揚子雲甘泉賦題注》

元·陳繹曾

文 筌

宋玉、景差、司馬相如、枚乘、揚雄、班固之作爲漢賦祖，見《文選》者篇篇精粹可法，變心備矣……

賦分大體：《高唐》《神女》《招魂》《大招》《子虛》《上林》《七發》……中體：《風》《月》《雪》《長門》……小體：《哀二世賦》……

——本書不分卷

明·安磐

頤山詩話

司馬相如《美人賦》，辭與義皆祖宋玉《風賦》。賦之卒章曰："吾寧殺人之父，孤人之子，不敢愛主人之女。"《美人賦》曰："弱骨豐肌，時來親臣，臣乃氣服於内，心正於懷，信誓旦旦，秉正不回。"凜然若有魯男子之風者，豈其見惑文君之後悔而作此以自表歟？悲夫莫及矣。

——本書不分卷

明·王世貞

藝苑卮言

語賦，則司馬相如曰："合綦組以成文，列錦綉而爲質。一經一緯，一宫一商，此賦之迹也。賦家之心，包括宇宙，總覽人物，致乃得之於内，不可得而傳。"

作賦之法，已盡長卿數語。大抵須包蓄千古之材，牢籠宇宙之態。其變幻之極，如滄溟開晦，絢爛之至，如霞錦照灼，然後徐而約之，使指有所在。若汗漫縱橫，無首無尾，了不知結束之妙。又或瑰偉宏富，而神氣不流動，如大海乍涸，萬寶雜厠，皆是瑕璧，有損連城。然此易耳。惟寒儉率易，十室之邑，借理自文，乃爲害也。賦家不患無意，患在無蓄；不患無蓄，患在無以運之。

秦以前爲子家，人一體也，語有方言而字多假借，是故雜而易晦也。左馬而至西京，洗之矣。相如，騷家流也。子雲，子家流也。故不盡然也。六朝而前，材不能高，而厭其常，故易字，易字是以贅也。材不能高，故其格下也。五季而後，學不能博，而苦其變，故去字，去字是以率也。學不能博，故其直賤也。

——卷一

詞賦非一時可就。《西京雜記》言相如爲《子虚》《上林》游神蕩思，百餘日乃就，故也。梁王菟園諸公無一佳者，可知矣。坐有相如，寧當罰酒，不免腐毫。

長卿《子虚》諸賦，本從《高唐》物色諸體，而辭勝之。《長門》從《騷》來，毋論勝屈，故高於宋也。長卿以賦爲文，故《難蜀》《封禪》綿麗而少骨；賈傅以文爲賦，故《吊屈》《鵬鳥》率直而少致。

子雲服膺長卿，嘗曰："長卿賦不是從人間來，其神化所至耶？"研摩白首，竟不能逮，乃謗言欺人云："雕蟲之技，壯夫不爲。"遂開千古藏拙端，爲宋人門户。

國風好色而不淫，小雅怨誹而不亂。《長門》一章，幾於并美。阿嬌復幸，不见紀傳，此君深於愛才，優於風調，容或有之，史失載耳。凡出長卿手，靡不穠麗工至，獨《琴心》二歌淺稚，或是一時勿卒，或後人傳益。

《子虚》《上林》材極富，辭極麗，而運筆極古雅，精神極流動，意極高，所以不可及也。長沙有其意而無其材，班、張、潘有其材而無其筆，子雲有其筆而不得其精神流動處。

《長明》"邪氣壯而攻中"語，亦是太拙。至"揄長袂以自翳，數昔日之愆殃"以後，如有神助。漢家雄主，例爲色殢，或再幸再棄，不可知也。

——卷二

今人以賦作有韵之文，爲《阿房》《赤壁》累，固耳。然長卿《子虚》已極曼衍，《卜居》《漁父》實開其端。又以俳偶之罪歸之三謝，識者謂起自陸平原，然《毛詩》已有之，曰："覯閔既多，受侮不少。"

——卷四

自古文章於人主未必遇，遇者政不必佳耳。獨司馬相如於漢武帝奏《子虛賦》，不意其令人主難曰："朕獨不得與此人同時哉！"奏《大人賦》則大悦，飄飄有凌雲之氣，似游天地間。既死，索其遺篇，得《封禪書》覽而異之。此是千古君臣相遇，令傅粉大家讀之，且不能句矣。下此則隋炀恨空梁於道衡，梁武絀徵事於孝標，李朱崖至屏白香山詩不見，曰："見便當愛之。"僧虔拙筆，明遠累辭，於乎，忌則忌矣，後世覓一解忌人，了不可得。

——卷八

明·楊慎

升庵詩話

《上林賦》"重條扶疏，落英幡纚，紛溶箾蔘，猗狔從風，瀏莅芔歙"數句，皆言草木從風之形與聲也。但其用字既古，其音又與俗音不同，今略解之。紛溶，猶豐茸也。箾蔘，即蕭森。猗狔，猶猗那也，字一作旖旎，又作猗儺。瀏莅，即流麗。芔歙、即欻吸。欻字古作㷉，見《石鼓文》；省寫作芔，五臣注遂誤以爲卉字。按《長門賦》"列丰茸之游樹"，謝靈運詩"升長皆丰茸"，則紛溶、丰茸一也。杜詩"巫山巫峽氣蕭森"，則箾蔘、蕭森一也。《毛詩》"猗儺其枝"，楚辭"紛旖旎乎都房"，阮籍詩"猗靡情歡愛"，則旖旎也，猗儺也，旖旎也，猗靡也，一也。陶弘景詩"悽切嘹唳傷夜情"，趙彦昭詩"流麗鳴春鳥"，則瀏莅與嘹唳及流麗一也。杜詩"秋風欻吸吹南國"，則芔歙與欻吸一也。字有古今，音有楚夏，類如此，聊舉其略耳。

——卷一《上林賦連綿字》

"芙蓉不及美人妝，水殿風來珠翠香。却恨含情掩秋扇，空懸明月待君王。"司馬相如《長門賦》："懸明月以自照兮，徂清夜於洞房。"此用其語，如李光弼將子儀之師，精神十倍矣。作詩者其可不熟《文選》乎？

——卷三《王昌齡長信秋詞》

《九歌》"滿堂兮美人，忽獨與予兮目成"，宋玉《招魂》"娭光眇視目曾波"，相如賦"色授魂與，心愉於側"，枚乘《菟園賦》"神速未結，已諾不分"，陶淵明《閑情賦》"瞬美目以流盼，含言笑而不分"，曲盡麗

147

情，深入冶態。裴硎《傳奇》，元氏《會真》，又瞠乎其後矣，所謂"詞人之賦麗以淫"也。

——卷三《古賦形容麗句》

明·陳懋仁

文章緣起注

……兩漢而下，賈生以命世之才俯就騷律，非一時諸人所及。他如相如長於叙事而或眜於情，揚雄長於説理而或略於辭，至於班固則辭理俱失。若是者何？凡以不發乎情耳。然《上林》《甘泉》極其鋪張，終歸於諷諫，而風之義未泯；《西都》等賦極其眩曜，終折以法度，而雅頌之義未泯；《長門》《自悼》等賦，緣情發義，托物興詞，咸有和平從容之意，而比興之義未泯。故君子猶有取焉，以其爲古賦之流也。

相如《封禪書》，文幾三千字，而前後貫串如一句。

——本書不分卷

明·方孝儒

遜志齋集

漢儒之文，有益於世，得聖人之意者，惟董舒、賈誼。攻浮靡綺麗之辭，不根據於道理者，莫陋於司馬相如。

——卷一一

明·焦竑

澹園集

漢世、蒯通、隋何、酈生、陸賈，游説之文也，而宗《戰國》。晁錯、賈誼，經濟之文也，而宗申、韓、管、晏。司馬相如、東方朔、吾丘壽王，譎諫之文也，而宗楚辭。董仲舒、匡衡、揚雄、劉向，説理之文也，而宗六經。司馬遷、班固、荀悦，紀載之文也，而宗《春秋》《左氏》。其詞與法可謂盛矣，而華實相副，猶爲近古，至於今稱焉。

——卷一二

明·張溥

司馬文園集

梁昭明太子《文選》，登采極嚴，獨於司馬長卿取其三賦四文，其生平壯篇略具，殆心篤好之，沈涵終日而不能舍也。太史公曰：“長卿賦多虛辭濫說，要歸節儉，與詩諷諫何異？”余讀之良然。《子虛》《上林》非徒極博，實發於天材，楊子雲銳精揣鍊，僅能合轍，疏密大致，猶《漢書》於《史記》也。《美人賦》風詩之尤，上掩宋玉，蓋長卿風流放誕，深於論色，即其所《自叙傳》，琴心善感，好女夜亡，史遷形狀，安能及此？他人之賦，賦才也，長卿，賦心也，得之於内，不可以傳，彼曾與盛長通言之，歌合組，賦列錦，均未喻耳。獵獸獻書，長楊志直，馳檄發難，巴蜀竦聽，慕藺生之澠池，跨唐蒙於絶域，赤車駟馬，足名丈夫。抑其文，皆賦流也。生賦《長門》，没留《封禪》，英主怨后，思春不忘，豈偶然乎？

——《題辭》

明·徐師曾

文體明辨

自楚辭有“製芰荷以爲衣，集芙蓉以爲裳”等句以爲俳語，然獨一句之中自作對耳。及相如“左烏號之雕弓，右夏服之勁箭”等句，始分兩句作對，而俳遂甚焉。後人仿之，遂成此體。

按楚辭《卜居》《漁父》二篇已肇文體，而《子虛》《上林》《兩都》等作則首尾是文，而文遂甚焉，後人仿之，純用此體，益議論有韵之文也。

——卷五

明·馮有翼

秦漢文鈔

唐荆川曰：憂爱懇款，語厚意長，可爲奏疏法。

鄒東郭曰：此書曲盡田獵情況，而文口起狀，意思宛轉。

——《司馬相如上書諫獵附評》

樓迂齋曰：一篇之文全是爲武帝文過飾非，最害人主心術。然文字委曲回護，出脫得不覺又不全然道使者有司不是也。要教百姓將一半不是。最善爲辭，深得告諭之體。

楊升庵曰：得告諭體裁，以大義令使者與蜀民兩分其責。

余同麓曰：作賦侈靡，而作檄明切，此其爲相如之文也。

——《司馬相如喻巴蜀檄附評》

明·方岳貢

歷代古文國瑋集

此文與《巴蜀檄》大旨相同而音節微異，蓋在賦頌之間又一體也。

——《難蜀父老文附論》

此篇全乎賦體矣。子長《封禪書》誕而刺譏，長卿此書全乎諛而已。末段又爲慎終保始之言，所謂曲終之雅奏也。

——《封禪文附論》

通夜郎實係武帝勤遠略以勞罷內地，然事已發不可終止。相如此文以非上意爲主，因歷責使者有司而并以義諷百姓，轉展委曲，深得論詞之體。

——以上卷七《諭巴蜀檄附論》

明·朱荃宰

文 通

觀相如《封禪》，蔚爲唱首。爾其表權輿，序皇王，炳玄符，鏡鴻業，驅前古，於當今之下，勝休明於列聖之上，歌之以禎瑞，贊之以介丘，絕筆此文，固維新之作也。

——卷五

清·顧炎武

日知録

王楙《野客叢書》："作文受謝，非起于晋宋，觀陳皇后見寵于武帝，別在長門宮，聞司馬相如天下工爲文，奉黄金百斤爲文君取酒，相如因爲文以悟主上，皇后復得幸，此風西漢已然。"按，陳皇后無復幸之事，此文蓋後人擬作，然亦漢人之筆也。

——卷一九

古人爲賦多假設之辭，序述往事以爲點綴，不必一一符同也。子虚、亡是公、烏有先生之文，已肇始於相如矣，後之作者，實祖此意。……而《長門賦》所云陳皇后復幸者，亦本無其事，俳諧之文，不當與之莊論矣。

——卷一九

司馬相如傳《子虚》之賦，乃游梁時作，當是侈梁王田獵之事而爲之耳，後更爲楚稱齊難而歸之天子，則非當日之本文矣。若但如今所載子虚之言，不成一篇結構。

——卷二七

清·何焯

義門讀書記

"其後，人有上書言相如使時受金"：其勸人主通道蠻夷，不過以眩曜臨邛富人復分其財，所過縣道迫脅長吏多受金耳！父母之邦，勞弊數萬生民之命，於相如何有哉！漢廷文士嚴助首開用兵之端，卒以罪棄市，相如以多病避事，得免於禍，幸矣。

"且夫清道而後行至，臣竊爲陛下不取"：諫書正須若此，平易可曉，推之遠則其語支，而聽者厭矣。

"相如既卒至采其尤著公卿者云"：傳遂終言其事，固不悟封禪之非，而直以爲惟此盛典皆發自相如也。《史通》云："馬卿爲《自叙傳》，具在其集中，子長因録斯篇即爲列傳，班氏仍舊，更無改作，固於揚馬傳末皆云遷、雄之自叙如此，至於相如篇下獨無此言，其例不純，按傳中終言相如卒後之事，則非止録自叙也。

"贊，司馬遷稱《春秋》推見至隱"：推見至隱，言由人事之見著者推而至於天道之隱微也。李注失之，然近人讀"見"爲本字，則去之彌遠矣。

"揚雄以爲靡麗之賦至不已戲乎"：此揚子篤論，蓋其意雖主諷，而鋪陳侈蕩，不知所裁，則中人驟悦其辭，反溺其指，希不鄰於勸矣。《上林》之作，不若《諫獵》之爲益也；然虚詞濫説之中，亦寓諷焉。揚子《甘泉》，上比於帝室紫宮，以爲此非人力，黨鬼神其可是已。

——《前漢書卷》

"若夫終日馳騁至則仁者不繇也"：苦言至誠繫于天子自知悔悟之後，故曰言之者無罪。

司馬長卿《長門賦》，此文乃後人所擬，非相如作，其詞細麗，蓋平子之流也。

司馬長卿《諫獵》，簡當深切，章奏當以此爲準纋。

《難蜀父老》"且夫賢君之踐位也至而勤思乎參天貳地"：以武帝而復爲此言，所謂諷一而勸百也。

——《文選卷》

清·嚴可均

鐵橋漫稿

司馬長卿集，《隋志》《唐志》皆二卷。今世所見有明汪士賢、吕兆禧二本，蓋從《史記》《漢書》《文選》《古文苑》；新輯者又有張溥本，增多《答盛擥問》《報卓文君書》，餘同汪吕。按，長卿集魏晋時早有散亡，隋唐之二卷當是六朝重輯，其多出于今本者僅僅耳。何以明之？《漢志》長卿賦二十九篇，今存《子虚》《上林》《哀秦二世》《大人》《長門》《美人》六賦。遍索群書，惟得《魏都賦》張載注引《梨賦》一句，《北堂書鈔》引《魚葅賦》有題無文，餘二十一賦莫考。其諸體軼篇遺句，絶無引見者，足證隋唐本非魏晋以前舊集。如謂不然，二十九賦加雜文，并《遺平陵侯書》《與五公子相難》《草木書》不當四五卷乎！今彙聚群書所載，重加編次，仍爲二卷。《凡將篇》專行（原文如此——引者）久亡，僅存五事，亦附集末。校讎粗定而爲之叙録曰：

三百篇後，屈原爲詞（原文如此——引者，下同）賦之宗，宋玉亞之，長卿之與宋玉，在伯仲之間。楊子雲云：如孔氏之門用賦也，相如入室，此爲定論。集雖殘剩，二千年内邈爲寡儔，然而長卿不徒以前詞賦見後世，鮮有知之者。《蜀志》秦宓與王商書云："蜀本無學士，文翁遣相如東受七經，還教吏民，于是蜀學比于齊魯。"故《地理志》云："文翁倡其教，相如爲之師，漢家得士盛于其世。"如宓此言，蜀地經師，長卿爲首。而《史》《漢》叙儒林，授受不一及之，以詞賦掩其名耳。古之振奇人，文章必從經出，故援《蜀志》以發其端。嘉慶戊辰歲，除夕前三日，嚴可均謹叙。

——《全漢文·司馬長卿集叙》

清·劉熙載

藝 概

西漢文無體不備，言大道則董仲舒，該百家則《淮南子》，叙事則司馬遷，論事則賈誼，辭章則司馬相如。人知數子之文，純粹、旁礴、窈眇、昭晰、雍容，各有所至，尤當于其原委窮之。

學《離騷》得其情者爲太史公，得其辭者爲司馬長卿。長卿雖非無得於情，要是辭一邊居多。離形得似，當以史公爲尚。

司馬長卿文雖乏實用，然舉止矜貴，揚搉典碩，故昌黎碑板之文亦儀象之。

用辭賦之駢麗以爲文者，起于宋玉《對楚王問》，後此則鄒陽、枚乘、相如是也。惟此體施之，必擇所宜，古人自主文譎諫外，鮮或取焉。

晋元康中，范頵等上表，謂陳壽"文艷不及相如，而質直過之"。此言殆外矣。相如自是辭家，壽是史家，體本不同，文質豈容并論！

——《文概》

長卿《大人賦》出于《遠游》，《長門賦》出于《山鬼》；王仲宣《登樓賦》出于《哀郢》；曹子建《洛神賦》出于《湘君》、《湘夫人》，而屈子深遠矣。

屈子之賦，賈生得其質，相如得其文，雖塗徑各分，而無庸軒輊也。楊子雲乃謂"賈誼升堂，相如入室"，以己多依效相如故耳。

賈生之賦志勝才，相如之賦才勝志。賈、馬以前，景差、宋玉已若以此分途，今觀《大招》《招魂》可辨。

相如一切文，皆善于架虛行危。其賦既會造出奇怪，又會撇入窅冥，所謂"似不從人間來者"此也。至模山範水，猶其末事。

屈子之賦，筋節隱而不露；長卿則有迹矣。然作長篇，學長卿入門較易。

相如之淵雅，鄒陽、枚乘不及；然鄒、枚雄奇之氣，相如亦當避謝。

《漢書·枚乘傳》："梁客皆善辭賦，乘尤高。"則知當日賦名重于相如矣。後世學相如之麗者，還須以乘之高濟之。

屈子之纏綿，枚叔、長卿之巨麗，淵明之高逸，宇宙間賦，歸趣總不外此三種。

李白《大獵賦序》云："辭欲壯麗，義歸博達。"似約相如《答盛覽問賦》之旨，而白賦亦足稱之。

李白《大鵬賦序》云："睹阮宣子大鵬贊，鄙心陋之。"《大獵賦序》於相如《子虛》《上林》，子雲《長楊》《羽獵》，且謂齷齪之甚，皆是尊題法。尊題，則賦之識見氣體不由不高矣。

鋪，有所鋪，有能鋪。司馬相如《答盛覽問賦書》有賦迹賦心之說。迹，其所；心，其能也。心迹本非截然爲二。覽聞其言，乃終身不敢言作賦之心，抑何固哉！且言賦心，不起於相如，自《楚辭·招魂》"同心賦些"已發端矣。

屈兼言志、諷諫，馬、揚則諷諫爲多，至于班、張則揄揚之意勝，風諫之義鮮矣。

《史記·司馬相如傳贊》："相如雖多虛辭濫説，然其要歸引之節儉。此與《詩》之風諫何異？"《叙傳》曰："《子虛》之事，《大人》賦説，靡麗多誇，然其指風諫，歸于無爲。"……賦之諷諫，可于斯取則矣。

司馬長卿論賦云："一經一緯。"或疑經可言一，緯不可言一，不知乃舉一例百，合百爲一耳。

賦欲縱橫自在，係乎知類。太史公《屈原傳》曰："擧類邇而見義遠。"《叙傳》又曰："連類以争義。" 司馬相如《封禪書》曰："依類托寓。"枚乘《七發》曰："離辭連類。"皇甫士安叙《三都賦》曰："觸類而長之。"

司馬長卿謂"賦家之心包括宇宙。"成公綏《天地賦序》云："賦者貴能分賦物理，敷演萬方，天地之盛，可以致思矣。"意與長卿宛合。

賦中駢偶處，語取蔚茂；單行處，語取清瘦。此自宋玉、相如已然。

賦長于擬效，不如高在本色。屈子之騷，不沾沾求似風、雅，故能得風、雅之精。長卿《大人賦》於屈子《遠游》，未免落擬效之迹。

——《賦概》

清·陳廷祚

青溪集

長卿天縱綺麗，質有其文；心迹之論，賦家之準純也。《子虚》《上林》，總衆類而不厭其煩，會群采而不流於靡，高文絶艷，其宋玉之流亞乎……

……賦至東京，長卿、子雲之風未泯，雖神妙不足，而雅贍有餘，其猶有中古之遺音乎！

……

長卿《上林》終以頽墻填塹，子雲《甘泉》稱屏玉女而却宓妃，雖云曲終奏雅，猶有諷諫之遺意焉。後之君子，詳其分合之由，察其升降之故，辨其雅正之歸，上祖風雅，中述《離騷》，下盡乎宋玉、相如、揚雄之美，先以理而後以詞，取其則而戒其淫，則可以繼詩人之末，而列於作者之林矣。

——卷三

漢代人品淆雜，文反近古，如賈生、董子、晁錯、司馬遷、司馬相如、匡衡、劉向之徒，意不在文，而文隨之。東京稍若不逮，而著作不謬于經術。

——卷一○

清·吳景旭

歷代詩話

《野客叢書》曰：孫仲益謂司馬相如《上林賦》，蓋令尚書給筆札，一日而就，非《二京》《三都》覃十年之思；其誇苑囿之大，固無荒怪不經之説。後世學者往往讀之不通，尋繹師古音義，從老先生叩問，累數日而後曉焉。僕謂相如此賦，決非一日所能辦者，其運思緝工亦已久矣，及是召見，因以發揮，不然何以不俟上命，遽曰："請爲天子游獵之賦。"是知此賦已平時製下，而非一日倉猝所能爲者。

吳旦生（景旭）曰：《漢書》言枚皋爲文疾，受詔輒成，所賦者多；相如善爲文而遲，故所作少而善於皋。《漢武故事》云："上自作賦，初不留思，相如造文遲，彌時而後成。嘗謂相如曰：'以吾之速，易子之遲可乎？'"觀此，則制作淹遲，首尾溫麗，固有愈於疾行無善迹矣。聞其作賦時把筆嚙之，似魚含毫，故曰相如含筆而腐毫，未聞有一日而就之説也。《西京雜記》云："相如爲《上林》《子虛》賦，意思蕭散，不復與外事相關，控引天地，錯綜古今，忽然如睡，躍然而興，幾百日而後成。"即考之本傳，但云武帝令尚書給筆札，乃成賦奏之，又豈云一日而就哉！焦弱侯云："相如游梁時，嘗著《子虛　賦》，爲武帝所善，尋著《天子游獵賦》，復借子虛三人之詞以明天子之意，故亦名《子虛賦》，賦中叙上林，故一名《上林賦》，其實一也。《文選》截爲二篇，以前叙齊楚者爲《子虛賦》，'亡是公听然而笑'以下爲《上林賦》，謬哉！"

程泰之論《上林賦》三條，其上篇曰：亡是公者明無是人也；既無此人，則凡所賦之語何往不爲烏有也。知其烏有而以實錄之，故所嚮駁礙。上林本始皇狹隘先王之宫而大加創治，開宫館二百七十，復甬相連，而又表南山以爲闕，立石胊山以爲東門。其意若曰闕不足爲也，南山吾闕也；門不足立也，胊山吾門也。此故武帝之所師也，所師在是，諫無自而入，故相如始而置辭，包四海而入之苑内，夸張飛動，意若從諛，故揚雄指之爲勸也。夫既勸之以中帝，欲帝欣欣樂聽，而後徐徐諷諭，以爲苑囿之樂有極，而宇宙之大無窮，則諷或可入也。夫諷既不爲正諫，凡其所勸不容不出于寓言，此子虛、烏有、亡是所以立也。其中篇曰："左蒼梧，右西極，日出東沼，入乎西陂。"此賦上林所抵也。數百里間其能出没日月于東西乎？又曰："其南則隆冬躍波，其北則盛夏含凍。"信斯言也，必縮地南北而始有此。讀者不思，故主文譎諫之義晦於不傳耳。其曰八水分流，則長安實有此水，不爲寓言，然而上林東境極乎宜春下苑，即曲江也。曲江僅得分漑爲派，而滻、灞合會之地已在宜春之北，則其地出上林之外矣。然則雖實有之水亦不能確，況紫淵、丹水欲傳會而强求乎？其下篇曰古惟揚雄能知此意，故校獵之賦曰"禦自沂渭，經營豐鎬"，此則命其實矣，至于"出入日月，天與地沓"，則關中豈能辦此也。又曰"虎路三嵕，圍經百里"，此則可得而有也。至謂"正南極海，邪界虞淵"，此又豈關境所能包絡哉？雄之意正仿相如諷勸相參，不當執實兩賦一意也。説者不知出此乃從地望，土毛枚舉細較，是癡人説夢也。楊升庵云："觀《莊子》魏縈將伐齊，華子曰有國於蝸之左角者曰觸氏，有國于右角曰蠻氏，相與争地而戰，伏尸數萬，逐北旬有五日而後反。君曰：'噫，其虛言與？'東坡云：'淳一髡一斗亦醉，一石亦醉，至於州閭之會，男女雜坐，幾於勸矣，而何諷之有？'以吾觀之，蓋自托於放蕩之言，而可止荒主長夜之飲，世未有識其趣者。長卿《上林》之賦意實若此，能通莊氏之寓言兼戰國之游説，而後可得其旨也。"長卿去戰國未遠，其談鋒與策士相似。孔子論五諫曰：吾從其諷，是或一道也。故戰國諷諫之妙，惟司馬相如得之，司馬《上林》之旨，惟揚子得之。

——卷十五《淹遲》

清·蔣湘南

七經樓文鈔

頌揚之體，開自長卿《封禪》，而揚子雲《劇秦美新》摹之，班孟堅《典引》摹之，張平子《東巡誥》摹之，邯鄲子禮《魏受命述》摹之，古人何嘗不重模擬乎？

——卷四

清·王之績

鐵立文起

黄云孫謂文筆易工，賦心難學，此亦一説。雖然，有長於文而短於賦者，司馬遷是也：有長於賦而短於文者，司馬相如是也，天下事何可概論。

我以屈原爲賦之聖，或以推司馬長卿，謬也。

古賦如司馬相如《長門》，班倢伃《自悼》《擣素》，張衡《思玄》……以上正體而俳體間出於其中……漢司馬相如《子虛》《上林》，班固《兩都》……以上變體流於文賦之漸。

或曰大賦如《子虛》《兩京》《三都》，郭璞《江賦》，盧肇《海潮賦》等類是也。學者博極群書，方得選材豪富；拓開萬古，方得標旨空曠；多設問難，方得變化開闔之法。

——卷九

逮漢賈誼，頗節之以禮，自時其後，綴文之士不率典言，并務恢張，其文博誕空類，大者罩天地之表，細者入毫纖之内，雖充車聯駟不足以載，廣厦接櫺不容以居也。其中高者至相如《上林》、揚雄《甘泉》、班固《兩京》、張衡《二京》……初極宏侈之辭，終以約儉之制，焕乎有文，蔚爾鮮集，皆近代辭賦之偉也。

或問紫陽：司馬相如賦似作之甚易，曰然。又曰：林艾軒云司馬相如賦之聖者，揚子雲、班孟堅祇填得他腔子，如何得似他自在流出；左太衝、張平子竭盡氣力，又更不及。予謂若以長卿爲賦之聖，則後之作賦者第宗長卿可矣。今觀其賦，惟有《長門》以意勝，他若《子虛》《上林》，特靡麗無情之詞而已。聖於賦者顧如是乎！林之所謂聖者，特以其不勞而就，而餘子皆不能也。孰知稱聖亦別之於意而已。必如所云，古賦須熟看屈、宋、韓、柳所作乃有進步，然后得之。使人競趨於詞而賦之體壞矣，此其失之者一也……

沈鶴山曰：《長門賦》哀怨悲凉，開千古閨思之祖。

《子虛》《大人》，史遷譏其靡麗多誇，予謂即此四字已盡長卿生平之賦。王弇州稱爲賦之聖，造體極玄，使子長聞之，當掩口而笑矣。

韓子論文，貴在樹立，可稱卓識。康德涵謂古人作文皆有依仿，相如《大人賦》全用屈平《遠游》中語。予謂以此勝杜撰家則可，而必援以爲訓，獨不曰前無古人乎！噫，過矣。

或謂《子虛》《上林》材極富，辭極麗，而運筆極古雅，精神極流動，所以不可及。予獨喜倪正父謂賦無異，直誇多□靡，如魚龍曼衍，欲不可極，使人心動駭目，最爲知言矣。

钟伯敬曰：文各有體、體各有宜，《子虛》，賦體也，其語音艱滯，字句繁複處，讀之俱不厭，而末章曲終奏雅，反覺索然黯然，所謂儒冠而胡服也。

揚子雲云長卿賦不似從人間來，其神化所至耶！大諦能讀千賦則能爲之。諺曰：伏習衆神，巧者不過習者之門。

茅鹿門曰：長卿賦多爲碨礧奇崛，騷再變矣，特《檄蜀父老》《諫獵書》絕佳。

歸安盛稱《檄蜀》《諫獵》，亦未確。弇州謂長卿以賦爲文，故《難蜀》《封禪》綿麗少骨，最爲得之。

《辨體》曰：揚雄雅爲奇字，人或載酒從問，故賦中難字最多。厥後《靈光》《江海》等賦，皆以用此等字爲體，然賦之爲古，亦視六義所發如何耳，豈專尚奇難之字以爲古哉！至其辭全仿司馬長卿，真所謂同工而異曲者。蓋自長卿諸人就騷中分出侈麗之一體以爲賦，至子雲，此體遂盛。不因于情，不止于理，而惟事於詞，而流於淫矣。（吳訥《文章辨體》未見此段文字——引用者）

《子虛》《上林》創見亦佳，後再蹈襲，則堆塞可厭矣。子雲《甘泉》加以詭譎更不足法。孟堅《兩都》雖用鋪張，猶不甚貪，其自謂義正揚雄，事實相如，亦實錄也。

傳稱張衡少善屬文，時天下自王侯以下莫不逾侈，乃擬班固《兩都》而作《二京》。所謂"平子研京十年，太衝煉都一紀"是也。前此枚皋速而不工，相如工而不速，要未有若是用功之深者。後人猶謂《三都》《兩京》博而不奇，誰云文章小道而可易視之！

——卷一〇

清·王修玉

歷朝賦楷

昔司馬長卿論賦云：合綦組以成文，列錦繡而爲質。揚子雲云：詩人之賦麗以則，詞人之賦麗以淫。味二子之言則賦體裁自宜奧博淵麗，方稱大家。然有詞無意，雖美不宜；有意無氣，雖工不達。觀漢魏諸賦，修詞璀璨，敷采陸離，要皆情深理茂，氣厚格高，長篇短製，故皆可傳………

——《選例》

此篇雖出乎風比興之義，蓋其情思纏綿，敢言而不敢怨者，風也。篇中如"天漂漂而疾風"，及"孤雌跱于枯楊"之類者，比也。上下蘭臺，遙望周步，援琴變調，視日精光者，興也。相如賦雖多，而此獨杰出者，以有風比興之義也。

——司馬相如《長門賦》評語

清·李兆洛

駢體文抄

李兆洛：樸而能華。

譚　獻：發端雄奇，敷陳懇到，有屈刀爲鏡之妙。

——卷一一《評上諫獵書》

李兆洛：教今所頒，亦謂之檄，非止用之軍旅也。其體與移文相類。

譚　獻：淳實。

（又評）：意深重而語微婉，骨幹大而脉理甚細，西京之文，去六藝未遠。

——卷一七《評喻巴蜀檄》

民國·魯迅

漢文學史綱要

武帝時文人，賦莫如司馬相如，文莫如司馬遷，而一則寥寂，一則被刑。

蓋漢興好楚聲，武帝左右親信，如朱買臣等，多以楚辭進，而相如獨變其體，蓋以瑋奇之意，飾以綺麗之辭，句之短長，亦不拘成法，與當時甚不同……然相如亦作短賦，則繁麗之辭較少，如《哀二世賦》《長門賦》。獨《美人賦》頗靡麗，殆即揚雄所謂"勸百而諷一，猶騁鄭衛之音，曲終而奏雅"者乎！

　　……于小學則有《凡將篇》，今不存。然其專長，終在辭賦，制作雖甚遲緩，而不思故轍、自攄妙才，廣博宏麗，卓絕漢代……其爲歷代評騭家所傾倒，可謂至矣。

——第十篇

五 有關《自敘傳》論爭二則

唐·劉知幾

史通·序傳

降及司馬相如，始以自敘爲傳，然其所敘者，但記自少及長，立身行事而已，逮於祖先所出，則蔑而無聞。……而相如自序，乃記其客游臨邛，竊妻卓氏，以《春秋》所諱，持爲美談，雖事或非虛，而理無可取，載之于傳，不其愧乎！

作者自注：相如《自敘傳》，按《漢書》本傳無自敘明文，證之後史，知其言固有本。《隋書·劉炫傳》自爲贊曰：通司馬相如、揚子雲、馬季卿、鄭康成等，皆自敘風徽，傳芳來葉云云。

——《內篇第三二》

明·張溥

《漢魏六朝百三家集·司馬相如集·自敘傳》附言

劉子玄《史通》云："馬卿爲自傳，具在其集中，子長錄爲列傳，班氏仍舊，曾無改尋。固於馬、揚傳末皆云遷、雄自敘，至相如篇下獨無此言，蓋止憑太史之書，未見文園之集耳。"余謂此傳果馬卿自作，安得有相如已死，天子遣所忠索書？又安知沒後數歲，上始祭后土及禮中岳事乎？然則《自敘傳》應至相如既病免家居茂陵爲止，此後別有結束，惜今不傳。而"天子曰"以下，還是太史公補足之。近世學士謂相如集中傳乃校集者取子長所作附之，非其自筆。然《史通·序傳》一章，詳言作者自敘基于騷經，降及相如始以自敘爲傳。《史通》之意直以後人序傳皆作祖于相如，斷非影響，而俗儒多以亡奔滌器等事，胡不少諱，以此爲非馬卿筆。不知馬卿正自述慢世一段光景，委曲周至，他人不能代之寫照阿堵中也。又按：《南史》云：古之名人相如、孟堅、子長皆自述風流，傳芳末世。則言此文之出相如手，非一人矣。

研究

司馬相如三題

李孝中

一、相如縣設治蠡測

古相如縣，即今四川省蓬安縣，原屬漢安漢縣地。其設縣制事，正史不見記載，宋人志書則記載得清清楚楚。樂史二百卷巨著《太平寰宇記》卷六十八說：“相如縣，果州東北八十五里，亦巴西縣地，梁天監六年置……即司馬相如所居地也，固以名縣。”天監，梁武帝年號；六年，公元507年。祝穆七十卷地理總志《方輿勝覽》卷五十八也記載：“順慶府：南充，西充，相如，流溪。沿革：即漢巴郡之安漢縣也。人物；紀信；司馬相如。在相如縣南三十五里，宅濱嘉陵江，有琴臺，又水北有相如坪。”這些記載是可靠的，正如一部權威的辭書所說：該書“所載地志佚文，可補史籍缺略”。

今天要是國家新設縣或撤縣，或縣改市，必然有個紅頭文件，說明設治或改制原由等等。梁武帝蕭衍設置相如縣不會有紅頭文件，想必什麼詔書之類是會有的，可惜沒有留傳下來。古人以人名縣，要麼因本人建立過特殊功勳以爲嘉獎，要麼因其前輩功爵而受“庇蔭”，可是司馬相如并不符合這類條件，同時又時隔五六百年。現在要問，時隔這麼多年，梁武帝爲什麼選中司馬相如，設相如縣？我蠡測，推想，這同他十分愛好文學分不開，同他對鼎鼎有名的司馬相如的喜愛分不開，於是以其名名縣，表示對這位大文豪的景仰、彰顯和褒揚。

首先，他必然從史籍中知道，雄才大略的漢武帝在讀了司馬相如的《子虛賦》後深深歎息“獨不得與此人同時”，讀了其《大人賦》竟“飄飄然有凌雲之氣，似游天地之間意”；必然知道司馬相如出使西南夷，對邊疆開發、國家統一作出過巨大貢獻。於是受到啓發，十分欣賞，肅然起敬。其次，梁武帝蕭衍、簡文帝蕭綱、元帝蕭繹，還有昭明太子蕭統，均十分愛好文學。同時，他們周圍聚集着一批文士，所謂"才秀之士，涣乎聚集"（《南史·謝靈運傳論》），時時研習寫作，形成濃厚的文學氛圍。他們對前輩文學家來説，特別看重和推崇司馬相如。理由有二：第一，《昭明文選》這部著名選集就選入司馬相如著作七篇之多，其主要作品都入選了，是入選最多的作家之一；第二，簡文帝蕭綱寫過一首《登琴臺》的詩："蕪階踐昔徑，復想鳴琴游。音容傷春罷，高臺千載留。弱枝生古樹，舊時染新流。由來遞相歎，逝川終不收。"（《古詩紀》）不能斷定蕭綱是否到過巴蜀，也不能斷定所寫是成都琴臺，安漢琴臺，還是別地琴臺，但是他所吟咏的應該就是司馬相如琴臺，寄寓着他對司馬相如的懷念和崇敬之情。這首詩的韵味簡直可與唐代那些優美的五言詩比美。

由於以上理由，再加上他們掌握着國柄，於是由愛好司馬相如的文學才氣，進而以其名名縣，是完全可能的。

與此相關，我還想蠡測司馬相如著作專集成書的時間問題。《司馬長卿集》首見於《隋書·經籍志》。首見於《隋書》，但成書不一定在隋，我認爲在梁代比較可信。嚴可均説過，"長卿集，魏晉時早有散亡，隋唐之二卷當是六朝重輯"（《鐵橋漫稿》）。他所説的："魏晉時早有散亡"的長卿集，大約就像姚振宗在《漢書藝文志拾補》中爲班氏"拾補"的所謂長卿集，那是不可靠的，我曾辨析過，此不贅。現在要説的是六朝所輯（而非"重輯"）的可能性。

魏晉以前，人們頭腦中没有後來所説的"文學"這個概念，士大夫讀書是指"讀經"。"經"是"經典"，而不是如同現代人讀書多半指讀文學作品，或其他作品；明明是指民歌的集子叫《詩經》，屈原的抒情詩叫《離騷經》，《春秋》是一部史書，也叫《春秋經》，等等。可是到了魏晉時代，傳統的文化思想動摇了，觀念發生激烈變革。曹氏父子就頗具離經叛道思想，他們在這一變革過程中起過關鍵性作用，"文學"這個概念初步出現，當時叫"文章"。曹丕就喊出"文章乃經國之大業，不朽之盛事"（《典論·論文》）的口號，把文章（文學作品）的地位提高到空前的位置，第一次把"文學"從

“經”的家族中分離出來，成爲文學概念發展過程中的一次飛躍。在這一變革的影響下，《文章流別論》《文章緣起》《文心雕龍》《詩品》《文選》《玉臺新咏》等文論專集、文學專集先後出現了。

於是，在文學觀念激烈發展變化的形勢下，到南北朝時期，人們對“文學”與“經書”的區別有了比較明晰的認識，輯録個人文學專集的社會思想條件已經具備，加上梁朝君臣文士的大力推動、提倡，在把司馬相如故鄉命名爲相如縣的同時，爲其著作輯録一部專集，應該是順理成章的事。

二、歷代司馬相如品評述略

司馬相如的作品和人品，歷代都有爭論。爭論從漢代就開始了，首先提出的是司馬遷和揚雄，其焦點是相如賦有無諷諫意義？司馬遷説“相如雖虚詞濫説，然其要歸之于節儉，此與《詩》之諷諫何異”（《史記·司馬相如列傳》），“子虚之事，大人賦説，靡麗多誇，然其指風諫”（《太史公自序》），認爲有諷諫意義。揚雄則以爲“靡麗之賦，勸百諷一，猶馳騁鄭衛之聲，曲終而奏雅”（《史記·司馬相如列傳》竄文），没有諷諫意義，或者説諷諫意義極爲有限。後來班固也加入，批評包括司馬相如和揚雄在内的賦家，“競爲侈麗閎偉之辭，没有其風諭之義”（《漢書·藝文志》）。揚雄很有趣，他説“詩人之賦麗以則，辭人之賦麗以淫，如孔氏之門用賦也，則賈誼升堂，相如入室矣”（《法言·吾子》），評論特别，品級頗高；以相如“弘麗温雅，雄心壯之，每作賦，常擬之以爲式”，“賦莫麗於相如，作四賦”（《漢書》本傳），以爲榜樣，學習寫作。在賦的寫作主旨、方法和閱讀效果方面他也很清楚，説：“雄以爲賦者，將以風也，必類推而言，極麗靡之辭，宏侈鉅衍，競於使人不能加也。既乃歸之於正，然覽者已過矣。”（同上）讀其賦，又何嘗不是如此呢。當他自我感到其賦作屢屢不如相如，便揶揄賦作者“頗似俳優淳于髡、優孟之徒，非法度所存，賢人君子詩賦之正”，“於是掇而不爲”（同上）；又説“雕蟲之技，壯夫不爲”（《法言·吾子》），此言，被後人指爲“謗言欺人”（王世貞語）之談。漢成帝時，“客有薦雄文似相如者，上……召雄待詔承明之庭”（《漢書》本傳），從漢成帝巡游，寫出《甘泉》《河東》等賦，其“靡麗”程度比司馬相如有過之而無不及，在形式技巧諸方面盡學司馬相如。正如韓愈所説，“子雲相如，異曲同工”（《進學解》），走的全是一條道路。王充《論衡》也多處提及司馬相如，其中一處説：“管仲相桓公，至於九合；商鞅相孝公，開秦帝業。然二子之書，篇書數十。長卿子雲，二公之倫。”（《書解》）把司馬相如、揚雄比作管仲和商鞅。

魏晉南北朝，文化思想激烈變革，文學批評之風隨之形成，批評家及其專著閃亮登臺。最著名者首推劉勰，在其巨著《文心雕龍》五十篇雄文中近三分之一篇目涉及司馬相如。他對之有贊歎，如説“相如賦仙，氣號凌雲，蔚爲辭宗，乃其風力遒也”（《風骨》），“辭之英傑”（《詮賦》），“文曉而喻博”（《檄移》），“維新之作”（《封禪》）；有批評，如“屬辭無方”（《明詩》），“長卿傲誕，理侈而辭溢”（《體性》），“有文無質，所以終乎下位”（《程器》）等等。贊美和批評不無矛盾之處。他還借司馬相如和揚雄之文，指出“誇飾”的方嚮：“若能配《詩》《書》之曠旨，剪揚馬之甚泰，使誇而有節，飾而不誣，亦可謂之懿也。”（《誇飾》）其他批評司馬相如的還有范曄“靡而不典”（《後漢書·班固傳》），沈約“巧爲形似之言”（《宋書·謝靈運傳論》）。對司馬相如人品的詆毀則肇端於北齊顔之推，他在其《顔氏家訓》中説他“竊貲無操”，顯然是看不順眼文君和相如的所謂“私奔”行爲，開人品誣毀惡頭。劉勰也説過相如“竊貲受金”（《程器》）的話。

唐代，對相如有褒有貶，褒多貶少，總的看比較平和。李白在《大獵賦序》中説過“相如子雲競誇詞賦，歷代以爲文雄，莫敢詆奸”，有贊賞之意。他還常在其詩中咏及相如，如“漢家天子馳駟馬，赤車蜀道迎相如”（《贈從弟之遥》）、“何當赤車使，再往迎相如”（《贈崔侍御》）、“聖主還聽《子虛賦》，相如却欲論文章”（《自漢陽病酒歸》）。有人説李白常常“自比爲相如”（葛立方《韵語陽秋》）。韓愈凡提到相如也多贊賞，如説“漢朝人莫不能文，獨司馬相如、太史公、劉向、揚雄爲之最”（《答劉正夫書》）。此外，抨擊相如的，有王勃説他“張淫風”（《王子安集》卷八），司馬貞説“長卿傲誕，竊貲卓氏。其學無方，其才足奇”（《史記·索隱述贊》），劉肅説他“文體浮華，無益勸誡”（《大唐新語》卷十）。

　　到宋代，由於理學盛行，道學先生類似顔之推的詆諆，不遺餘力。黃震説"《封禪書》禍漢天下，罪不勝誅"，説武帝喜讀相如之賦，"於是武帝之志荒矣"，甚至對其具有創意的語言運用也不放過，説"游獵所賦，草木禽獸，句亦四字，排比積疊，皆世所稀有"，也抨擊他"素行不謹，立朝專是逢君之惡"（《黃氏日抄》《古今紀要》）。對司馬相如幾乎全面否定，"皆世所稀有"，則欲貶反褒。樓昉説司馬相如"《喻巴蜀檄》全是爲武帝文過飾非，最害人主心術"（《崇古文訣》）。巴蜀老鄉蘇東坡也咒罵相如"儒子""小人"（《東坡文集》卷六五），等等。總之，在宋代，在理學烟霧籠罩下，司馬相如在劫難逃。但是，也就在宋代，有人創作出像《風月瑞仙亭》（《清平山堂話本》）小説故事，歌頌卓文君與相如所謂"私奔"行爲，在民間廣爲流行，與道學家持完全相反的態度，可以説是對他們的間接回敬。這種用新文體樣式描寫相如與文君戀愛故事的風氣，到元代可以説一發不可收拾。如今所能查到描寫這一故事的元雜劇不下十數種，連大戲劇家關漢卿均有創作，可惜這些劇作没有一本完整留傳下來，現在所能看到最早的雜劇劇本是明初朱權的《文君私奔》。

　　宋以後，對司馬相如人品的偏見少見了，對其作品則多加肯定，品評有高有低。最高品評要回溯到宋人林艾軒："相如，賦之聖者也。"（《藝苑卮言》）此評本身如何，姑且不論，祇説先有三點需要處理：第一，評者没有闡明所以爲"賦聖"的詳細理由。第二，如果把騷賦截然分開，可能好説些，可是，公認的是騷賦同源同體，正如劉勰所説："賦也者，受命于詩人，拓宇于楚辭也。"（《詮賦》）而王世貞在同書的另一處又説："相如，騷家流也。"他對騷賦關係的認識有含糊和矛盾處。第三，杜甫是公認的"詩聖"，現在如果同意"賦聖"論，那麽起碼應對二位作家做些比較研究，而二者有無可比性，有多少可比性，等等，都是需要解决的問題。王世貞對司馬相如還有品評，説："《子虚》《上林》，材極富，辭極麗，而運筆極古雅，精神極流動，意極高，所以不可及也。"（《藝苑卮言》卷二）他連用多個"極"字，評價很高。

　　清人品評相如賦，多在篇章結構方面做文章，不過對於"賦聖"的品評倒是引出過一段討論。嚴可均説："三百篇後，屈原爲詞賦之宗，宋玉亞之，長卿之與宋玉，在伯仲之間。"（《鐵橋漫稿》）程廷祚則進一步高品宋玉："騷作於屈原矣，賦何始乎？曰：宋玉。……宋玉以瑰麗之才崛起騷人之後，奮其雄誇，乃與雅頌抗衡而分裂其壤，由是詞人之賦興焉。《漢·藝文志》稱其所著十六篇，今雖不傳，觀其《高唐》《神女》《風賦》等作，可謂造化之精神，盡萬類之變態，瑰麗窈冥，無可端倪，其賦家之聖乎！……於是綴詞之士回應影從。漢興，陸賈導之于前，賈誼振之于後，文景以還，則有淮南王安、枚乘、莊忌、司馬相如、吾丘壽王、嚴助、枚皋，并以文詞見之于時，遭遇太平，揚其鴻藻……長卿天縱綺麗，質有其文，心迹之論，賦家之準繩也。《子虛》《上林》，總衆類而不厭其煩，會群采而不流於靡，高文絶豔，其宋玉之流亞乎！"（《青溪集》卷三）。王之績則不贊成相如"賦聖"論，説："我以屈原爲賦之聖，或以推司馬長卿，謬也。"引他人語曰："或曰：林艾軒云司馬相如賦之聖者，揚子雲、班孟堅祇填得他空子，如何得似他自在流出；左太衝、張平子竭盡氣力，又更不及。予謂若以長卿爲賦之聖，則後之作賦者第宗長卿可矣。今觀其賦，唯有《長門》以意勝，他若《子虛》《上林》，特靡麗無情之詞而已。聖于賦者顧如是乎！林之所謂聖者，特以其不勞而就，而餘子皆不能也。孰知稱聖亦別之於意而已。"（《鐵立文起》卷十）

魯迅先生品評相如，以之同司馬遷相提并論，説："武帝時文人，賦莫如司馬相如，文莫如司馬遷。"又説相如賦"不思故轍，自擄妙才，廣博宏麗，卓絶漢代"（《中國小説史略》）。現代文學史家大都給司馬相如較高評價，但總覺不怎麽到位，或不很恰當。至於報紙上有人説相如賦"空洞無物""溜鬚拍馬"，那又當別論了。

三、封建帝國上升時期的贊歌
——《子虛賦》《上林賦》《大人賦》三賦解讀

司馬相如賦作今存六篇，其中《子虛賦》《上林賦》《大人賦》三篇較長，并具共同特色，即熟練運用虛構、鋪陳、誇張、想象、象徵等多種表現手法，塑造栩栩如生的藝術形象。這是漢賦的代表作，標志着散體大賦發展變化已臻成熟，表現手法趨於完善。

前二篇，《史記·司馬相如列傳》原爲一篇，《文選》將其一分爲二。一分爲二也有道理：據上述列傳説，漢武帝讀了《子虚賦》，很賞識司馬相如，感歎説："朕獨不得與此人同時哉！"經楊得意介紹，被召爲郎。司馬相如對武帝説，那寫的不過是諸侯游獵之事，不足觀，"請爲天子游獵賦"，於是寫成《上林賦》，亦名《天子游獵賦》。可見《上林賦》爲續作。兩篇主題一致，結構上則有相對獨立性，可以分爲兩篇。

把兩篇合起來看，作者設子虚、烏有先生、亡是公三人，在參加齊王畋獵之後，互相誇説各自國家强大富有的故事。可分爲四大部分解讀。第一部分寫楚國使者子虚出使來到齊國，齊王舉行大規模畋獵，由於"射中獲多，矜以自功"，以爲老子天下第一。之後，子虚向烏有先生（亡是公也在座）轉述他同齊王的對話，誇説楚國雲夢澤之廣大、楚國之富有、畋獵的盛況等等，均遠非齊國所能比，企圖壓倒對方。第二部分寫烏有先生批評子虚之言是"章君惡而傷私義"，進一步爲齊國辯護，申説齊國之大乃"若吞雲夢者八九，於其胸中曾不蒂芥"，它的"異方殊類"更是"不可勝數"。第三部分寫亡是公批評子虚和烏有先生"欲以奢侈相勝，荒淫相越"，然後又竭力鋪陳天子上林苑之繁華、富庶和廣闊，以及天子畋獵的盛大、壯觀場景。第四部分寫天子自省，認識到"此泰奢侈"，於是要拆牆毁苑，廣施仁政，予民休養生息。其中又可分爲兩部分：一是轉述"天子"的兩段談話，表示要罷游獵，毁苑牆，以"贍萌隸"；二是誇説朝廷所采取的各項仁政措施。最後回到三人的辯論上："由此觀之，齊楚之事，豈不哀哉！"

《子虚賦》描寫偏重於自然景觀。誇説雲夢"方九百里，其中有山焉"，然後説山上有什麽，山下有什麽，其土怎麽樣，其石又如何。接着分説其東（雲夢之東）、其南、其西、其北又有何物；再將這些方位中高燥處、卑濕處、水面上、水中間、樹之上、樹之下生長何物等等，穿插其間。林林總總，應寫盡寫，"總衆類而不厭其煩，會群彩而不流於靡"（陳廷祚《青溪集》）。這樣東南西北上下左右竭力鋪叙，從閱讀感覺説，確有"煩濫"之嫌，但從寫作角度説，又不可看作煩瑣細碎的無謂排列，而是從各個角度描寫自然環境的不同風貌，以及富饒而各具特色的物産，就如同塑造人物過程中從各個側面描寫人物的不同性格一樣；不是空洞無物，而是豐饒繁盛的客觀自然環境、物産對作者感官的衝擊，然後在其頭腦中反映的結果。換句話説，没有漢帝國廣袤土地、雄偉河山、豐饒物産等客觀現實基礎，作者不可能憑空想象并創作出如此壯麗的篇章。

《上林賦》描寫偏重於人文景觀。誇説上林苑"左蒼梧，右西極"，"日出東沼，入於西陂"，"南則隆冬生長，踊水躍波"，"北則盛夏寒凍裂地，涉冰揭河"，地域廣大，景觀奇特。誇説其"離宫别館，彌山跨谷"，用了一個段落三十餘整齊句式，盛贊其建築精美，結構雄奇，"氣勢恢弘"，并且"玫瑰碧琳，珊瑚叢生。瑉玉旁唐，璸斒文鱗，赤瑕駁犖，雜臿其間"，極其高貴富麗。誇説苑内果木，果有"盧橘夏熟，黄甘橙楱，枇杷橪柿，楟柰厚朴，梬棗楊梅，櫻桃蒲陶，隱夫鬱棣，榙樑荔枝"等十幾種，"羅乎後宫，列乎北園"；木則有"沙棠櫟櫧，華楓枰櫨，留落胥餘，仁頻并閭，欃檀木蘭，豫章女貞"等亦十幾種，"長千仞，大連抱"，禽獸十幾種，"棲息乎其間"；并説"若此輩者數百千處"。誇説"校獵"則是"車騎靁起，殷天動地"，那些野獸"窮極倦邨，驚憚慴伏"，跑不動，嚇壞了，以至"不被創刃而死者，佗佗籍籍，填阬滿谷，揜平彌澤"。游獵累了則在昊天之臺休息，誇説其置酒張樂場面："撞千石之鐘，立萬石之鉅，建翠華之旗，樹靈鼉之鼓，奏陶唐氏之舞，聽葛天氏之歌，千人唱，萬人和，山陵爲之震動，川谷爲之蕩波。"等等。這些誇説把想象力發揮到極致，把"誇飾"手法運用到極致，展示出廣闊無垠、雄偉壯觀、富麗豪華、熱鬧非凡的上林苑面貌。這些誇張描寫同前篇一樣，反映出漢王朝版圖遼闊，漢帝國統一强大的氣魄和聲威。

《子虚賦》用一段共十九個三字和四字句式，描寫"鄭女曼姬"的衣裙服飾，做工精細，色彩斑斕，佩飾華美，"若神仙之仿佛"，動人心魄。《上林賦》自"沸乎暴怒"以下更用二十四個整齊的四字句，一口氣寫水流形狀、聲音和走勢，淋漓盡致，可謂絶筆；有百折不回、勢不可當之概。在各段落之間的銜接處，前篇用"於是"，後篇則用"於是乎"，不僅表明意義的連接、轉換和層次托展推進，而且有幾段連續使用，越發顯示出誇説者十分自信、傲視一切的聲貌、氣勢逼人。雖屬微小細節却前所未見，技巧新穎而不同凡響。第四部分同前三部分比較是獨特的，它把誇説游獵盛况轉換到誇説"游乎六藝之囿，騖乎仁義之途"上來，反復要求"游""騖"於《詩》《書》《易》《禮》《樂》《春秋》六藝之中。這是象徵手法，換句話説就是要求修文教，明禮樂，以使"四海之内，靡不受獲"，達到"德隆乎三皇，功羨於五帝"的境界。這段游説文字，作者本意是"諷諫"或"勸誡"，遭遇過"曲終奏雅"之類詬病，實際上它描繪出一幅封建時代小康社會藍圖，是封建帝王的最高理想，也是自孔孟以來儒家知識分子的最高追求。其思想境界，在當時屬於出類拔萃。亡是公在盛贊"天子之上林""巨麗"前，居高臨下，斥責子虚和烏有先生"二君之論，不務明君臣之義而正諸侯之禮"，後指出"齊楚之事，豈不哀哉"。賦末又寫他們"愀然改容，超若自失，逡巡避席"，承認"鄙人固陋，不知忌諱"，恭謹受教。這些描寫則是基於維護皇權至尊，維護統一王朝、中央獨大的絕對權威。

　　如果説《子虚賦》《上林賦》是塑造大自然形象表現漢朝的磅礴大氣的話，那麼《大人賦》則是塑造人物形象反映同樣的意圖，而這一人物形象所表現出的氣魄，更覺鮮明和咄咄逼人。本篇所摹寫的這個"大人"，在一個虚擬的世界輕舉遠游，作者豐富美麗的想象，巧妙大膽的誇張，極富浪漫色彩，頗具感染力，所以漢武帝讀了之後，"飄飄然有凌雲之氣，似游天地之間意"（《司馬相如列傳》）。

　　本篇略短，亦可分四個大部分（大人遠游的四個階段）解讀。讀完全篇，首先，引人注目的是開頭和結尾。賦的開頭六句，交代大人"輕舉遠游"的原因是：嫌棄"宅彌萬里"的生活，不滿意"世俗之迫隘"。邀游過程倒是爽娱，最後到達的却是一個"下峥嵘而無地兮，上寥廓而無天"，"視天見"，"聽見聞"，虚無縹緲的所在，是一個超脱於有無之間而孤獨生存的環境，其條件更見"迫隘"。其次，第三階段特別寫出大人看到西王母"暤然白首"，"戴勝而穴處"的醜陋形象，表示"必長生而不死兮，雖濟萬世不足以喜"。正如顏師古所説："昔之談者，咸以西王母爲仙靈之最，故相如言大人之仙，娱游之盛，顧視王母，鄙而陋之，不足羨慕也。"（《漢書》注）司馬相如因爲"見上好仙道"而奏《大人賦》，可貴的是，他不是一味迎合武帝，而是"以爲列仙之傳居山澤間，形容甚臞，此非帝王之仙意"（《司馬相如列傳》）。前篇所描繪的上林美景，可以説就是武帝"宅彌萬里"的生活寫照，他仍嫌棄，"曾不足以少留"，還要再往不切實際的"仙道"中尋求寄托。本篇上述兩個持否定態度的情節説明，司馬相如頭腦確實清楚，不是後人所説的"逢君之惡",以使"荒廢政務"(黃震《黃氏日抄》《古今紀要》)。據《漢書·武帝紀》載:元光五年,"捕爲巫蠱者,皆梟首"。又據傳爲班固所撰《漢武故事》説,武帝雖曾在方士巫祝蠱惑下,做過許多荒唐事,但後來他説:"天下豈有仙人,盡妖妄耳。"可見他"好仙道",不過"似游天地間",玩玩而已。

第三,特別引人注目的是遠游過程中大人的形象。大人"乘雲氣而上浮",先登上格澤星,又換乘旬始星,抓住彗星,摘取天攙、天搶星,然後駕應龍,再乘赤螭和青虯,看到狂奔的蔑蒙小蟲,等等。第二階段,從"絕少陽而登太陰"説明,邀游從東方轉到北方。這段主要同神仙交游,見到靈圉、五帝、太一等神仙十餘位之多。第三階段游南天,又轉嚮西見西王母。他歷崇山,過九嶷,入雷室,出鬼谷,覽八肱,觀四荒,渡九江,越五河,經炎火,浮弱水,杭浮渚,涉流沙,歷經險阻,始得以西望昆侖,直奔三危之地,打開天門,闖入天帝之宮而載走玉女。又登閬風,回陰山,這才見到西王母。第四個階段回車不周山,會食於幽都,餐朝霞,咀瓊華,食飲如同仙家。接着又歷風雨雷電洗禮,這才"馳游道而循降"。作者把太空描繪成奇妙而豐富多彩的世界,滿足了武帝浪漫好奇,求仙訪道的願望。這裏看到作者極其豐富的想象力,寫大人真是九天攬月,大海捉鼈,天馬行空,大氣磅礴。他鄙棄仙界,傲視一切,表現出特立獨行的個性和追求至善至美的積極進取精神。這正是勵精圖治、有所作爲的漢武帝所代表的那個時代的精神面貌,也就是封建社會處於上升時期人們的精神面貌。

漢代是我國封建社會第一波發展上升時期,武帝時漢朝正處於發展的鼎盛階段。司馬相如這類"潤色鴻業"之作,祇有在這一時期王朝疆域擴大、政治統一、經濟繁榮、文化昌盛的形勢下才有可能產生。他在現實的基礎上,用誇張、鋪陳等手段所塑造的藝術形象,無論是自然的還是人物的,正是對封建社會上升時期的漢朝的贊歌。

王灼生平爵里考辨

李孝中　侯柯芳

　　王灼，字晦叔，號頤堂，南宋前期文學家、科學家和學者。今存《頤堂文集》五卷、《頤堂詞》一卷、《碧鷄漫志》五卷、《糖霜譜》一卷，及逸文十餘篇，他無心功名富貴，早年曾短期爲吏，終身隱居不仕，正史無傳，稗官罕記，迄今生卒不詳，爵里待辨，不能不說是一件憾事。今以粗疏之見，勾索蛛絲馬迹，對其生年爵里作一初步考辨，以就教於同好。

　　《頤堂文集》（續古逸叢書本）卷三有《次韵李士舉丈感春》詩一首，卷五有《次韵李士舉丈除夕》詩三首。考李士舉即李邦獻，李邦彦之弟，河陽（今河南孟州）人。宣和七年（1125）直秘閣，管勾萬壽觀。紹興三年（1133）夔州路安撫司幹辦公事。紹興五年（1135）特追職名。紹興二十六年（1156）荆湖南路轉運判官。又直秘閣、兩浙西路轉運判官。乾道二年（1166）夔州路提點刑獄。乾道六年（1170）興元（今陝西漢中）路提點刑獄。《次韵李士舉丈感春》詩後自注：李士舉原詩及作者和詩皆爲四川宣撫招討公吳璘收復德順，欲吞全陝，功將成矣，而下詔班師，退守蜀口事發。考《宋史》，事在紹興三十二年（1162）春。又，上述自注中稱李曰“憲車（司）李丈”，宋代稱提點刑獄官爲憲司，李任提點刑獄始於乾道二年（1166），則此詩之作，最早不過是年。《次韵李士舉丈除夕》三首之作，時間還要在後，因爲前詩憂心國事，義憤慷慨，而此三詩則是抒寫窮愁，憂怨沉吟，當爲時過境遷、心情移易之產物。其第一首有二句云：“驚回潼水夢，喜見義城春。”義城即四川廣元，宋時屬興元路。見到是義城的春光，則此詩之作，最早不過1170年底，即李士舉任興元路提點刑獄之第一年底。其第三首結句云："鏡裏絲絲發，平明六十春。"今定此三詩作於1170年底，則1171年詩人六十春秋。以此逆推，詩人生於1111年，宋政和元年。

再就其迄今可確定年代之著作及行事次第述之，勾出輪廓如下：

1136年（紹興六年），25歲，在金川作《贈王先生》詩。序曰："紹興六年，道成（即王先生）見予於金川，講宗盟之好，爲作詩。"云云。

1139年（紹興九年），28歲，在夔州鈐轄安撫司幕府。著《李教授墓志銘》（見《永樂大典》卷一〇四二一）自述曰："紹興九年，灼官夔州鈐轄安撫司幕府，臨邛李亮字長孺，與其弟防以父命游學吳中，來扣門求交。"

1142年（紹興十二年），31歲，經荊州至臨安。《李教授墓志銘》又曰："後三年（即"扣門求交"之後三年)，灼被檄至臨安，二子相從，益詳其爲人。"

1144年（紹興十四年），33歲，自臨安歸至荊州，作《前年一首投贈劉荊州錡》，云："前年別公東南馳，正值六魄還宮時"，"慈寧首問公何之"。韋太后於紹興十二年（1142）自金歸，八月至，入居慈寧宮。故知詩人離荊州"東南馳"之"前年"爲1142年，詩作於1144年。又，詩中有"寧料我公猶在兹"之句，知作此詩時，詩人在荊州。

1145年（紹興十五年），34歲，其冬客寄成都。《碧雞漫志·自序》云："乙丑（1145）冬予客寄成都碧雞坊之妙勝院。"

1146年（紹興十六年），35歲，撰《碧雞漫志》初稿。《碧雞漫志·自序》云："自夏涉秋……積百十紙。"乙丑冬始客寄成都，此自夏至秋當爲丙寅（1146）年。

1148年（紹興十八年），37歲，整理《碧雞漫志》。《碧雞漫志·自序》云："（初稿）混群書中，不自收拾，今秋開篋偶得之，殘脫逸散，僅得十七，因次比增廣成五卷。"序文末署"己巳三月"，則此"今秋"當爲"去秋"，即戊辰（1148）秋。

1149年（紹興十九年），38歲，撰《碧雞漫志·自序》。"己巳（1149）三月既望"序。

1154年（紹興二十四年），43歲，此前撰《糖霜譜》。《譜》末附臥雲庵守元和尚跋文云："晦叔作《糖霜譜》，余聞之且久……"末署"紹興二十四年甲戌季春初六書"。

1156年（紹興二十六年），45歲，在合川作《監樂堂》詩，在成都作《銅馬歌》。據前詩序，堂始建於紹興戊辰（1148），七年敗於漲水，事當在1155年夏秋。又云，攝守者一新大之，堂成爲詩，則當在1156年矣。後詩序云："紹興丙子（1156）予以事至成都，黄伯淵見索，作《銅馬歌》。"

1158年（紹興二十八年），47歲，作《跋白氏船齋卷》。跋文見《永樂大典》卷二五四〇，曰："紹興戊寅（1158）六月乙巳，樊國器、國材置酒……"

1162年（紹興三十二年），51歲，在遂寧縣福勝寺撰碑銘。宋洪邁《夷堅志》卷四十四"惠崇師磐石"條，記王灼於紹興三十二年閏二月癸卯，偶遇延陵吳光庭於"遂寧縣鷄鳴山福勝寺"，應吳之求撰寫碑銘（銘文今已不存）。

1166年（乾道二年），55歲，作《次韻李士舉丈感春》。事見前文引。

1170年（乾道六年），59歲，作《次韻李士舉丈除夕》。事見前文引。

王灼之爵里，通常謂之遂寧人，但宋時遂寧既置府又置縣，而王灼乃遂寧府小溪縣人，非遂寧縣人。依通例，簽署爵里，必以縣籍，未有以其所屬府州爲籍者。其署小溪爲名號，亦不知其以何據？推測之，殆因既有王乃遂寧人之成説，而未睹歷史上小溪曾置縣治所致。況且，王灼爲吏在夔州，并非小溪，非如唐賈島曾爲遂寧府長江縣主簿，後人稱之爲賈長江者同。

小溪乃遂寧府屬縣。《宋史》卷八十九《地理志》："遂寧府……縣五；小溪，蓬溪，長江，青石，遂寧。"灼文《古摯墓銘》（見《永樂大典》卷一〇八八九)亦有"葬于遂寧府小溪縣政成鄉慈觀山東崗"之語。王灼乃宋小溪縣人，而非遂寧縣人，其證有三：

其一，《碧鷄漫志》（知不足齋叢書本）自序署"小溪王灼晦叔"。"小溪"，顯係冠於人名前之籍貫，其署法屬通例。知不足齋叢書雖係清人所輯，但其《碧鷄漫志》跋文明謂曾以毛氏汲古閣本校過，又以唐宋叢書本重校，時代較早，爲後來各本所本。今所見王灼著作中署爵里爲"小溪"者僅此一例，正説明其保留着比較原始之面貌。且知不足齋叢書總目於《碧鷄漫志》下標明爲"宋乾道本"。前已考知，乾道年間，王灼尚在世，《漫志》既爲作者親手整理，親自作序，則序題下之爵里名稱，亦當爲作者親手所簽，足以憑信。小溪縣建制廢於明，清及民國修志，皆稱其爵里爲遂寧縣，以其時小溪縣已不復存，其區劃已歸屬遂寧，無怪也。

其二，《糖霜譜》（美術叢書本）第三篇記載遂寧糖霜産地中心在繖山一带，云："繖山在小溪縣，涪江東二十里"，"山左曰張村"。自注云："張村屬蓬溪縣。"又，"（涪）江西與（繖）山對望，曰鳳臺鎮。"自注云："鳳臺鎮屬長江縣。"以此知繖山所在之小溪，與蓬溪縣、長江縣相毗鄰，糖霜産地中心不在遂寧縣；并知王灼異常熟悉當地地理形勢，進而可推測王灼其家即當在小溪縣之繖山附近：王灼撰《糖霜譜》，非以異地而往考察研究成之，當是生於其地，目睹其事，自然熟悉然後爲之者。

明抄本《糖霜譜序》（見《宋代蜀文輯存》），王灼自謂曰"家遂寧"。此蓋指遂寧府。《糖霜譜》第一篇《原委》開宗明義曰："糖霜一名糖冰，福唐、四明、番禺、廣漢、遂寧有之，獨遂寧爲冠，四郡所産甚微而碎，色淺味薄，終比遂之最下者。"把遂寧與"四郡"并列而言，遂寧指府（或郡）明矣，勿須贅言。序文又謂其撰《糖霜譜》，乃"暇日瑣碎采掇"而成，又可佐證王灼生活於盛産糖霜之地，家於小溪之繖山附近矣。

其三，前引洪邁《夷堅志》"惠崇師磐石"條，記王灼偶遇延陵吳光庭於"遂寧縣鷄鳴山福勝寺"，應吳光庭之求作碑銘，謂之曰"郡士王晦叔"。前文叙地明曰"遂寧縣"，後文稱人而謂"郡士"，洪邁屬王灼於遂寧府而非遂寧縣，明矣。洪邁去王灼未遠，足信。

結論：王灼乃宋小溪（今四川遂寧境内）人。

傳統觀念與求實精神
——王灼《碧雞漫志》試論

李孝中　　侯柯芳

　　詞，這種"別是一家"的文學體裁，在創作實踐上，經歷了幾百年，才由蘇軾拓展了它的表現領域，放寬了它的聲律束縛，改變了它的單一風格，打破了與詩的界限。而在理論上，李清照的《詞論》問世不久，王灼《碧雞漫志》便以較系統的理論，抹掉它和詩的疆界，把要求言志載道的傳統觀念加到這種怡情愉性的文藝體裁中來，并且還在傳統觀念上添加了理學日盛時代的色彩。

　　王灼認爲詞和詩一樣，具有政教作用。他説："正得失，動天地，感鬼神，莫近於詩。先王是以經夫婦，成孝敬，厚人倫，美教化，易風俗。……何也？正謂播諸樂歌，有此效耳。"（《碧雞漫志》〔下同〕卷一）從"正謂播諸樂歌，有此效耳"的角度説，詞自然較徒詩和文更具有教化作用了。這正是王灼論詞的根本點、出發點。基於這一點他要求詞的内容必須雅正、莊重，形式必須服從、服務於内容，風格必須剛健、高雅。

　　王灼強調歌曲抒寫性情。他認爲"天地始分而人生焉，人莫不有心，此歌曲所由起也"（卷一）。先天決定必寫内心性情，因此，他認爲能出自真性情，詩歌自然就優美動人。譬如"（荆）軻本非聲律得名，乃能變徵換羽于立談間"，"（斛律）金不知書，能發自然之妙"，而"當時徐庾輩不能也"（卷一）。不過這祇是皮相，問題的本質在於他本着"發乎情，止乎禮義"的傳統文藝觀，并帶着理學眼光，把性情限制在政教理念的狹小框子中。他用這框子去衡量作家作品：蘇軾把詞從綿綿柔情、悠悠閑情中拉出來，注入使人振奮的內容，他推崇備至；柳永寫艷情，他痛加貶斥，貶之爲"淺近卑俗"，斥之爲"野孤涎"；易安寫愛情，他同樣責其"無顧藉"；曹組寫閑情，他視之爲"無賴之魁"；連他自譽爲"喜作莊語"的陳無己，偶於詞中暗藏了"陳三""念一"兩人名，他也要特別指出其"亦有時不莊語乎"（均見卷二）。他衹許寫其理學眼光視爲雅正、莊重者，庶幾取消寫真性情矣。即如李清照詞中所寫真摯愛情，本可以"經夫婦""厚人倫"，亦被他痛加貶抑，這觀點不能不説帶有濃厚的理學色彩了。王灼對詞的內容的要求，不僅把詞由以婉麗之句寫纏綿之情的小領地引進具有言志載道傳統的詩文大國，而且將它推入爲理學所圍的小胡同，使之由怡情愉性的文藝變成美刺教化的工具。

傳統文藝觀偏重政治教化的功利目的，視文藝爲政教工具，因此，總是主張一切形式能爲政教理念的內容服務即可，反對在講求形式上下功夫。王灼也一樣，他認爲形式是隨內容自然而生的，是服從、服務於內容的。他説，"有心則有詩，有詩則有歌，有歌則有聲律"，這是理論；"古人初不定聲律，因所感，發爲詩，而聲律從之"（均見卷一），這是實踐：都在闡明藝術形式不過是政教內容的附産物罷了，能隨政教內容的産生而産生，何須下功夫講求！

在王灼看來，作爲附産物的藝術形式，天生就是從屬身份，必須置之於從屬地位才是天經地義。他認爲五代詞所以勝過北宋詞，在於五代人"各自立格，不相沿襲"（卷二），即不按已定的形式（格律）去填詞，亦即讓形式從屬於內容。這是正面的明證。"西漢後，獨《敕勒歌》及韓退之《十琴操》近古"，就在於沒有擺正內容和形式的主從關係；"東京（漢）以來，非無作者，大概文采有餘，而性情不足"；至於宋代，"今先定音節，乃制詞從之"，更是主僕錯位，本末顛倒，"倒置甚矣"（均見卷一），所以宋代"法度禮樂，寖復全盛，而士大夫樂章頓衰於前日"（卷二）。這些是反面的明證。這觀點使他備極推崇蘇軾作詞不拘格套，而痛斥謂蘇詞爲"長知句中詩"者，"乃是遭柳永野孤涎之毒"（卷二）。

問題的另一面是，藝術形式又必須具備。王灼的要求是，"詩即可歌；可被之管弦也"（卷一）。他説這是自古如斯的，至"唐時，古意亦未全喪"，還將"詩中絶句定爲歌曲"（均見卷一）。這樣要求的理由自然是因爲藝術形式隨內容自然而生，當然該具備。但細心根究，更在於詩能"動天地，感鬼神，移風俗……何也？正謂播諸樂歌，有此效耳”（卷一）。要使形式爲政教内容服好務，從而使政教内容起到更大的作用。

這樣，問題就清楚了：王灼認爲，詞讓内容將就形式（主要是聲律），詩讓内容脱離了聲律（藝術形式），“太過，不及之弊起矣”（卷一），都不能很好地爲政教服務了。説：“詩與樂府同出，豈當分異？”“（元）微之分詩與樂府作兩科，固不知事始，又不知後世俗變。”（均見卷一）其實，問題不在分與不分，事實上，詩與詞（及樂府）早已各有疆界，王灼反對區分，不過是要借此鏟除“别是一家”的詞這個獨立王國的藩籬罷了。這都是在傳統觀念指導下進行的。

偏重政治教化的傳統文藝觀，出自積極用世的功利目的和統治階級的高貴身份，反對輕柔、淺俗的風格。王灼論詞也一樣，在風格方面也力贊陽剛，反對陰柔。他備極推崇蘇軾詞的剛健、奮發，説他“指出嚮上一路，新天下耳目，弄筆者始知自振”（卷二）。他極力反對當時重婉媚、輕柔的風氣。他説，古代歌者不擇男女，“今人獨重女音，不問能否，而士大夫所作歌詞，亦尚婉媚，古意盡矣”（卷一）。這是明確反對婉媚的言論。他又説：“歌曲自唐虞三代以前，秦漢以後皆有；造語險易，則無定法。今必以‘斜陽芳草’‘淡烟細雨’繩墨後來作者，愚甚矣。”（卷二）表面是主張多種語言并存，實質則是反對婉約詞風。因爲這是針對主宰當時詞壇的風尚，針對當時多數人難於接受蘇詞風格而言的。這還可以從他對這派詞風的代表者的評價中看出。他主張高雅，反對淺俗。他説柳詞“惟是淺近卑俗”（自然還包括内容不莊不雅），“不知書者尤好之”，“以比都下富兒，雖脱村野，而聲態可憎”（卷二）。他反對淺俗，還突出表現在對待俗文學的態度上。他在談到俗講僧文淑時説：“此僧以俗談悔聖言，誘聚群小，至使人主臨觀，爲一笑之樂，死尚晚矣。”（卷五）群衆聚聽，以至於人主臨觀，其生動感人不正可想而知嗎？而王灼恨不能早早滅之，足見其對淺俗内容風格之疾恨了。

王灼用歷代儒者論詩文的傳統文藝觀論詞，從理論上突破了自唐末五代以來詞寫柔情、重聲律、尚婉麗的格套，既有卓見、功績，也有偏見、弊端。他第一次以較系統的理論，拓展了詞的表現領域，放寬了詞的聲律束縛，打破了“以婉約爲宗”的單一風格，提高了詞的社會功用。這是不可磨滅的功績。他給在實踐上建立這種功績的蘇詞以極高的評價，這是他的卓見。而他對柳詞貶抑過分，對易安詞貶抑不當，又是他的偏見。他用傳統文藝觀念和理學眼光論詞，偏重詞的社會功能——爲政教服務的功利性、工具性，無疑削弱了詞的藝術功能——欣賞性、愉悅性。與此同時，他還反對婉麗、淺俗，這就會限制詞的多方面發展。當然，他的理論的客觀效果也并未完全如願，也是事實，以至王灼自己的詞作從內容到風格還是明顯地具備"別是一家"的特點，那又是另一回事。

王灼論詞的主導思想是傳統觀念，但他的頭腦并不是一成不變的傳統模式。這自然不是指前文所說的帶上了時代使然的理學色彩。王灼畢竟是一位嚴謹的學者，《碧鷄漫志》中還體現出他的求實精神。他并非祇是搬舊套、守陳規，而能睜眼看現實。

文藝隨治體風俗變化的唯物史觀鮮明地體現在《碧鷄漫志》中，這正是嚴謹求實作風的産物。

> 或曰：古人因事作歌，輸（抒）寫一時之意，意盡則止，故歌無定句；因其喜怒哀樂，聲則不同，故句無定聲。今音節皆有轄束，而一字一拍，不敢輒增損，何與古相庚歟？子曰：皆是也。今人固不及古，而本之性情，稽之度數，古今所尚，各因其所重。……古今所尚治體風俗，各因其所重，不獨歌樂也。古人豈無度數？今人豈無性情？用之各有輕重，但今不及古耳；今所行曲拍，使古人復生，恐未能易。（卷一）

前已論及，王灼本來認爲歌曲應該如古人因事作歌，抒寫一時之意，而聲律自然從之；"今先定音節，乃制詞從之，倒置甚矣"，是嚴重的本末顛倒。而現在他却說，古人如彼，今人如此，"皆是也"，都是正確的。甚至說，使古人復生，亦不能改變今所行曲拍，豈不自相矛盾？是的，這是傳統觀念與客觀實際的矛盾。傳統觀念使王灼認爲今人作詞本末倒置；求實眼光使王灼看到今人之舉正確，不能改易。雖然仍本傳統觀念認爲今不及古。

王灼看到，其正確性便是文藝隨治體風俗變化的歷史合理性。古人本之性情，今人稽之度數，不過古今所尚各有所重罷了。"古人豈無度數，今人豈無性情", 既然二者古今人皆有, 爲什麽會用之各有偏重呢? 決定因素是 "古今所尚治體風俗各有所重"。從古到今, "風俗之變, 安能齊一"(卷一), 治體風俗古今不能齊一, 則文藝中本之性情與稽之度數的古今之異也就無法齊一了。正像古人重天性, 今人重苟法一樣, 祇好讓古人重性情, 今人重度數去撰作詩詞了。

王灼在實際考察了歌曲的演變後, 得出了同樣的結論。"古歌變爲古樂府, 古樂府變爲今曲子, 其本一也; 後世風俗益不及古, 故相懸耳。"(卷一)古歌、古樂府、今曲子都是詩、樂的結合體, 爲什麽會一變再變呢? 根源祇有一個: 隨治體風俗變化。雖然王灼本着傳統觀念認爲今不及古, 但已認識到治體風俗與文藝的變化一致, 不及古則皆不及古。換句話説, 文藝之不及古是隨治體風俗之不及古而然的。一個 "故" 字正揭示出二者間的因果關係。正是求實精神使他看到這活生生的歷史事實。

王灼考察文藝現象時堅持了這一唯物史觀。他看到古歌之亡, 即云古歌音、辭不傳乃是 "勢使然也"(卷一)。既然如此, 則讓它不傳好了。因此, 他認爲元次山、皮日休補古歌是没有必要的(卷一)。

王灼考察文藝産品時也堅持這一歷史觀。他在辯證宋代大石調《蘭陵王》非舊曲時即云: "周、齊之際未有前後十六拍慢曲子耳。"(卷四)正是根據文藝隨時代發展的觀點而得出的結論。

重實據, 排虛妄的治學態度, 也是其求實精神的重要方面。《碧鷄漫志》五卷, 考證樂曲本源即占三卷。在這些大量考辨文字中, 都體現出王灼重實據, 排虛妄的精神。如他考證《霓裳羽衣曲》的由來時, 依據史料, 力證 "其他飾以神怪者, 皆不足信也"(卷三); 考證《涼州曲》的由來時, 以實據力辨《楊妃外傳》《明皇雜録》諸筆記小説所記乃 "誇誕無實", 不足爲信, 都是明證。

王灼還把這種排虛妄的求實精神擴大到整個學術研究領域。他在辯駁《青箱雜記》誤認《録要》(《六幺》)爲 "録《霓裳羽衣曲》之要拍" 時, 深有感慨地説: "士大夫論議, 嘗患講之未詳, 卒然而發, 事與理交違, 幸有證之者, 不過如聚訟耳; 若無人攻擊, 後世隨以憒憒, 或遺禍於天下, 樂曲不足道也。"(卷三) "樂曲不足道也" 一句, 就把視綫放開到整個學術領域, 而且他還明確提出了排虛妄的辦法——"攻擊"。這是提倡批駁、爭鳴的可貴學術風氣，是其求實精神的閃光之點！

王灼的求實精神使《碧鷄漫志》獲得了歷史和學術價值，使之成爲我國第一部比較系統完整的詞學專著。

《載馳》詮釋辨

李孝中

《載馳》是《詩經》中具有强烈愛國主義思想的詩篇，它的作者許穆夫人是我國最早的愛國詩人，這是古今比較一致的看法。但是在對這首詩本身的詮釋方面，還存在許多分歧，這些分歧歸納爲一點，就是詩中寫許穆夫人回到衛國没有？這個問題，凡詮釋本詩都不能回避。由於對詩中某些詞語章句的理解不同，導致了兩種截然相反的答案，一種認爲她已回到衛國（或漕邑），另一種認爲她根本没能回國。還有一種認爲她已上路回國，中途被許國大夫追回；這種主張可歸入後一類。兩種見解，要麽削弱全詩的積極意義，要麽加强這個意義，因此有爲之一辨的必要。下面僅就各注家理解有分歧的地方及其不同觀點做一些分析比較，從而得出一個比較符合實際的答案來。

全詩舊分五章，現今一般作四章，以六、八句式交錯。其第一章：

> 載馳載驅，歸唁衛侯。
>
> 驅馬悠悠，言至於漕。
>
> 大夫跋涉，我心則憂。

這一章前四句寫許穆夫人回衛國的情景，是虛寫，是設想之詞；後二句交代回衛的原因：接到衛國大夫送來噩耗。這是倒叙。各家分歧主要在二、四、五等句上。

唁："吊失國曰唁"（《毛傳》）；"吊生曰唁"（孔穎達疏引《穀梁

傳》）。二者比較，以指吊生爲善。據清人胡承珙考證，當許穆夫人欲回衛吊
唁時，衛國已是文公在位，吊問的應是衛文公。衛侯：指戴公（《鄭箋》）；
指文公（胡承珙《毛詩後箋》）。公元前660年冬，狄人滅衛，衛懿公死，宋
桓公立衛戴公（名申）。戴公在位一月而死，齊桓公扶立衛文公（名燬）。從
"言采其蝱" "芃芃其麥" 等詩句看，時已次年（前659）春夏，這時文公在位
無疑。故"衛侯"指衛文公爲是。

漕：《左傳》作"曹"；"衛之東邑"（《毛傳》），在今河南滑縣西
南。衛都本是朝歌（今河南淇縣南），狄人滅衛後，國人分散，宋桓公幫助收
容衛遺民於漕邑，立新君戴公於此。"言至於漕"，說許穆夫人已回到衛國新
都漕邑，這是主張許穆夫人已回到衛國者的主要依據。這樣理解，在本章中可
以講通，可是到以下各章就會遇到許多矛盾，無法講通了。實際上許穆夫人并
沒能回衛國，從全詩看，"言至於漕"是設想之詞，是虛寫而不是實寫。虛寫
還是實寫，是理解許穆夫人是否回到衛國的關鍵。解爲虛寫，全詩處處暢通，
後文將陸續證明。

大夫跋涉："草行曰跋，水行曰涉"（《毛傳》），"跋涉者，衛大夫
來告難於許時"（《鄭箋》）。《毛傳》祇注"跋涉"，未說明何國大夫，
《鄭箋》則未注"跋涉"，而明確指出"大夫"是衛國大夫。後來注家，或指
衛國大夫，或指許國大夫，說法各異。朱熹、陳奐就主張指許國大夫。朱熹
説："宣姜之女爲許穆公夫人，閔衛之亡，馳驅而歸，將以唁衛侯於漕邑。未
至，而許之大夫有奔走跋涉而來者。夫人知其必將以不可歸之義來告，故心以
爲憂也。既而終不果歸……"（《詩集傳》）這就是説，許穆夫人已上路回
國，中途爲許大夫追回，因而"終不果歸"。此外，還有人説是指"來衛國勸
說許穆夫人回去的許國諸臣"（現代注家語，不必一一注明，下同）。又有人
説，許穆夫人"獨意出行"，許國君臣"倉促後追"。把諸種説法一一比較，
還是以指衛大夫爲好。"大夫跋涉"是説衛大夫跋涉送訃聞到許國來。從全章
看，末二句是寫"歸唁"的原因；由於衛大夫送來國亡君薨的噩耗，許穆夫人
因而"心憂"，由於心憂，而迫不及待要"歸唁"，詩的邏輯思路十分清楚。
何況，一個國君夫人的身份，行動必然前呼後擁，必須得到君臣支持，怎麽能
"獨意出行"？再説許國君臣要勸留夫人，在國內足可勸留，怎麽會既讓其上

了路，又去半路追回？甚而至於她已回到衛國，又去勸她回來？豈不是鬧笑話嗎！可見，諸種説法於情理上也説不過去。

用設想和倒叙手法，突出許穆夫人意欲回衛的迫切心情，這種心情正反映了她對祖國命運的關切，從而展現她的愛國思想。

第二章：

> 既不我嘉，不能旋反。
> 視爾不臧，我思不遠。
> 既不我嘉，不能旋濟。
> 視爾不臧，我思不閟。

本章寫許穆夫人的埋怨和申辯。她受到許國君臣的阻撓，回衛的願望没能實現，因而産生埋怨情緒；她認爲自己的考慮是正確的，因而申辯，不放棄回衛救國的打算。

這一章各家的分歧沿襲上章而來：她是在許國埋怨許國君臣，還是在衛國埋怨許國君臣或衛國大夫？

既：盡。嘉：許，贊同。"不我嘉"是"不嘉我"的倒裝。我：作者許穆夫人自指。這句説，許國君臣盡都不贊成她"歸唁衛侯"。

旋：回歸，還。"旋"字，《毛傳》《鄭箋》均未加注。後人有兩種解釋：一爲"還"，一爲"立即"。表面看，二解均可通，細繹之，以"還"爲善。《易·履》："視履考祥，其旋元吉。"《疏》云："旋謂旋反也。"《古詩十九首》之十九："客行雖云樂，不如早旋歸。"旋歸即還歸。《詩·小雅·黄鳥》："言旋言歸，復反我宗族之兄家也。"本詩"旋"字，正同此義。旋、反二詞同義連用，與上章"歸"是一個意思。"不能旋反"就是説不能返回衛國。《毛傳》對於本句的解釋是："不能旋反我思也。"也把"旋反"解爲"回返"的意思。《鄭箋》没有注釋"旋反"二字，看來是同意《毛傳》之説，但是它在解釋上句説："許人盡不善（鄭解"嘉"爲"善"——引者）我欲歸唁兄。"可以看出，它不僅認爲"旋反"是"回返"，而且也認爲是指許穆夫人返回衛國。各家分歧不僅在於"旋反"二字，還在於"旋反"何處？有人説是從衛國返回許國，同《毛傳》《鄭箋》的觀點正好相反。有人甚至斷言：後世注者本《毛傳》作解，都錯了。然而請不要忘記：本詩所寫的主要矛盾是許穆夫人和許國君臣的矛盾，透過這個矛盾而顯示許穆夫人的愛國思想；回到衛國，設法拯救衛國是她的目標，全詩都貫穿這一條主綫。本章首二句正是這個矛盾的展開，她受到阻撓，不能返回衛國，因此滿腔怨憤，一股埋怨情緒。這樣理解，何錯之有？

第三、四句。視：看。爾：汝，指許國君臣。臧：善。思：思慮。遠：迂遠，不切實際。這兩句的主語是"我"，即許穆夫人；意思是説：我看你們既不能救衛，又不讓我回衛吊唁，設法救衛，你們的想法是不好的，而我的主張是切實可行的。這二句（還有七、八句）是向許國君臣的申辯之詞。

後四句是前四句的復沓。濟，渡，指回衛渡水。閟（bì）：閉，閉塞，引申爲"行不通"。"閟"作"止"講亦可通，"不閟"就是"不已"，指她思念衛國不已。不過，從《詩經》的修辭習慣看，其相應復沓的詞句，其詞義往往相近，如與本詩同屬《鄘風》的《鶉之奔奔》，復沓的四句就衹換了最末一字，其詞義就與相應復沓的詞義相近。因此，"閟"仍以解作"閉塞"爲好，讓其義與相應復沓的"遠"詞義相近。還有人把"不閟"解爲"不忘"，説其義近"不已"；但是不忘誰呢？却説不忘許國！此又不知從何説起了！且不説她對許國的感情如何，衹説全章詩充滿埋怨情緒，此情之下，怎會説出"不忘許國"的話來呢？此種誤解是從對"言至於漕"的誤解中演化出來的。

舊把本章分爲二章，章各四句。今合爲一章，章句中有復沓。章句復沓，體現了詩人對許國君臣的埋怨情緒的反復抒發，正是她關心祖國命運的強烈思想感情的折光。

第三章：

> 陟彼阿丘，言采其蝱。
>
> 女子善懷，亦各有行。
>
> 許人尤之，衆稚且狂。

本章寫許穆夫人登丘解悶，發泄對許國君臣的不滿。如果説前一章展開對她的思想矛盾的描寫，那麼，本章這一描寫已逐漸達到高潮。她受到阻攔，思想痛苦，心中鬱悶，登丘采虻，排解鬱悶。她認定，自己回衛設法向大國求援，助衛復國的行動是對的，許人的指責既驕橫，又狂妄無理。

陟：登。阿丘："偏高曰阿丘。"（《毛傳》）此注爲後代多數人所採用，但是對其"偏高"一詞的理解又有不同：一種認爲是"一面高"之意；一種認爲是"偏於高""比較高"之意，"偏高之丘"即高丘。比較二説，以後者爲好，因爲丘可有高低之别，而無一面高兩面高之説。"虻：貝母也。"（《毛傳》）"虻"是"莔"（méng）的假借字，《説文》："莔，貝母也。"一種草藥，據説可以治療鬱悶病。登山采虻，乃是象徵手法，設想之詞，"言采其虻"和"言至於漕"結構也相同。許穆夫人不一定患鬱悶病，也不會登山采虻，然而這樣寫，突出了她受阻攔後思想上的矛盾痛苦。

女子：作者自指。善懷："善，多也；懷，思也。"（《鄭箋》）即多思慮，容易動感情。行："行，道也。"（《鄭箋》）道即道路，引申爲道理。二句爲許穆夫人自叙。她"懷"什麼？她的"行"又是什麼？這就是回衛救衛，求大國之助，驅逐狄人，興復衛國。

許人：許國君臣。尤：責備。之：代指前"女子善懷，亦各有行"二句，即許穆夫人回國救衛的行動。衆：古今多作如字解，即"衆人"之"衆"，唯王引之云："衆當讀爲終，終猶既也。"（《經義述聞》卷五）按王説甚當，"衆"爲"終"之假借，古韵同紐。《詩·邶風·終風》"終風且暴"的"終"，王引之引王念孫亦訓"既"；"終風且暴"結構與"衆稚且狂"同。本詩上句已説"許人"，又把"衆"訓爲"衆人"，則重復，故不如訓"終"，作"既"解爲是。稚："幻稚"（《毛傳》）；"稚者驕也"（同上引《經義述聞》）。驕即驕橫。二説均可通，然以王説更好。"許人尤之，衆稚且狂"説明，許穆夫人與許國君臣之間的矛盾十分尖鋭，她想回衛國，并非輕而易舉，"獨意出行"之類的説法，根本不可能。

朱熹對後四句的評釋有一種奇怪的論調。他説："蓋女子所以善懷者，亦各有道。而許國之衆人以爲過，則亦少不更事而狂妄之人爾。許人守禮，非稚且狂也。但以其不知己情之切至而言若是爾。然而卒不敢違焉，則亦豈真以爲稚且狂哉？"朱熹認爲，"過"許穆夫人的，祇是那些"少不更事而狂妄之人”罷了，許國君臣是“守禮”“非稚且狂”的人。退一步説，即使“過”了，也衹是因爲“不知己情之切至”。結果呢，許穆夫人也不敢“違禮”，因而才没有回到衛國，於是證明她也不是真正指斥許人“衆稚且狂”的。經過朱熹這樣折中調和，詩的矛盾全給勾銷了，許穆夫人居然也就心安理得。不必再有什麽回衛救國的打算。這不是奇談怪論嗎？

　　還有人由於誤解許穆夫人已回到漕邑，便進一步説她是登上漕邑郊外的高丘，采摘貝母，以療心中鬱悶。請問：如果説她真的患了鬱悶病，那是爲何患的？難道不是因爲回衛受阻嗎？如若其説，她既然已回到衛國，就可大顯其身手，實現願望，拯救衛國，還有何苦悶！難道她回國不是爲了拯救衛國嗎？由於不承認她根本没能回衛國，許多問題無法解釋，於是強詞奪理，讓許穆夫人無故苦悶，這即使衹是象徵手法，設想之詞，也是没有道理的。

　　因回衛受阻而苦悶，因苦悶而登山采虻解悶，進而發泄對阻攔者的不滿，邏輯思路也很嚴密。這樣寫，正是爲了襯托許穆夫人的愛國思想。

　　第四章：

　　　　我行其野，芃芃其麥。

　　　　控於大邦，誰因誰極。

　　　　大夫君子，無我有尤。

　　　　百爾所思，不如我所之。

　　本章描寫回衛情景，強調救國主張，表示堅定態度。經過痛苦的思想鬥爭，許穆夫人堅持要實現自己的願望，想像自己仿佛已走在回國的途中，看着茂盛的麥苗，思索如何求告大國，拯救衛國。然而現實無情，想到“大夫君子”的種種責難，雖然無可奈何，仍要堅持自己的主張。

　　首四句。芃芃（péng péng）：麥苗蓬勃生長狀。控：“控，引。”（《毛傳》）“控，持而告之也。”（朱熹《集傳》）“控，赴也。”（《一切經音義》卷九引《韓詩》）比較諸種説法，以作“赴”解較他解爲勝。“控於大邦”即“赴告大國求援”。因：依，依靠。極：至。對“誰因誰極”全句，譯釋有多種，但以孔穎達的疏解較好：“亦有誰因乎？誰至乎？”譯爲現代漢語就是："有誰可依靠？誰能去救衛？"這是許穆夫人思索、考慮之辭。

大夫君子："君子，國中之賢者。"（《鄭箋》）"許之大夫和國中君子。"（《孔疏》）二解均不妥。這是一個貶義詞組，猶如說"大人先生們"，是對阻撓她的許國君臣的諷刺，不必把二者分開。這樣理解，順理成章。但是也有人認爲是指衛國大夫，說"大夫君子"的尊稱加在"衆稚且狂"的許人身上是不協調的。實際恰恰相反，把這個具有諷刺意味的貶義詞組加在許國君臣身上，表達許穆夫人的思想感情，完全合拍，恰到好處。無：同"勿"。"無我有尤"是對"大夫君子"說的，如果是對衛大夫，那麼，難道在拯救衛國上，衛國大夫同許穆夫人還有矛盾嗎？全詩自始至終，許穆夫人的矛頭都指着"許人"，無一處例外。

末了二句的意思說，你們百人所思慮的，都不如我選擇的方向。"之"，多數人都訓爲"往"，但對"往"的含義各說不同：一種指選擇的方面，一種指親往衛國，一種指往齊國。比較之，以第一種訓釋近是。"我所之"同上句"爾所思"相對成文，思，指許人不能救衛，阻撓許穆夫人回衛而言；之，實際就是"思之"，指她回衛救衛，向大國求援，是她選擇的方嚮。由此觀之，《毛傳》訓釋爲"不如我所思之篤厚也"，不是沒有道理。

本章首二句，同一、三章一樣，是設想之詞，并非寫實。越是受阻，越是思念故國，甚而至於想象自己已走上回國的道路，盤算着向大國求援，這不更顯示出她的愛國思想嗎？後四句則又體現了她百折不撓的精神。

總覽全詩：一章寫得到訃聞，設想回到衛國；二章寫受阻而埋怨和申說，三章寫發泄鬱悶，詛咒阻攔者；四章設想歸途情景，抒發主張，表示態度。全詩脈絡清楚，綫索分明，一位關心祖國命運，雖受阻而不屈的愛國者的形象，鮮明地站立於讀者面前！

本來，許穆夫人是否回到衛國這個問題，《詩序》早已說清楚了：

　　《載馳》，許穆夫人作也，閔其宗國顛覆，自傷不能救也。衛懿公爲狄人所滅，國人分散，露於漕邑。許穆夫人閔衛之亡，傷許之小，力不能救，思歸唁其兄，又義不得，故作是詩也。

這段文字説明了衛國遭難情況，以及許穆夫人的處境和心情，肯定了她的愛國思想。“思歸唁其兄，又義不得”，一個“思”字，一個“不得”，明確無誤地指出許穆夫人實際并未離開許國，亦未回到衛國，這首詩自然是在許國作的。歷代注家詮釋雖時有異同，但其基本觀點與《詩序》大體一致。

對於古人的觀點，應該用馬克思主義加以檢驗，這無需多説。然而，那種無助發明詩義，或者削弱、貶低詩義的標新立異，是不可取的。可以設想，如果許穆夫人已回到衛國，那麼她就可以自由地做她所要做的事情，誰也不會責備她，她也就無需埋怨誰了。

許穆夫人受到阻撓，不能返回衛國，其阻撓者就是“許人”，也就是“大夫君子”，這在詩中已有交代。但是，他們爲何阻撓她歸唁？換句話詳説，他們阻撓的理由是什麼？這個問題，詩中沒有交代。《詩序》指出是“義”，朱熹説是“禮”。《集傳》引范氏説：“先王制禮，父母没則不得歸寧者，義也。雖國滅君死，不得往赴焉，義重於亡故也。”這裏所謂“禮”，所謂“義”，指的就是封建禮教的教義。這種成文不成文的教義，遠在春秋戰國時代，就已像一條無形的繩索，束縛着婦女的言行，雖國君夫人亦不得幸免。《戰國策·趙策》寫趙威后女兒出嫁爲燕國夫人之後，威后凡祭祀總是祝願女兒永遠不要回來。爲什麼？注家們指出，當時諸侯的夫人祇有被廢或國亡，才能返回娘家之國；趙威后爲女兒地位的長久計，才做如此的祝願。許穆夫人既没有被廢，也不是國亡，許國君臣自然有理由阻撓她歸衛了。總之，她要回衛，有禮法約束，不是那麼容易的。

最後，要談談《左傳》有關本詩的記載。《閔二年》在記述了衛懿公好鶴，狄人掠衛，懿公敗死等情之後，有這樣一段話：

> 及敗，宋桓公迎諸河，宵濟。衛之遺民七百有十三人，益之以共、滕之民爲五千人，立戴公以廬於曹。許穆夫人賦《載馳》。齊侯使公子帥車三百乘，甲士三千人以戍曹。

這其中的“許穆夫人賦《載馳》”一句，有兩種斷句法：一種將它斷入上句，説“許穆夫人作了《載馳》這首詩”；另一種將它斷入下句，説“許穆夫人（向齊桓公）朗誦了《載馳》”，於是齊侯派公子無虧戍曹，慷慨支援了衛國。《左傳》提到“賦《載馳》”者凡三次，除此處外，還有《襄十九年》和《文十三年》，那兩處都明顯的是“誦讀”的意思。“賦詩言志”是當時外交場合的慣例；《左傳》凡用到“賦詩”，其義多爲“誦讀”，也有“做”或“寫作”義者。此處兩種理解，各有道理，可以并存。然而，有人憑這段話就斷定許穆夫人到了齊國，而且是從衛國去的，等等，并進而同詩的第四章“我所之”聯係起來，説“之”就是往齊國，這樣解釋是缺乏説服力的。平心而論，許穆夫人是否到過齊國，從哪兒去等問題，可以探討，讓更多的資料來下結論。就這首詩本身來看，不能説它已寫了到齊之事。同時，如果按照上述後一種“賦詩言志”來理解，正好説明它是在入齊之前就作好了，更不會寫到入齊之後的事了。

| 附　録 |

司馬相如爵里質疑

侯柯芳

　　《史記·司馬相如列傳》云："司馬相如者，蜀郡成都人也。"細讀全文而疑焉：事景帝，未言自何處至京；客梁後，"相如歸，而家貧"，未言歸何地，家何方；文君夜奔相如，"相如乃與馳歸，家徒四壁立"，亦未言歸何處，家何地；窮而復之臨邛，酤酒以恥卓王孫，王孫予"僮百人，錢百萬"之後，乃言"歸成都，買田宅"。前兩言歸"家"均不言何地；後曰"歸成都，買田宅"，卻不言家，何也？

　　《全唐文》卷一三四載陳子良《祭司馬相如文》云："維大唐貞觀元年，歲次丁亥，五月壬子朔，十六日丁卯，相如縣令陳子良謹遣主簿譙悦齋桂醑之奠，敬祭故文園令司馬公之靈……"子良，吳人。此乃令相如縣而祭其鄉賢之文。時去相如僅七百餘年，不至憑空虛言妄爲。

　　《太平寰宇記》卷八六："相如縣，（果）州東北八十五里，亦巴西縣地。梁天監六年置……即漢司馬相如所居之地，因以名縣。"《四川通志》、《地理大辭典》、《中國歷史大辭典》（臺灣版）、《中外地名大辭典》皆謂因司馬相如故居而名縣。名縣時去相如僅六百餘年，且以人名縣事非尋常，誠可信。此乃陳子良爲令者，亦相如故里也。

　　《方輿勝覽》卷六二："順慶府：南充、西充、相如、流溪。沿革：即漢巴郡之安漢縣也……人物：紀信……司馬相如：在相如縣南三十五里，宅濱

196

嘉陵江，有琴臺，又水北有相如坪。”亦確認相如爲漢安漢縣、宋相如縣人。《四川通志·人物》雖列相如於成都府，而僅僅引《漢書》本傳，毫無他據。

《四川通志》卷五八：蓬州“相如故宅石記：《碑目考》：在光聖寺，唐陳子昂之文，剥落難讀。”同書卷五二稱“相如故宅碑，在縣西南光聖寺，漫滅不可讀，唐陳子昂文。”民國三十四年輯《蓬安縣志稿》卷一八亦謂：“相如故宅石記，在相如縣西南光聖佛寺，没不可讀。父老尚知其爲唐陳子昂之文。”當是年久故宅不存，移碑於寺。子昂唐初人，去相如未久；爵里射洪與相如縣甚近，所隸遂果二州接壤。其爲相如故宅撰文勒石，不致虚妄。

《四川通志》卷三：“蓬州，漢安漢縣地。梁置相如縣，兼置梓潼郡。西魏郡廢。隋屬巴西郡。唐武德四年分屬果州。宋因之，寶祐六年改屬蓬州（《寰宇記》：因蓬山得名）。元至元十五年移蓬州來治，二十年立蓬州路，後復爲蓬州，屬順慶府。明洪武初以州治相如縣省入，屬順慶府。皇朝因之。”又，卷五二：“周隋蓬州在今營山界，唐宋蓬州在今儀隴界，元時始治相如。”民國初廢州，改爲蓬安縣。據今《蓬安縣志·建置》：武周神功元年（697）相如縣徙治陵江鎮。1957年蓬安徙治陵江鎮江東之周口鎮。

相如縣始治相如故里——琴臺鎮，在今蓬安縣利溪鎮兩河塘。其地至今尚多姓司馬者，當即相如族裔。相如縣域與相如相關地名、遺迹甚多。諸如琴臺、故宅、相如里、文君里、相如坪、慕藺山者，口碑代傳，餘香未泯。慕藺山亦因司馬相如“慕藺相如之爲人”而特有。此不贅述，載於典籍者亦衆。除前述之故宅石碑外，所見尚有：

相如故宅：《太平寰宇記》卷八六：“其宅今爲縣治（始治，下指宋時）。司馬相如故宅在縣南二十里。”前引《方輿勝覽》謂“三十五里”，是。《四川通志》卷五二：“（相如）縣令韓振記：世傳琴臺鎮乃長卿相如故宅。”

相如坪：《太平寰宇記》卷八六：“《周地圖記》：其（相如故宅）地有相如坪，相傳相如別業在此。”前引《方輿勝覽》謂在“水北”，當與故宅隔江相望，故稱“別業”。

相如祠：《四川通志》卷三五：“司馬相如祠在（蓬）州西，元延祐四年建……明盧雍詩：蜀中人物稱豪杰，漢家文章擅大家。此地卜居猶古迹，當時名縣豈虚誇？琴臺積雨蒼苔潤，祠屋濱江草樹嘉。莫問少年親滌器，高風千載重詞華。"盧雍字師邵，官監察御史、四川學政，非信口雌黃者。陳子良遣吏祭相如，唐初應已有祠廟。

琴臺：《太平寰宇記》卷八六："《周地圖記》：（相如）宅右：西濱（西）漢水，蓁薄鬱然，其臺名相如琴臺，高六尺，周四十四步。"《四川通志》卷五二："琴臺在（蓬）州相如宅右……《元統志》：又有洗筆池、卓劍水。"從前引盧詩五六句看，此琴臺同相如祠明代尚存。又，《南充專區志略·名勝古迹》："琴臺，在蓬安縣城公園內，臺高約六尺，周圍三十尺，是後人爲紀念西漢文學家司馬相如（蓬安人）而建。"顯係仿故宅琴臺修建。此琴臺至20世紀80年代改蓬安原治所建監獄始毀。盧雍《琴臺》詩云："縣廢名猶在，琴亡臺未荒。臨邛賣酒處，千載共清光。"《蓬安縣志稿》卷二十謂此詩"有石刻，在今興華中學之後院"。後琴臺《四川通志》不見，或清末民興公園時始建，則盧詩咏故宅琴臺，明代尚存。

《蓬安縣志稿》卷二十載《蓬州竹枝詞》："地較蓬池勝景多，背連五馬面江波。魯公舊治相如里，節義文章兩不磨。"魯公即顏真卿，曾爲蓬州別駕。舊治、故里，所言分明。

相如雖於成都買田宅而居，成都及周圍無因其人名之縣；亦曾涉足川南川西，也無因其人名之縣。相如縣因其人名，始治其故宅，置琴臺鎮，歷九百年始省縣入州，且口碑代傳、典籍記載之相關地名、古迹如此之多，遠勝成都，更不論川南川西。其地至今尚多姓司馬者，亦迥異於成都。與司馬相如之關係，此地較任何他處更密切。斯皆偶然巧合耶？若相如里居成都，則其平生經歷皆與相如（蓬安）縣無涉；且其身後六百餘年置縣猶以其故宅爲治所，則漢時當地乃村野，而漢時成都頗繁華。相如絕無卜居此地之緣由。里居鄉村，富後移居都市，常規使然。

相如顯係漢巴郡安漢縣、今四川蓬安縣人。自梁歸，與文君馳歸，皆歸安漢，子長不知其家何地，但知其歸家，故均言家而不及成都；復之臨邛致富後，歸途於成都買田宅始居之，故《史記》至此始曰歸成都。斯亦謹嚴實錄者也！安漢少戰亂，漢初已頗富庶，爲司馬氏殷實之地利。而畢竟鄉間富户，"以貲爲郎"之後，"無以爲業"，"家徒四壁立"。不得已離去。富後買田宅居成都。成都之傳説古迹由此而生。赴武帝召，通西南夷，皆涉及成都，且均在致富成名之時。其影響必然較僅在年少窮困時才相關之安漢更大。加之子長語焉不詳，兩處地望懸殊，後人失查，徑謂之成都人，甚至在"相如乃與馳歸"句加"成都"二字。致誤至今而無人辯。正如茂陵乃武帝葬焉而名之，相如不得居，子長不得稱，今本傳謂相如居茂陵；揚雄生於子長身後數十年，而相如傳論曰"揚雄以爲……"皆後人語竄入者，"蜀郡成都人"亦此類也。然則有略其爵里之傳乎？考之《史記》，所述不一，劉邦陳平，詳書鄉里；季布陸賈，泛言"楚人"；傳寬靳歙，爵里缺如。以其所知，詳略缺如，皆實録也。

司馬相如其人其文

侯柯芳

司馬相如，自文學史概言，乃傑出文學（辭賦）家；就其行迹析之，乃文學侍從、風流才子、政治功臣。

相如去景帝，乃因"景帝不好辭賦"；因游士而客梁，且著《子虛》：因賦而侍武帝，亦因賦而爲郎。其出處大節，文學侍從本色足矣。其事帝也，迎其好，飾其非，寓諷諫於勸諂；其爲文也，"潤色鴻業"，歌功頌德，"勸百諷一"，虛構誇飾以諛帝，堆砌藻飾以逞才，皆文學侍從之行也。相如一變漢初承楚辭憤世嫉俗、感傷身世之賦風，而開歌功頌德、誇誕藻飾之賦風，形成"勸百諷一"賦頌傳統，豈非其文學侍從人格之必然？斯之得，使相如卓立於文學史大賦一頁空前絕後之位；斯之失，令隨波步塵之枚皋"自悔類倡"。"文章西漢兩司馬"，而認識現實社會之深廣度，長卿遠不及子長，亦其文學侍從人格所限也。政論不直言而假藉與蜀人論辯，亦文學侍從身份使然。

安漢乃富庶之邦，司馬亦殷實之室。故相如少而讀書學劍，長而"以貲爲郎"；雖買官貧家，"無以爲業"而往依王吉，猶"從車騎，雍容閑雅甚都"，紈绔流子活現矣。琴挑文君，文君竊窺，"心悦而好之"，夜奔與歸，更是風流才子、知音佳人鑄就風流韵事、千古佳話。王孫厭其窮困，惑於世俗；宋儒譏爲"竊妻"，囿於禮教；而歷代傳爲美談，則發自情性。誠堪後世逆世俗、反禮教者贊之頌之，模之範之。迫於家徒四壁而之臨邛酤酒，相如"與保傭雜作，滌器於市中"，足見名士風流大不拘之概，亦風流才子多情多義之舉也。相如於文字、辭賦、散文、音樂、美學諸領域均有成就，此則風流才子多才多藝之一面。文君奔之，豈但迷其倜儻，亦更慕其才藝也。知音善琴，相愛於心而奔之；當壚滌器，相濡以沫而守之，兩心知，情不渝，安得謂之竊妻？恃才侍主，亦風流才子之陋也。

武帝先後向周邊用兵，固因其好大喜功，而自國是政治大計思之：當時商品經濟繁榮，需要打通國際貿易道路，開闢國際市場；且對消除民族爭戰、溝通民族關係、開發邊疆、統一祖國有重大意義。通西南夷即其一也。大臣如公孫弘者奉命視察而"盛毀西南夷無用"，"數言（通）西南夷害"[①]；"巴蜀民大驚恐"。相如以爲儒臣之見"猶鷦明已翔乎寥廓，而羅者猶視乎藪澤"；士民當"計深慮遠，急國家之難，而盡人臣之道"；"非常之人"爲"非常之事"，建"非常之功"，"未有不始於憂勤"，"黎民懼焉"；而"終於佚樂""天下晏如也"。乃托言以難大臣，亦檄諭巴蜀吏民。且深入邛、筰、冉、駹、斯榆諸地略定之。其政治遠見、政治實踐對民族交流、西南開發、祖國統一，以至於開闢南絲綢之路功不可没。相如不愧爲政治功臣。且不論《哀二世賦》揭前車之鑒以諷諫之功也。

文如其人。今見相如著作，亦可分爲幫閑馳辭、寫實抒情、論政入理者三類。各以辭、情、理勝。

馳辭賦如《子虚》《上林》乃相如代表作。其文旨爲歌功頌德，其内容乃虚構誇奇，其語言乃堆砌炫博，其體制則龐大宏偉，以之潤色大一統王朝之恢宏氣象、雄偉聲威，迎合大自負帝王之好大喜功、驕奢淫逸。此不無全盛一統之時代因素，終歸是文學侍從之幫閑文學。故"勸百諷一"，諫掩於諂。如賦《大人》以諷佞仙道，而使"天子大悦，飄飄有凌雲之氣"。其爲幫閑之作，故脱離現實社會生活，缺乏真實思想感情，徒務技巧文辭功效，搭建宏偉框架，窮搜想象所能及之材料（事物、文辭）鋪陳聯綴之，誇飾以至"詭濫"，藻飾而如"字林"，致使大賦達到成熟，走向僵化，亦魏晉以後形式主義文學之先導。散文《諫獵疏》《封禪書》亦此類，不贅述。

漢賦分馳辭、抒情兩類。相如兼作而別用之。其抒情賦與馳辭賦恰相反：源於現實社會生活，抒寫真實思想感情。此之謂寫實者也。《長門賦》細致描摹陳皇后失寵後之複雜心理，怨君、盼君、望君、遣愁、責己、夢君、絶望仍

---

① 見《史記·平津侯傳》《西南夷傳》。

不忘君，思想感情細膩真切，生活體驗豐富深刻，哀婉凄艷，動人心魄。對後世抒情賦、宮怨詩頗具影響。侍從后妃，侍帝相似；風流才子，多情善感，而相如兼之。陳后托人作賦，無疑首選相如。縱爲僞托，托之恰好。抑或相如托言以傷身世。然則不可輕言僞作也①！《美人賦》筆意輕靈，字句妍秀，雖遺模擬之痕，而寫撫弦娱女，女欲托身，與琴挑文君，文君奔之何其相似乃爾。此同前賦，既有現實生活基礎，亦現風流才子心性。料必相如之作。而疑僞者亦多。蓋相如馳辭賦名盛極矣，淹没其餘，障人之目。其寫實抒情者無誇飾之濫説與藻飾之浮辭，故人多疑之。《琴歌》二首更是植根生活之心聲。

相如政論之篇，卓有見地。《論巴蜀檄》爲穩定巴蜀人心，而示威以懾之，示安以撫之，示範以規之，示利以誘之，尋過以責之，縱横捭闔，言之入情入理，處之有利有節。詼帝、責使、罪民。思維嚴密，策略周詳，全盤平衡，弄權施治，政治之術庶幾備矣。文詞明暢，説服力强，致事態平定，夜郎道通。《難蜀父老》藉托詰難蜀人，實乃針對大臣，“以諷天子”。故據大義而力争，立足創立大業，變服化俗，統一天下而高瞻遠矚，使駁論具高屋建瓴之勢；且抓住夷人“舉踵思慕，若枯旱之望雨”加以雄辯，確有政治家氣度。相形之下，儒臣所持力并、損民、無用之見，自顯書生意氣。所見深遠短淺之别甚矣。《檄》文立論，《難》文駁論，合成雙璧，論政入理，服人有力，誠通西南夷之唇槍舌劍也。論戰檄文，自非幫閑文學可同日而語者也，而爲後者所掩，不爲世人所重。惜夫！

此司馬相如其人其文之大略也。

---

① 賦前序顯係編者按語，叙述角度、語氣皆然。

《司馬相如集》版本叙録

踪　凡

　　司馬相如（前169？—前118），字長卿，蜀郡成都人。他是漢景帝、武帝時期著名的賦作家、詩人、語言文字學家和政治家，曾任中郎將、孝文園令等職。作爲"漢賦四大家"之首，司馬相如在賦體文學發展史上有着十分崇高的地位，被宋人林艾軒、明人王世貞譽爲"賦聖"，而與"騷聖"屈原并駕齊驅（《朱子語類》卷一三九、《藝苑卮言》卷二）。但在相如生前，他的作品不僅没有結集，甚至曾大量散失。《史記》相如本傳載其妻卓文君語："長卿固未嘗有書也。時時著書，人又取去，即空居。"　西漢末年劉向父子在校理群籍時，曾輯録《司馬相如賦》二十九篇（《漢書·藝文志》），雖然遠非完備，但也許是歷史上規模最大的一次結集了，可惜這些作品在王莽之亂中被毁。此後，相如作品仍主要以單篇的方式流傳。降至六朝，曾有人輯録《漢文園令司馬相如集》一卷（《隋書·經籍志》），從卷數看，作品數量已經鋭减。《舊唐書·經籍志》《新唐書·藝文志》皆曾著録《司馬相如集》二卷，鄭樵《通志·藝文略》也著録《文園令司馬相如集》二卷，但皆在唐宋時佚失。今天所能見到的司馬相如文集，大多是明代以後輯録的，遠非舊帙。本文即對司馬相如文集的不同輯本略做介紹，旨在表彰明清學者（尤其是明代）在文獻輯録方面所做的貢獻，同時爲學術界研究司馬相如、研究漢代文學提供一些最基本的資料。

　　一、《**司馬長卿文鈔**》一卷　明末李賓《八代文鈔》本。今日可見者有明刻本，天津圖書館藏，《四庫全書存目叢書·集部》第341—345册據此影印。

李賓，字烟客，梁山人，生平不詳。其《八代文鈔》凡106卷，輯録自楚、漢以迄明代共92名作家的詩文。此本左右雙邊，單魚尾，魚尾上方鎸篇目名，下方鎸頁碼。正文半葉9行，行20字。其中《司馬長卿文鈔》僅1卷，24葉，所輯録篇目有《子虛賦》《大人賦》《美人賦》《長門賦》《諫獵書》《封禪書》《諭巴蜀父老檄》《與蜀父老詰難》《答盛覽》，各篇均不載出處。核其文字，《子虛賦》以"其辭曰"三字開頭，顯然録自史傳；賦中"齊王悉發境内之士，備車騎之衆"句同於《史記》，異於《漢書》《文選》；但"江蘺蘼蕪，諸柘巴苴"句又異於《史記》而與《漢書》《文選》略同。看來此篇乃綜合《史記》《漢書》《文選》三書文字而成，不本一家。其餘各篇，《美人賦》録自《古文苑》，《長門賦》録自《文選》，《答盛覽》録自《西京雜記》，《大人賦》等録自《漢書》并參照了《史記》。該鈔缺《上林賦》《哀二世賦》等篇，係明顯遺漏。文字亦有訛誤，如《大人賦》"靡屈虹綑"句，《史記》《漢書》并作"靡屈虹而爲綑"，此處脱"而爲"二字。但該書係司馬相如作品的早期輯本，亦不可謂之無功也。

二、《司馬長卿集》一卷　明汪士賢校訂，明萬曆十一年（1583）南城翁少麓刊刻《漢魏諸名家集》本，國家圖書館善本部藏，索書號爲14112。《漢魏諸名家集》乃大型詩文總集，共輯録兩漢三國時期21家詩文，132卷。全書封面正中刻"重刻新版漢魏名家"字樣，可見國圖所藏乃重刻（或重印）本。第一函第二種爲《司馬長卿集》，僅一卷，此集封面刻"梅禹金先生訂正/司馬長卿集/南城翁少麓梓"字樣。卷首爲明天啓六年（1626）春三月王忠陛撰寫的《司馬長卿集序》，比初刻時間（1583）晚43年，應是重刻（或重印）時補入的。版框高19.5厘米，寬14厘米，四周單邊，單魚尾，魚尾上方刻"司馬長卿集"5字，下方刻卷次和頁碼。正文半葉9行，行20字，共26葉。所輯篇目按文體分爲6類，依次是：賦（《子虛賦》《上林賦》《哀二世賦》《大人賦》《美人賦》《長門賦并序》）、琴歌二首、書（《諫獵書》《遺言封禪事》）、檄（《諭巴蜀父老檄》）、難（《與蜀父老詰難》），共12篇，附卓文君《白頭吟》1篇。體例較爲嚴謹。正文首頁題"漢成都司馬相如著，明新安汪士賢校"字樣，可知該集校定者爲汪士賢，明末新安人，但其生平難考。《子虛賦》開篇仍有"其辭曰"三字，首句同於《史記》，而下文却大多同於《漢書》，看來此集乃是以《漢書》爲底本，參照《史記》《文選》諸書而成。該書國圖所藏尚有3套：索書號00259者藏於善本部，版式全同，但没有王忠陛序，或許是初刻本；索書號80740：1者藏於普通古籍閲覽室，版式亦同，唯使用黑魚尾，亦無王忠陛序，但有誤字，不詳刻印時間；索書號XD6982者爲鄭振鐸先生捐出之本，亦藏於普通古籍閲覽室，白魚尾，行款、版式亦同。

三、《司馬文園集》二卷　明張燮《七十二家集》本，明末天啓、崇禎間刻本。張燮，字紹和，別號海濱逸史，福建龍溪人，萬曆二十二年（1594）舉人。所輯《七十二家集》始於戰國宋玉，終於隋薛道衡，共72家，409卷，可謂洋洋大觀。該書有國家圖書館善本部藏本，索書號爲02941。《總目》頁鈐有“長春室圖書記”和“江安傅增湘沅叔珍藏”二枚小篆印章，可見曾爲傅增湘先生收藏。版式左右雙邊，白口，單魚尾，魚尾上方刻文集名，下方刻卷次、頁碼，最下以小字刻刻工名。涉及刻工有江榮、吳德、張傑、陳英、黃恩、張柱、余子朝、梁弼、王宇、陳今、陳五弟、楊明、葉華等十餘人。正文半葉9行，行18字。第一函第三種即爲《司馬文園集》，凡2卷。卷首有張燮所撰《重纂司馬文園集引》，論及相如的人生際遇、文學成就及政治風采，認爲“長卿它文，俱以賦家之心發之，故成巨麗，凡拙速輩無此格力”，見解獨到，令人擊節歎賞。卷之一輯録賦體，有《子虚》《上林》《大人》《長門》《美人》《哀二世》，共6篇，19葉；卷之二輯録詩文，有歌（《琴歌》二首）、書（《諫獵書》《報卓文君書》）、檄（《諭巴蜀檄》）、難（《難蜀父老文》）、符命（《封禪文》）、傳（《自序傳》）6體，共8篇，13葉。全書合計14篇，22葉。較之汪本，多出《報卓文君書》和《自序傳》2篇，但這2篇是否作於相如，本有爭議，所以張燮在《自序傳》之後又附有數百字的考證文字。另外，張氏將汪本中的《遺書言封禪事》從“書”類獨立出來，恢復《封禪文》之名，另立“符命”一體（《文選·符命》首篇爲相如《封禪文》）。儘管文體分類各有所據，見仁見智，但張氏回歸傳統之舉，庶可免去不少紛擾。最值得注意的是，張燮在《司馬文園集》之末附有不少研究相如的資料，包括司馬遷《司馬相如傳略》、嵇康《司馬相如傳》2篇傳記資料，卓文君《長卿誄》、陳子良《祭司馬相如文》、蘇軾《夢作司馬相如贊》等歷代題詠17篇，遺事11條，集評13條，凡8葉，用功勤苦，便利研究，創拓之功，實堪稱道。其中遺事、集評還以小字標注材料出處，尤爲可貴。可惜後來的張溥、嚴可均、丁福保等皆未繼承這一傳統。取《子虛賦》33條異文加以比勘，發現有19條同於《文選》李善注本，13條同《史記》，9條同《漢書》，另有數條采自《文選》五臣注、六臣注本。看來張燮乃是根柢於《文選》李善注本，參照其他諸書而成。其文字明顯優於汪士賢校本。如《子虛賦》"其石則赤玉玫瑰"句，汪校各本皆訛作"其土"，張氏予以訂正；《大人賦》"載雲氣而上浮"句，汪本誤"浮"爲"游"（上句韵脚字爲"游"，當是涉上而訛），張氏正之；"靡屈虹而爲綢"句，汪本脱"而爲"二字，張氏補之，等等。由上可見，張氏校本後來居上，遠勝汪本，但有學者卻以汪本爲底本撰寫《司馬相如集校注》，去取不可謂當也。該書國圖善本部所藏尚有另外兩套：索書號A01785者與此版式全同，原爲貴陽某氏藏本（印鑒模糊難辨），《續修四庫全書》第1583冊據此影印，易得；索書號15183者亦同此，封面鈐有"程四得"印，首頁鈐有"五知齋"陰文方章、"國立中央圖書館收藏"陽文方章和"香港圖書館管理"長形印，可知該書曾數易其主。

四、《司馬文園集》一卷　明張溥輯，《漢魏六朝百三家集》（又稱《百三名家集》或《一百三家集》）本。此書易尋，各大圖書館多有。張溥（1602—1641），字天如，江蘇太倉人。所輯《漢魏六朝百三家集》始於漢賈誼，終於隋薛道衡，凡103家，118卷。該書乃是以張燮《七十二家集》爲根柢，又吸收馮惟訥《詩記》、梅鼎祚《文紀》的部分内容而成。有明末婁東張氏刊本，國家圖書館善本部藏，索書號爲19394。此套書共80冊，《司馬文園集》在第一函第一冊《賈長沙集》之後。封面無標籤，僅在右上方以鉛筆書"61498/共80冊"字樣。書根印有"凡八十/一/漢魏六朝百三家集/賈長沙集/司馬文園集"字樣。《賈長沙集》正文首頁右下方鈐"飲冰室"小篆章，可知曾爲梁啓超收藏。該書版框高19.5—20厘米，寬13.8厘米。左右雙邊，白口，單魚尾，魚尾上方刻"司馬文園集"5字，下方刻"卷全"二字，再下刻頁碼。題辭半葉6行，行14字，凡2葉；目錄、正文皆半葉9行，行18字，凡41葉。

《司馬文園集題辭》效法張燮《重纂司馬文園集引》的寫法，而更爲精湛。如稱"《子虛》《上林》非徒極博，寔發於天材，揚子雲銳精揣煉，僅能合轍""琴心善感，好女夜亡，史遷形狀，安能及此"等等，在與司馬遷、揚雄等人的比較中彰顯出相如才華橫溢、風流瀟灑的個性特徵，乃千古的論。所輯篇目、篇名及其次序亦與張燮略同，首先列賦6篇，其次爲書2，檄1，難1，符命1，傳1（目録缺篇名），歌2，共14篇。細加比較，可知《琴歌二首》的位置由賦之後移至最後，乃是遵循賦一文一詩的排列順序。值得注意的是，張溥於集後僅附本傳1篇，而將張燮所附録的其他參考資料全部删除，反不及燮書内容豐富。對此，張溥在《叙》中也有明確交代："古人詩文，不容加點，隨俗爲之。聊便流涉，無當有無。評騭之言，懼累前人，何敢復贅？"原來他擔心後人的圈點評論可能會誤讀原著，亦會誤導讀者，於是因噎廢食，删削殆盡。逐字比勘，我們吃驚地發現，張溥所輯文字與張燮書幾乎全同，甚至在刊刻時也使用了半葉9行、行18字的版式，其襲用燮書之迹，可謂昭昭在焉。

由上可見，二張輯録的《司馬文園集》各有所長，張燮以資料豐富取勝，而張溥以題辭精湛著稱。但由於張溥的聲名和威望，其書在清代廣爲流傳，多次重印，成爲家喻户曉的輯本。今日可見者除文淵閣《四庫全書》本外，尚有清光緒五年（1879）彭懋謙信述堂刊本，江蘇古籍出版社2002年據此影印；國家圖書館普通古籍閱覽室還藏有光緒十八年（1892）善化章經濟堂刊本（索書號90973:1）和同年長沙謝氏翰墨山房刊本（索書號88303:1）。但是，仔細比對書影，發現光緒十八年的兩個刊本，其版式、文字、筆畫、圈點皆與光緒五年刊本全同，很可能是使用信述堂舊版重印的，衹有《叙》版式略異，屬於重刻。而謝氏刊本儘管在扉頁背面刻有"長沙謝氏翰墨山房重刊"字樣，但在每卷之末仍保留"善化藍田章氏重刊"字樣，兩處矛盾，正説明謝氏刊本乃是使用章氏舊版重印之本，但挖改未盡，露出破綻，其重印時間當然要晚於光緒十八年。此外，國家圖書館還藏有民國六年（1917）上海掃葉山房刊本，不贅。

五、《司馬長卿集》一卷 明末張運泰、余元熹《漢魏六十名家集》（又稱《漢魏名文乘》）本。此書輯録西漢三國時期60家文集，但并不限於集部，而以《京氏易傳》《吳越春秋》《法言》諸書入之，頗爲龐雜。有清刻本，國家圖書館普通古籍閱覽室藏，索書號爲107349。函面藍色，書籤上未題書名，但印有"圖整庫"簡體楷書章、"石"（第一函作"金"）字和"尚德堂圖書"小篆章。

　　《司馬長卿集》在第二函第二册《東方曼倩集》之後，題"武陵楊鶚無山、豫章黃國琦五湖鑒定，古潭張運泰來倩、余元熹延稚匯評"。諸家生平不詳，惟知楊鶚爲崇禎四年進士，後歸南明弘光帝，大略與張溥年輩接近，但編纂時間不詳，姑置於張溥之後。版框高21厘米，寬12.4厘米，四周單邊，白口，無魚尾，無界行。版心上方鎸刻"西漢文"三字，中間刻"長卿"二字，下方刻篇名、卷數和頁碼。正文半葉10行，行27字，共25葉。本集收相如文、賦凡12篇，依次是《上諫獵書》《諭巴蜀檄》《難蜀父老文》《報卓文君書》《答盛覽書》《封禪書》《子虛賦》《上林賦》《大人賦》《長門賦》《美人賦》《哀二世賦》。賦居文後，與諸書迥異。《子虛賦》開篇無"其辭曰"三字，首句同於《史記》，但核其篇內文字，則與張燮、張溥本略同，大致是録自《文選》李善注本，而以《史記》《漢書》等校之。值得注意的是，是集卷首有黃石齋所撰《司馬子》一文，簡介相如生平及成就，全文如下：

　　　　司馬相如，字長卿，蜀郡人，景帝時以辭賦見召。帝初見《長門賦》，曰："朕獨不得與此人同時哉！"因召用，有《長楊》《上林》諸賦傳世。陳明卿曰："賦之推漢，猶法書之推晉也；相如之在漢，猶右軍之在晉也。""巨麗"二字，尤是相如自評，諒哉！

　　此序甚簡，而頗有訛誤："景帝"當爲"武帝"之訛，"長門賦"當爲"子虛賦"之訛，"長楊"當爲"諫獵疏"之訛，本事詳見《史記·司馬相如列傳》，可見作者之草率。集中各篇多有圈點批評，而以旁批爲主。如《上諫獵書》"是胡越起於轂下，而羌夷接軫也，豈不殆哉！雖萬全無患，本非天子之所宜近也"諸字側有圈，句旁批以"老成之言，何等婉曲"8字。文末又録陳明卿語："憂深肯款，語厚意長，可爲奏疏法。"這些賞鑒之語，頗便讀者。

　　六、《司馬相如文》二卷　清嚴可均輯，清光緒年間王毓藻刻《全上古三代秦漢三國六朝文》本，中華書局1958年據此影印。嚴可均（1762—1843），字景文，號鐵橋，浙江烏程人。所輯《全上古三代秦漢三國六朝文》旨在囊括先唐時期的所有散文，多達3497人，746卷，規模龐大，功垂青史。其中《全漢文》卷21、卷22主要輯録司馬相如文，卷22之末還有廷尉翟公、張湯、繒它、楊貴文數篇。該集四周單邊，大黑口，單魚尾，魚尾下刻"全漢文卷二十一"字樣，接下以小字刻"司馬相如"4字，又以大字刻頁碼。正文半葉13行，行25字。卷21開篇有相如生平簡介，共62字，接下全文輯錄《子虛》《哀秦二世》《大人》3賦，凡8葉；卷22輯《美人》、《長門》、《梨》（殘句）、《魚菹》（佚）4賦，和《上書諫獵》《喻巴蜀檄》《報卓文君書》《答盛擥問作賦》《難蜀父老》《封禪文》《題市門》7文，最末有《凡將篇》殘句，亦8葉。其中《子虛賦》實含《子虛》《上林》2篇，嚴氏在"何爲無用應哉"下以小字注"案：《文選》以此下爲《上林賦》"10字。由此，該集實輯錄8賦7文，凡15篇，比張溥《司馬文園集》多出《梨》《魚菹》2賦和《答盛擥問作賦》《題市門》2文。

因本集專選散文，故不錄《琴歌》2首。這是明清時期輯錄相如作品最爲完備的一部文獻，厥功至偉。不唯如此，本書所輯各篇皆注明出處，便於讀者檢核。如在《子虛賦》下以小字標注"《史記》本傳、《漢書》本傳、《文選》、《藝文類聚》六十六"字樣，《凡將篇》"淮南宋蔡舞嗙喻"下又標注"《説文》二上"字樣，等等。《報卓文君書》不詳出處，則以闕字號"□□□□□"標之，態度審慎，體例嚴謹。這比明代諸家向前邁進了一大步。有些文句下還附有簡單的校勘記，如《美人賦》"金鉔熏香，黼帳低垂"下以小字標注："《文選·別賦》注作'金爐香熏，黼帳同垂'，《舞賦》注亦作'周垂'。"《封禪文》"上第垂恩儲祉，將以慶成"句下以小字標注"《文選》少此二語"6字。不難看出嚴氏心思之細膩，用功之勤苦。此外，嚴氏還注意到對亡佚文獻的揭示。例如，《梨賦》殘存4字"喇嗽其漿"，嚴氏加以羅列，并標注出處："《文選·魏都賦》劉逵注"；《魚菹賦》隻字無存，嚴氏亦加以枚舉，并注明"《北堂書鈔》一百四十六"字樣。這不僅有助於我們全面瞭解相如的文學成就，也爲後人的輯佚工作提供了綫索。不足之處在於，由於時間和精力的限制，嚴氏未能爲所有作品撰寫詳細的校勘記。另外，《哀二世賦》亦名《吊二世賦》或《宜春宮賦》，此爲古代通稱，嚴氏却題作《哀秦二世賦》，衍出了"秦"字。

七、《司馬長卿集》二卷 近代丁福保《漢魏六朝名家集》初刻本，上海文明書局宣統三年（1911）年出版，國家圖書館普通古籍閱覽室藏，索書號爲

79325:1。丁福保（1874—1952），字仲祜，別號疇隱居士，江蘇常州（後居無錫）人，所輯《漢魏六朝名家集》初刻本共收40家詩文集，分裝4函。《司馬長卿集》在第一函第一冊《枚叔集》之後。封面頁刻有"宣統三年七月出版/司馬長卿集/上海文明書局發行"字樣。版框高15.4厘米，寬11.4厘米，四周雙邊，單魚尾，魚尾上方刻大字"司馬長卿集"，魚尾下以小字刻卷次、頁碼，再下爲象鼻，象鼻右側以小字刻"無錫丁氏藏版"6字。正文半葉14行，行31字，凡12葉。因係32開本，故排字頗密，有句讀。該集所收篇目、順序及分卷情況與嚴可均《全漢文·司馬相如》全同，唯將《凡將篇》替換成《琴歌》二首，略有差異。細核文字，亦與嚴氏所録幾乎全同，甚至連出處、校勘記等基本信息亦因襲嚴氏，很少改進。總之，該集乃嚴氏輯本之摘録，在相如作品之輯校方面并無突出貢獻。

八、《司馬相如集》校注（或箋注）本四種　當代學人撰述。20世紀80年代以來，古典文學研究漸趨興盛。司馬相如作爲漢賦代表作家而得到較多關注，對其作品的校注本至少已有四五種，遠遠超過了揚雄、班固、張衡、蔡邕諸家。下面即略作介紹：

1. 金國永《司馬相如集校注》，上海古籍出版社1993年版，226頁，約16萬字。金國永，四川省成都市杜甫草堂研究員。該書以張溥《司馬文園集》（明末婁東張氏刊本）爲底本，以汪士賢《司馬長卿集》（明萬曆間汪氏刻本）爲校本，并取《史記》《漢書》《文選》《藝文類聚》等參校。故其所録篇目與張燮、張溥本全同，依次爲賦6、書2、檄1、難1、符命1、傳1、歌2，共14篇。附録一包括《題市門》《答盛擥問作賦》《梨賦》和《凡將篇》殘句，附録二爲《史記·司馬相如列傳》的結尾部分，附録三爲張溥《司馬文園集題辭》。所輯相如作品較爲完備。該書開頭有《前言》1篇，簡介相如生平仕履、文學創作、後人論争及本書的校注體例，有一定參考價值。各篇均有題解，言簡意賅，且有獨到之見。如《美人賦》題解駁斥《西京雜記》所謂"長卿素有消渴疾，作《美人賦》，欲自刺"的觀點，認爲此説與《長門賦序》相類，"皆好事者强以寓言托辭攀附史實，以聳人聽聞"，實際上是相如"自許爲遠勝孔墨之徒，坐懷不亂之君子，固非所以自刺也"，并對該賦的創作背景進行蠡測（125頁）。析理深刻，令人信服。校勘與注釋是全書的主體内容，作者將其合在一處，俾省篇幅。如《子虛賦》“子虛過詫烏有先生，而亡是公存焉”句校注云：“詫，誇耀，誇飾。詫，《漢書》《文選》作‘姹’，同聲相假。存，《史記》作‘在’。”（3頁）該書的長處在於態度審慎，對於聚訟較多的問題往往諸説并舉，讓讀者自作取舍。

2. 朱一清、孫以昭《司馬相如集校注》，人民文學出版社1996年版，138頁，約10萬字。朱、孫二人係安徽大學教授。該書以明末汪士賢輯刻《司馬長卿集》爲底本，以張燮《司馬文園集》、張溥《司馬文園集》爲校本，并取《史記》《漢書》《文選》等參校。首録賦6篇，其次爲歌2，書2，檄1，難1，凡12篇，附古辭《白頭吟》。比金國永本少《報卓文君書》《自叙傳》2篇，且不及金本附録資料之豐富。各篇正文之後先列校記，再作注釋。校注簡明，便於閲讀。

3. 李孝中《司馬相如集校注》，巴蜀書社2000年版，189頁，約16萬字。李孝中，四川南充人，西華師範大學（原四川師範學院）文學院教授。該書鑒於明人輯本多所舛訛，於是從舊籍中徑行輯録。前8篇《子虛賦》《上林賦》《喻巴蜀檄》《難蜀父老》《諫獵疏》《哀二世賦》《大人賦》《封禪書》即録自《史記》宋黃善夫刻本（即《四部叢刊》本），《長門賦》録自《文選》胡克家刻本，《美人賦》録自《古文苑》，《琴歌》録自《玉臺新咏》，《報卓文君書》録自張溥《司馬文園集》，《答盛覽問作賦》録自《西京雜記》，《凡將篇》（殘句）録自諸書，凡14篇。《自叙傳》聚訟紛紜，删之。雖然未按文體類型排列，但出處明確，版本較優，方法亦甚得當。該書前有校注説明，介紹相如作品存佚情况及校注體例宗旨；後有附録，附有《史記》本傳、軼事9條，歷代題咏72首，集評58條，有關自叙傳的論争2則，侯柯芳論文2篇，約5萬字，較之張燮所輯可謂廣博宏富矣。其中有些資料輯自方志文獻，尤爲罕見。校勘與注釋合在一處，每條校注皆先注後校。其後，李孝中、侯柯芳合作出版了《司馬相如作品注譯》一書（四川人民出版社2007年版），篇目及校注與上書相同，祇是增加了侯柯芳的譯文；附録亦略有調整，增加了《風月瑞仙亭》話本和《雜劇傳奇中相如文君戲曲目録》等内容。

4. 張連科《司馬相如集編年箋注》，遼海出版社2003年版，337頁，約25萬字。張連科（1955—），寶坻人，天津師範大學文學院教授。該書以《史記》中華書局標點本爲主要依據，參考《漢書》顏師古注本，《文選》李善注本、六臣注本，《藝文類聚》《古文苑》諸書匯輯而成。既是"編年箋注"，自應以作年先後爲序。正文部分依次輯録《美人賦》《子虛賦》《上林賦》《長門賦并序》《喻巴蜀檄》《難蜀父老》《哀秦二世賦》《上書諫獵》《大人賦》《封禪文》，凡10篇，校注甚詳；輯佚部分依次編録《梨賦》《凡將篇》《題市門》《答盛覽問作賦》《報卓文君書》凡5篇，亦有注釋；附録部分有《琴歌》二首、《司馬相如列傳》和《司馬相如研究資料選輯》。其中《資料選輯》部分輯録歷代相如資料，約8萬字，用功勤苦，實堪稱道。該書前有前言、體例，末有後記。前言中稱："司馬相如不僅有《子虛賦》《上林賦》之巨麗，也有《長門賦》之纏綿、《大人賦》之高遠，應該能夠占盡宇宙間賦之歸趣。"（21頁）高屋建瓴，見解十分精湛。該書用力最多者應爲各篇之注釋，以引證豐富、注而兼校見長。如《子虛賦》"陽子驂乘，纖阿爲御"句注釋，指出陽子、纖阿皆有二解，徵引《史記集解》、《史記索隱》、《漢書》顏師古注等加以説明，最末指出"若陽子爲伯樂，纖阿則應以後者爲是"（第25頁）。

九、《司馬相如賦》 費振剛等《全漢賦》《全漢賦校注》本。費振剛（1935—？），遼寧遼陽人，北京大學中文系教授。費氏曾與仇仲謙合作出版《司馬相如文選譯》（巴蜀書社1991年版），是較早的相如集譯注本。1993年，北京大學出版社出版了費振剛、胡雙寶、宗明華輯校的《全漢賦》，該書是第一部漢賦文學總集，在學術界影響很大。其中"司馬相如"部分依次輯校《子虛賦》《上林賦》《哀二世賦》《大人賦》《美人賦》《長門賦》全文，《梨賦》殘句，《魚葅賦》（存目）、《梓桐山賦》（存目）和賦體散文《難蜀父老》，共10篇，65頁，約5萬字。該書最大的貢獻就是對相如諸賦進行了十分詳細的校勘。如《子虛賦》以《漢書》本傳爲底本，以《史記》本傳，《文選》李善注本、五臣本、六臣本和《藝文類聚》卷六六爲校本，搜羅頗爲完備。其中"齊王悉發車騎"句校記云："'王'上《文選》李善本無'齊'字。《史記》、《類聚》、五臣本'悉發'下有'境内之士備'五字，'車騎'下有'之衆'二字。"（50頁）體例規範，交代明晰，比嚴可均《全漢文·司馬相如文》前進了一大步。

2005年，廣東教育出版社又出版了費振剛、仇仲謙、劉南平的《全漢賦校注》，這是漢賦研究領域的又一椿盛事。該書第69—144頁爲"司馬相如"部分，約8萬字，所輯篇目與《全漢賦》無異，但後出轉精，不僅糾正了《全漢賦》的文字錯誤，而且增加了注釋。注釋與校語合并，先注後校，層次井然。如第92頁《上林賦》校注第四條云："封疆劃界，劃定諸侯國的疆界。'疆'，《史記》《文選》作'彊'。"此外，《子虛賦》之前有司馬相如小傳，簡介相如生平、仕履及文學成就。各賦之後大都列有"歷代賦評"，資料十分豐富。如《子虛賦》之末即輯錄了班固、葛洪、劉勰等45家評論，約7000字，對理解、欣賞該賦有極大幫助。編者爲此付出了巨大勞動，着實令人欽佩。劉南平另外撰有《司馬相如考釋》（天津古籍出版社2007年版），其中作品考釋部分對此略有改進，且增補了"今譯"的内容，不贅。

除以上所録外，高步瀛《文選李注義疏》（中華書局1985年版）第四册對司馬相如《子虛》《上林》二賦有極其詳細的疏注，約18萬字，引證富贍，觀點精湛。張啓成等《漢賦全譯》（限於《文選》所選諸賦，貴州人民出版社1994年版）、龔克昌等《全漢賦評注》（篇目同費振剛本，花山文藝出版社2003年版）等書亦對相如賦有所注釋、翻譯或評析，可以參考。

總之，自明代以來，對相如作品的輯録、校勘、注釋、翻譯工作已經取得很大進展，但還有一些領域需要加强。比如，相如作品大多已經佚失，對它們的研究有助於我們認識相如多方面的藝術才能與學術造詣，并且能爲以後的輯佚工作提供綫索。嚴可均《全漢文》曾列舉《魚葅賦》并注明出處，難能可貴。李孝中在《司馬相如集校注·校注説明》中有簡單勾勒，張連科在《司馬相如集編年箋注》中專列"輯佚"部分，但還很不够。相如已佚（或未署名）作品除《魚葅賦》《梓桐山賦》《梨賦》《凡將篇》之外，起碼還有：

1.《玉如意賦》。明曹學佺《蜀中廣記》卷70引《西京雜記》云："司馬相如作《玉如意賦》，梁王悦之，賜以緑綺之琴，文木之几，夫余之珠。琴銘曰：桐梓合精。"《西京雜記》舊題漢劉歆撰，今人多以爲出自晋葛洪之手。今見《西京雜記》本無此條，但元陶宗儀《説郛》卷一百、清王琦《李太白集注》卷二十六引宋虞汝明《古琴疏》、明董斯張《廣博物志》卷三十四等文獻皆載此事，所言略同。據此，司馬相如應有《玉如意賦》，今已佚。該賦很可能是咏物小賦，與劉安《屏風賦》、劉勝《文木賦》等同儔。雖然此賦已佚，但充分證明司馬相如除創作《子虛賦》《上林賦》《哀二世賦》《長門賦》等散體大賦、抒情小賦之外，還創作過一些咏物小賦，其成爲漢賦代表作家，決非偶然。

2. 《遺平陵侯書》。《史記》本傳載："相如他所著，若《遺平陵侯書》《與五公子相難》《草木書篇》不采，采其尤著公卿者云。"此爲書信體，具體内容待考。

3. 《與五公子相難》。出處同上。此爲答難體散文，與《難蜀父老》結構相似，但其論難的主題與過程皆不得而知。

4. 《草木書篇》。出處同上。司馬相如既是文學家，也是文字學家、書法家，所謂"草木書"很可能是一種書體；也有可能是博物學著作，羅列衆多花草樹木的名稱。

5. 《荆軻贊》。南朝梁任昉《文章緣起》云："贊——司馬相如《荆軻贊》。"劉勰《文心雕龍·頌贊》亦云："至相如屬筆，始贊荆軻。"皆將司馬相如視爲贊體的鼻祖。清方熊《文章緣起補注》："昔漢司馬相如初贊荆軻，後人祖之，著作甚衆。唐時用以試士，則其爲世所尚久矣。"可見相如《荆軻贊》的影響。不僅如此，此篇咏史述懷，還反映了相如渴望建功立業、報效祖國的豪邁情懷，當是相如早期的作品。這與相如少時慕藺相如之爲人、更名相如的舉動可以互證。每每有人指責相如阿諛奉承，不敢勸諫，皆皮相之見也。

6. 《釣竿詩》。晋崔豹《古今注》卷中："《釣竿》，伯常子妻所作也。伯常子避仇河濱，爲漁父。其妻思之，每至河側，作《釣竿》之歌。後司馬相如作《釣竿》之詩，今傳爲古曲也。"據此，相如《釣竿詩》很可能是懷人之作，可配樂歌唱。

7. 《郊祀歌》數章。《漢書·佞幸傳》載："是時上方興天地諸祠，欲造樂，令司馬相如等作詩頌。（李）延年輒承意弦歌所造詩，爲之新聲曲。"《漢書·禮樂志》亦有類似記載，可見司馬相如曾經參與了漢代《郊祀歌》的創作，但具體篇目不詳。李昊博士從聲韻學角度加以考證，認爲今存《郊祀歌》中的《練時日》《帝臨》《青陽》《朱明》《西顥》《玄冥》《天地》

《五神》八章，爲相如所作的可能性比較大，可以參考。另外，《廣東通志》卷52《物産志·果》引《草木狀》云：“諸蔗一名甘蔗，南人云可消酒，又名干蔗。司馬相如樂歌曰‘太尊蔗漿析朝醒’，是其義也。泰康六年秋，扶南國貢諸蔗一丈三節。”元陶宗儀《説郛》卷104下“諸蔗”條亦如是説。據此，似乎司馬相如曾作有《樂歌》一篇。但經過核查，“太尊蔗（一作柘）漿析朝醒”一句實出自《漢郊祀歌·景星》，見宋郭茂倩《樂府詩集》卷1。《景星》又名《寶鼎歌》，《漢書·武帝紀》載：“（元鼎）四年六月，得寶鼎后土祠旁，秋馬生渥窪水中，作《寶鼎》《天馬》之歌。”《禮樂志》亦載：“《景星》，元鼎（五）［四］年得鼎汾陰作。”元鼎四年當在公元前113年，時相如已殁五載，不可能作此詩；《武帝紀》和《禮樂志》也沒有交代此詩作於何人。《草木狀》的編者根據《漢書·佞幸傳》《禮樂志》中有漢武帝“令司馬相如等作詩頌”的記載，就把草率地《景星》也定爲相如所作，這是不恰當的。

另外，唐韋續《墨藪》卷1云：“氣候書。漢文帝（按：當爲漢武帝）時，令蜀郡司馬長卿采晨禽屈伸之體，升伏之狀，象四時爲書。”認爲司馬相如是一種書體——氣候書的開創者。明陸深《儼山外集》卷32亦云：“氣候直時書。司馬相如采日辰之蟲，屈伸其體，升降其勢，以象四時之氣雲。又後漢東陽公徐安子，搜諸史籍，得十二時書，蓋象神形雲。”宋朱長文《墨池編》卷1、宋陳思《書苑菁華》卷3、清倪濤《六藝之一録》卷267皆有類似記載。這些材料反映了司馬相如在書法領域的造詣。又明王世貞《寄許左史兼訊西亭王孫》云：“還誇白雪相如賦。”（《弇州山人四部稿》卷19）《寫晉王存問》亦云：“已誇相如賦梁雪。”（同上卷41）似乎相如曾作過《雪賦》。其實《雪賦》乃南朝宋謝惠連所作，見《文選》卷13，此處係王世貞誤記。至於《題市門》《自叙傳》和《琴歌》2首，頗有些傳説的成分，所以歷來受到質疑。在證據不足的情況下，我們衹能暫從舊説，將其歸入相如名下，且待以後再考。